Editora Charme

REIMAGINED FAIRY TALES - LIVRO 1

SEGUNDA ESTRELA À ESQUERDA

MEGAN VAN DYKE

1ª Impressão 2025

Design da capa - Mibl Art / CITY OWL PRESS
Adaptação da capa e Produção Gráfica - Verônica Góes
Tradução - Alline Salles
Preparação de texto - Fernanda Marão
Revisão - Equipe Charme

Esta obra foi negociada por Brower Literary & Management, Inc.

CIP-BRASIL. CATALOGAÇÃO NA PUBLICAÇÃO
SINDICATO NACIONAL DOS EDITORES DE LIVROS, RJ

V597s
v. 1

Van Dyke, Megan
Segunda estrela à esquerda / Megan Van Dyke ; tradução Alline Salles. - 1. ed. - Campinas [SP] : Charme, 2025.
376 p. ; 22 cm. (Reimagined fairy tales ; 1)

Tradução de: Second star to the left
ISBN 978-65-5933-197-0

1. Romance americano. I. Salles, Alline. II. Título. III. Série.

CDD: 813
25-96561 CDU: 82-31(73)

Meri Gleice Rodrigues de Souza - Bibliotecária - CRB-7/6439

Editora Charme

www.editoracharme.com.br

Editora Charme

REIMAGINED FAIRY TALES - LIVRO 1

SEGUNDA ESTRELA À ESQUERDA

TRADUÇÃO - ALLINE SALLES

MEGAN VAN DYKE

Para mamãe.

Obrigada por acreditar em mim antes que eu acreditasse em mim mesma.

1

Nada chamava mais a atenção do que bebida grátis. Em geral, o Mula Preguiçosa não era tão popular, ou era isso que os locais diziam, mas a promessa de bebidas grátis atraiu todos os lojistas e os marinheiros azarados para o prédio sujo e em ruínas perto das docas. O ar tropical, denso de umidade e com a promessa da chuva, preencheu o bar tão intensamente quanto os clientes amontoados em todos os cantos e fendas.

Tink puxou sua trança por cima de um ombro com cuidado, para não deslocar as partes que cobriam suas orelhas pontudas. Ela esfregou as mechas soltas entre a ponta dos dedos, fingindo nervosismo conforme olhava por cima do ombro.

Homens e mulheres gritavam na direção da mesa distante em que um homem loiro enorme regalava a plateia com histórias de sucesso da sua tripulação. Ele era atraente, com músculos salientes, altura imponente e um maxilar esculpido. No entanto, se ele fizesse mais uma piada grosseira sobre saquear, Tink iria jogar sua bebida nele. *Pirata idiota.* Em breve, ele tropeçaria e cairia ou a mesa apodrecida, por fim, cederia. Ela sorriu. Só isso já valeria o custo de sua viagem.

Contudo, o barulhento primeiro imediato do *Jolly Roger* não era seu alvo. Não. Para conseguir o que ela precisava, só poderia tratar com o capitão. Tink lambeu os lábios enquanto seu olhar se atentava ao homem igualmente alto, porém mais magro, com uma bota preta brilhante apoiada no assento de uma cadeira próxima. Ele gritava adições divertidas à história do primeiro imediato e pediu outra rodada de bebidas para todos os seus "amigos".

A pobre cerveja que Tink bebia ficou amarga em sua língua antes de a engolir. A arrogância do capitão não tinha fim. Ele viajava de um porto amigável aos piratas ao outro para que ele e sua tripulação pudessem alardear suas conquistas. Pelo menos isso facilitava rastreá-los.

Naquela noite, eles se gabavam do roubo do Coração de Fogo, um rubi deslumbrante incrustado em ouro. Um meio-sorriso se abriu nos lábios dela. O que eles diriam se ela o roubasse deles?

O Capitão Gancho, assim chamado devido à arma de metal distinta que substituía uma de suas mãos, ergueu sua caneca no ar. Derramou cerveja preta por todo lado. Canecas tilintavam, erguendo-se com gritos da multidão que se juntava ao brinde.

Finalmente, *finalmente*, o capitão olhou na direção dela.

Seu coração deu um salto involuntário conforme lábios pecaminosos se contraíam em uma expressão tensa. Ou talvez fossem os olhos escuros como carvão dele que a retorciam por dentro. Ele ergueu a caneca, dando um gole demorado, porém mantendo a atenção nela.

Perfeito.

Um olhar e ela havia fisgado Gancho. Um risinho escapou de seus lábios, o qual ela cobriu mordendo o lábio inferior em um constrangimento fingido.

Antes de ele baixar sua bebida, Tink se torceu para trás para pegar sua caneca esquecida no balcão. Cerveja quente e piratas imundos. O sonho da noite de toda garota.

Ela bufou. *Com certeza.*

Seu estômago se contorceu enquanto ela esfregava a caneca entre as mãos. Essa não seria a vida dela. Não mais, não depois daquela noite.

Uma mulher deu um gritinho quando um bêbado a puxou para seu colo, quase fazendo ambos caírem no chão ensopado de cerveja. Como um dia ela gostou desses bares com humanos horríveis? Ela e sua prima Lily costumavam deslizar pelos portais de fada — os círculos de árvores, pedras, cogumelos ou o que quer que as mais velhas de antigamente selecionavam — para se divertirem um pouco no mundo dos humanos. Elas bebiam, dançavam, flertavam com qualquer humano bonito que chamava sua atenção, e depois voltavam para casa de fininho antes de as mais velhas ficarem ainda mais sábias. As primas tinham feito tudo junto desde que ela conseguia se lembrar. As mais velhas estranham tais explorações provocativas. Mas, na verdade, somente permitir que elas trocassem e arrecadassem bens não disponíveis na pátria delas era, bem, entediante.

Seu peito se apertou. *Será que Lily tinha chegado em casa? Será que estava bem?* A pulseira em seu punho com sua pedra preciosa quebrada pesava na consciência. Tink havia cometido um pecado imperdoável — vender seu pó de fada — para salvar Lily daquele desgraçado do Capitão Barba-Negra e sua tripulação. Jamais existira um homem mais desagradável. *Pirata imundo desgraçado.* O feito a fez ser banida de sua terra natal, Vale Sylvanna, e a deixou incapaz de passar pelos portais mágicos. Fingir ser humana e esconder as asas era doloroso. *Pelas barbas de Durin, dói amarrá-las!* Sem a capa em volta dos ombros, as pessoas poderiam perceber que ela as havia amarrado nas costas, e aí... bom, era melhor ninguém perceber.

— E aí, moça linda. — Um homem chegou ao balcão roçando nela, cheirando a suor e cerveja amarga... ou algo ainda mais abominável.

— Olá. — *E, por favor, vá embora*, ela adicionou silenciosamente, mal olhando para o homem. Se ele fosse um pouco perspicaz, iria embora.

— Está aqui com alguém?

De alguma forma, o bafo do homem era pior do que o fedor podre que exalava. Amontoados de pelo oleoso estavam grudados na pele suja. Quando tinha sido a última vez que ele tomou banho? Humanos em geral eram nojentos, mas esse, em específico, estava especial.

Tink olhou para trás em busca dos piratas e se enrijeceu. O capitão tinha sumido. *Merda. Onde será que ele...*

O invasor deslizou para a frente dela.

— Posso fazer vento na sua vela se você erguer meu mastro.

Tink ficou boquiaberta. Ele *não* tinha acabado de falar isso para ela.

Um rubor ardente subiu de seu peito para a ponta de suas orelhas.

Seus lábios formaram uma linha fina. Ela precisava dispensar aquele imbecil, e rápido. Se perdesse a oportunidade de pegar o Coração de Fogo por causa daquele babaca, ela iria... Suas unhas se enfiaram na palma das mãos. Ela nem sabia, mas seria algo horrível.

O homem agarrou o braço dela com a mão imunda.

— Vamos. — Unhas com crostas de sujeira cravaram em sua pele. — Posso pagar.

Com um movimento rápido, Tink derrubou, *sem querer*, sua bebida. Derramou cerveja no homem, espirrando um pouco nela também.

— Sua vadia! — Ele cambaleou para trás. O homem atrás dele xingou.

Tink saiu de seu banquinho, tentando fugir, mas o homem a agarrou pelo braço de novo. Ela o puxou de volta, sua outra mão deslizando para baixo de sua capa em busca da adaga escondida.

— Eu vou... — O homem empalideceu quando uma mão se fechou em seu antebraço. O tecido preto, limpo e a costura elegante chamaram a atenção dela.

— Você vai deixar a moça em paz. — A voz aveludada retumbou logo atrás dela.

Um calor inesperado percorreu sua espinha rígida. O Capitão Gancho empurrou o homem para longe e se colocou entre eles.

— Você... você é... — o homem gaguejou antes de se virar e seguir seu caminho pela multidão com pressa.

— Boa viagem. — Gancho a encarou, olhando para os respingos de cerveja na camisa esvoaçante marrom enfiada em suas calças justas. — Você está bem, amor?

— Sei cuidar de mim.

Ele arregalou os olhos.

Merda. Era para ela seduzi-lo, não o afastar.

— Mas... — Ela lambeu os lábios antes de desviar o olhar, e voltar a encará-lo. — Agradeço muito a ajuda.

Ele baixou um chapéu invisível, o movimento tão natural como se ele raramente ficasse sem um.

— Sempre fico feliz em ajudar uma dama em perigo.

— Bem galanteador da sua parte. — Ela precisou de toda a sua força de vontade para manter o sarcasmo longe da voz.

— Posso pagar outra bebida… — Ele inclinou a cabeça, esperando o nome dela.

— Tinker Bell. — *Oh, pelas asas de Beryl.* Ela não tinha planejado dizer a ele seu nome verdadeiro. Ela sorriu apesar de seu erro e chegou mais perto. — E acredito que você já pagou outra rodada para todo mundo.

A ponta dos dedos dele, com unhas pintadas de um preto meia-noite, raspou a beirada do ombro dela antes de ele recuar. O toque, breve e fugaz, provocou um calafrio até os dedos do pé dela. Não era para isso acontecer. Ele era um pirata — um notório. Pior, era seu alvo. Mas, se ele ficasse interessado, facilitaria bastante o trabalho dela. Roubar o rubi era um teste, e ela não poderia falhar, não se quisesse que a rainha dos tritões, Titania, confiasse nela. Ela precisava de sua confiança antes mesmo de falar com a rainha sobre uma troca pela pérola negra, o único objeto conhecido com poder para consertar qualquer coisa quebrada, até mesmo sua pulseira.

— Tinker Bell. — Ele se demorou um tempo dizendo seu nome, e o jeito como emitiu as palavras a derreteu mais do que qualquer bebida.

— Só Tink está bom — ela adicionou, de repente com calor.

— Certo. Não bebeu muito, Tink. — Ele apontou para as bebidas próximas. — O barman tem mais algumas opções prazerosas.

— Bem… — Tink passou a mão pela manga dele. — Acho que posso aproveitar um pouco disso.

2

Horas ou minutos depois — ela não saberia dizer —, Gancho e Tink saíram do bar execrável para o ar ainda noturno, as roupas grudadas na pele por conta da umidade. Mal havia um pedaço da lua passando pelo céu noturno nublado, mas Tink não reparou. Sua visão estava embaçada nos cantos. Cada passo continha uma pequena oscilação.

Caramba, o rum escuro que eles tinham tomado era forte. Ela só havia dado pequenos goles comparado a ele, mas, ainda assim, enevoou sua mente. *Burra, burra, burra* — ficar bêbada como se ela tivesse saído para se divertir. O único lado bom naquela noite escura era que Gancho havia bebido mais do que o suficiente para deixar seu olhar pesado de desejo e seu passo tão instável quanto o dela. Ele nem piscou quando ela sugeriu que ele lhe mostrasse seu navio.

— Orgulho dos mares! — proclamou, lançando um braço na direção das docas e derramando pelo gargalo metade da bebida que ele ainda carregava. — Você não vai encontrar um navio mais impressionante do que o *Jolly Roger*. Não em toda Terra do Nunca.

— Fiquei sabendo que é bem grande. Forte. E rápido. — Ela deu risada, nada fingida, e se encostou no braço dele. Na verdade, ela mais que trombou nele. Um homem menor poderia ter tropeçado e caído nas ruas quase vazias, mas não Gancho. Tink poderia muito bem ter trombado em uma árvore pelo pouco que ele se mexeu.

— Cuidado aí, amor. — Ele a estabilizou com seu gancho, de alguma forma delicado e cuidadoso apesar de sua embriaguez. — Você não iria querer perder uma vista dessa.

— Não. — Ela o olhou de cima a baixo, demorando-se conforme eles cambaleavam juntos. Tink lambeu os lábios lenta e cautelosamente. — Não iríamos querer isso de jeito nenhum.

Ele lançou um olhar enevoado, obscurecido pela noite, que agitou o sangue dela mais do que deveria. *Pirata imundo, ladrão, falso, inútil, é isso o que ele é.* Não importava que ele conseguisse encantar as barbatanas de um peixe e tivesse um sorriso que pudesse derreter ferro. Ele tinha roubado o Coração de Fogo. Merecia que o roubassem dele. Sem contar que tinha sido um pirata a inseri-la naquela confusão, então era justo que ela utilizasse outro para ajudá-la a sair dela.

Tink girou a pulseira em seu punho. Ela encontraria um caminho para casa. Salvar Lily, a pessoa mais próxima que ela tinha de uma irmã, valera a pena, e ela faria a mesma escolha de novo em um piscar de olhos. *Pelas barbas de Durin, eu faria qualquer coisa por ela.* Mas estava condenada se libertar Lily daquele miserável Capitão Barba-Negra lhe custasse seu lugar no Vale Sylvanna. Tinha sido uma noite parecida com aquela, linda e tranquila. Tink estremeceu.

— Você está bem? — Gancho perguntou.

Tink olhou para o pirata malandro, atônita. Quando eles tinham parado de andar? Pior, ele soava quase tão sóbrio quanto ela de repente se sentia. Aquilo não daria certo.

— Só fiquei com frio por um instante. — Ela lhe deu seu melhor sorriso de uísque com mel e passou a mão pelo braço dele.

Ok, essa foi uma péssima desculpa. Tink silenciosamente se xingou enquanto mantinha o sorriso congelado. Ninguém vivo poderia estar com frio na umidade tropical na qual eles praticamente nadavam.

Gancho jogou seu copo em um parapeito de janela aleatório — um presente interessante para o proprietário sortudo — e envolveu seu braço bom nos ombros dela.

— Posso te levar de volta.

— Não! — ela respondeu, um pouco rápido demais. — Quero ir com você. Você não ia reconstituir o roubo do Coração de Fogo para mim?

— Interessada em minhas joias agora? — Ele deu risada, seu tom mais acalorado do que a noite.

— Bom, dizem que o jeito mais rápido de chegar ao coração de uma garota são coisas bonitas. — Ela se inclinou, deixando o corpo roçar no tecido pesado do casaco dele.

Um navio enorme apareceu na doca bem à frente. Tinha que ser o dele e, caramba, não é que era tão impressionante quanto os boatos diziam?

— Bom, o que achou? — Ele apontou para o navio. Seu braço deslizou para a capa dela, puxando-a mais para perto. — Ela é tudo que você... — Ele parou de repente.

Tink paralisou. Pela flauta de Nessa, as asas dela. Ele não sabia o que ela era, não sabia sobre elas. Mas ele as sentiu. *Sagrados anciões, por que eu não tinha pensado nisso?*

— Você é uma... — Ele parou de falar, aguardando que ela respondesse.

— Fada — ela respondeu, quase um sussurro.

A última coisa de que ela precisava era que mais pessoas soubessem disso. Humanos eram gananciosos. *Nunca conte a eles o que você é se você se aventurar nas terras dos humanos, porque eles vão querer seu pó.* Era uma das primeiras lições que toda fada aprendia antes de chegar na idade de ter permissão para sair. Uma fada podia doar um pouco do pó. Um pouco aqui. Mais um bocado ali. Bênçãos para pessoas gentis. Mas nunca vender. Uma única moeda e elas nunca mais poderiam voltar para casa. E ela sabia disso muito bem.

— Desculpe. — Pânico genuíno envolveu a voz dela enquanto ela o via se afastar e a deixar parada na beirada da doca. — Gostei da sua companhia. Fiquei preocupada de que, se te contasse, você pudesse... — Ela deu de ombros e encarou os próprios pés.

A mão calosa de Gancho ergueu o queixo dela, forçando-a a olhar para ele.

— Pensou que eu não me interessaria? — Ela conseguia apenas identificar o arco de uma sobrancelha escura.

Ela assentiu, engolindo a apreensão.

— Vou admitir, nunca estive com uma fada, mas isso não vai me afastar. — Ele se inclinou, seu calor acalmando-a como uma maré suave. — Usa isto para esconder? — Ele puxou a capa dela.

— Nem todo mundo é gentil com as fadas.

Principalmente piratas. Era agora que ele pedia o pó dela? Para banhá-lo com as drogas das quais humanos não conseguiam se saciar?

Ele esticou o braço, cuidadoso para não pressionar as asas já dobradas e curvadas.

— Você está segura comigo, amor.

O estômago dela se retorceu. Lá estava ele, sendo todo gentil e cortês, e ela planejava roubá-lo. A dúvida se contorcia nela, puxando-a de volta do barco. Ela cambaleou, culpando a bebida forte que eles compartilharam, mas não era isso. O Capitão Gancho tinha uma reputação, claro — implacável, hábil, rico. Até onde ela sabia, ele tinha saqueado inúmeros navios reais; sem contar os boatos de que ele participava de alguns negócios *acima-do-convés.* Porque ele desejava ter alguém para compartilhar sua cama? Sim, devia ser isso. Rum e determinação endireitaram as costas dela e estabilizaram seus passos. Ela deslizou a mão na dele e o deixou que a levasse a bordo.

Mastros erguidos na noite, as velas puxadas e amarradas enquanto estavam no porto. O deque estava limpo, organizado, sem cheiro de peixe e de outras coisas repugnantes que dominavam alguns navios menores em que ela estivera. A porta esculpida pela qual eles passaram no coração do navio poderia facilmente ter sido de uma mansão chique.

Por mais que fosse difícil admitir, seus aposentos também eram bonitos. Uma cama luxuosa que parecia confortável, coberta de carmesim, dominava uma parede. Havia uma escrivaninha resistente de madeira escura esculpida — *mogno?* — à frente dela. Vários objetos e tesouro estavam amarrados às paredes ou seguros em prateleiras com livros abarrotados entre eles. Janelas de vidro grosso deixavam entrar luz natural — pelo menos durante o dia. Naquela noite, apenas velas iluminavam o cômodo, as quais Gancho acendeu enquanto Tink se demorava admirando o que via.

— Então quem era Roger? — Tink perguntou.

— Roger?

— Você sabe, de *Jolly Roger*? — Ela inclinou a cabeça para o lado.

— Ah, esse Roger. — Ele colocou a última vela de volta no lugar. — Acredita que eu não sei?

Tink ergueu as sobrancelhas, e ela cambaleou meio passo.

— Você, o grande Capitão Gancho, não sabe de quem é o nome que seu navio leva?

Gancho esfregou a barba por fazer de seu queixo.

— O grande Capitão Gancho. Gostei de como isso soa.

Ela desviou o olhar. O rubor em suas bochechas nem foi fingido.

— Então vou conseguir ver o lendário Coração de Fogo? — Tink perguntou acima do ombro enquanto passava os dedos ao longo da beirada da mesa dele.

— Está aqui por causa de meus tesouros — Gancho respondeu com uma careta, fazendo uma melodia com sua voz.

Ah, se ao menos ele soubesse. A rainha Titania queria essa joia, e somente ela possuía a pérola encantada que poderia consertar a pulseira de Tink e levá-la para casa. O que quer que tivesse que fazer para ganhar a confiança dela e ficar um passo mais perto de casa, ela faria.

Tink se acomodou na beirada da mesa dele.

— Você prometeu.

— É, prometi. — Em algum momento, ele havia tirado a jaqueta, ficando apenas com uma camisa solta enfiada nas calças. — E sempre cumpro minha palavra. Mas, primeiro, feche os olhos, amor.

A apreensão revirou seu estômago, porém ela obedeceu. Claro que ele não iria querer que ela visse onde ele guardava o tesouro. Foi muito difícil não olhar.

Alguns barulhos, cliques e o raspar da madeira encontraram os ouvidos dela. O tempo pareceu se alongar para sempre. As costas dela se enrijeceram conforme os passos do capitão atravessavam o tapete na direção dela.

— Posso olhar?

— Sim.

Ela abriu os olhos quando ele colocou uma caixa estreita na mesa.

— Apresento a você... — Ele ergueu a tampa. — O Coração de Fogo.

Um colar de ouro incrustado com rubis do tamanho do polegar dela a encarava. Seria mentira dizer que a sua boca não salivou. O objeto que ela precisava, o primeiro passo para sua volta para casa, estava finalmente ao seu alcance.

Gancho se debruçou, o peito quase pressionando as costas dela. Pela inspiração profunda dele, ela poderia jurar que ele cheirava o cabelo dela. *Pirata esquisito.*

— Gostaria de prová-lo?

Ela prendeu a respiração. Quase vibrou de alegria.

— Sim! Hum... Quer dizer, quem não gostaria? Tão lindo.

— De fato. — A ponta de um dedo acariciou a bochecha dela conforme ele tirava o colar da caixa, erguendo a corrente pelo fecho com a ponta de seu gancho.

As sereias queriam esse colar impressionante de volta ao seu tesouro, e ela o levaria para elas em breve. Os dentes morderam seu lábio na tentativa de conter o sorriso. Pirata esquisito e imundo ou não, ele estava fazendo o jogo certo nas mãos dela. Quando o colar pesado se acomodou em seu peito, Tink o encarou, certificando-se de encostar, *sem querer*, na virilha dele.

Os olhos de Gancho se enevoaram e ele se sentou em sua poltrona grande, reclinado contra o veludo vermelho, de pernas abertas, mão e gancho apoiados nos braços da poltrona como um grande rei.

— Adorável.

Pelos dentes de Merrin, sim. Era assim que as grandes rainhas se sentiam, com seus montes de joias? Ela não sabia. Não era para fadas gostarem dessas coisas. Talvez essa parte dela se quebrara junto de sua pulseira, selando seu banimento. Ou talvez ela estivesse condenada a ser uma exilada desde sempre.

— É melhor assim? — Ela apontou para o colar. — Ou... — Tink soltou a capa, deixando-a cair no chão. Em seguida, desamarrou os cordões no topo de sua camisa, abrindo-a até o colar estar descansando em sua pele, logo acima das faixas que cobriam seus seios e suas asas. — Assim?

Gancho se aninhou mais em sua poltrona, esfregando a barba no queixo, mas nunca tirando seu olhar abrasador de cima dela.

— Isso. Sim, gostei assim.

O calor fervilhava em suas entranhas conforme ela subiu no colo dele, montando-o na poltrona.

— Pensei que fosse gostar.

O capitão ficou rígido por um momento, mas depois relaxou e a abraçou, puxando-a para perto. Caramba, a sensação do toque da mão dele deixou tudo embaçado. Seria muito fácil esquecer o que ele era e por que ela estava ali. Render-se àqueles olhos escuros como carvão, palavras doces e toques ágeis. Ele seria um amante habilidoso, disso ela não tinha dúvida. Ela poderia aproveitar, aceitar o que ele tinha a oferecer. Roubar as joias dele pela manhã e ir embora antes de ele acordar.

Não. Arriscado demais. Mais de sua tripulação poderia voltar para o navio. Eles poderiam sair do porto antes de ela acordar, e então estaria perdida exatamente como estivera com o Capitão Barba-Negra. Ela se enrijeceu ao pensar nisso — a lembrança do que ela havia sacrificado.

— Amor?

Merda. Lá foi ela de novo, voltando às lembranças e se esquecendo do porquê estava lá.

Pelos grossos do bigode rasparam a palma de suas mãos quando ela segurou o rosto dele.

Ela abriu um sorriso tímido.

— Capitão?

Ele soltou um gemido suave, apertando-a mais quando ela se esfregou nele. A protuberância dura pressionando o centro dela provocou um calafrio na espinha de Tink. Ele estava pronto, bem do jeito que ela queria. Gancho encostou a testa na dela, inclinando-se até eles compartilharem a mesma respiração. As mãos de Tink desceram deslizando pelo pescoço dele, pelo peito, saboreando o músculo duro debaixo.

— Vou te beijar — ele sussurrou.

O coração dela saltou, prendendo a respiração dela na garganta.

— Finalmente.

Lábios exigentes colidiram com os dela, consumindo, conquistando. A barba por fazer raspava na pele dela. Ele segurou o traseiro dela, apertando-a nele. As mãos de Tink se entrelaçaram no cabelo escuro e curto de Gancho, mantendo-o bem perto enquanto a língua dele encostava na dela. Toques de rum a provocavam conforme ela arqueava no abraço dele, cedendo tanto quanto ela tomava. Um brinco arranhou a palma da mão dela quando ela desceu as mãos até a camisa dele, puxando, tirando, querendo que ela saísse.

Tink soltou um gritinho quando o capitão se levantou em um movimento fluido, erguendo-a no ar com ele. Suas pernas envolveram a cintura dele, os braços abraçaram o pescoço. Gancho recuou, só o suficiente para dar a ela um olhar escaldante e faminto enquanto ele a carregava para a cama. Os dedos dos pés dela se flexionavam dentro das botas, seu corpo se derretendo com o calor daquele olhar. Ele a queria. Toda ela, embora ela fosse uma fada. Quanto tempo fazia que alguém a queria assim? Um capitão renomado, menos ainda.

Bastante tempo. Tempo demais.

Em vez de se deitar por cima dela, das asas, ele se sentou na beirada, se deitou e a puxou para seu peito.

A culpa incômoda crescia como uma onda, ameaçando engoli-la. Ele olhava para ela como se ela fosse um tesouro, uma joia preciosa tirada da escuridão. E ela iria roubá-lo.

Tink engoliu em seco, deixando seu olhar viajar do rosto dele e para seu tronco enquanto guerreava consigo mesma. Mesmo assim, ela puxou a camisa dele.

— Agora como vamos tirar isto? — A densidade de sua própria voz a surpreendeu. Não era para ela desejá-lo, não mesmo.

Ele arrancou a camisa por cima da cabeça mais rápido do que qualquer homem com uma mão conseguiria fazê-lo. Caramba, ele era uma visão e tanto — todo musculoso e bronzeado.

Tink deslizou a ponta dos dedos no bolso da calça dela, só longe o suficiente para encostar nos conteúdos da bolsinha que ela escondia ali. Era agora ou nunca. Um passo a mais e ela arriscaria ir longe demais, cair no feitiço daquele pirata perverso.

Ela passou o dedo nos lábios dela, fingindo gostar do que via. *Certo, não totalmente fingindo*. Ou nem um pouco. A visão dele esparramado abaixo dela preencheria seus sonhos eróticos — sendo pirata ou não. Tink se esfregou contra a protuberância na calça dele e se debruçou em seu peito. Aquilo era por ela. Outra conquista da noite.

Pressionar seus lábios nos dele era tão fácil quanto respirar. Talvez mais fácil. Era realmente uma pena que ela só o tivesse daquela vez. Ele não iria querê-la de novo assim que acordasse e descobrisse o que ela fizera — o roubo ou os meios que usara. Havia um motivo para humanos não serem gentis com fadas. Ou eles queriam o pó delas ou acusavam as fadas de usar o pó mágico para enfeitiçá-los. Uma pequena quantia, consumida por um humano, o baqueava mais do que qualquer droga. Eles iam para a terra dos sonhos, "voando no pó das fadas" como se costumava dizer, por horas, para depois acordar sem ressaca e com o eco de sonhos fantasiosos. Muitos desejavam isso para fugir de suas vidas, mesmo que só por um tempinho.

Tink recuou, admirando o maxilar forte que segurava com a palma da mão. Daquela distância, ela enfim percebeu o tom dos olhos de Gancho: cinza-escuro como mares tempestuosos.

— Amor? — Ele colocou o cabelo para trás do rosto dela. — Você está... brilhando?

Seu pó, seu beijo contaminado, já confundia os sentidos dele.

— Brilhando? — Ela deslizou o dedo coberto de pó de fada nos lábios dele para garantir.

Ele não falhou em desapontar, aquela língua perversa lambendo a ponta.

— Sim... Você...

Aquela pontada de culpa surgiu novamente, acompanhada por um toque de perda. Ele ficou deitado debaixo dela, a respiração suave e regular conforme deslizava para um sono profundo.

Brilhando? Por ele? Que absurdo.

Tink saiu da cama. O colar pesava em seu peito conforme ela admirava o pirata dormindo. Um último olhar para suas lembranças.

— Adeus, Capitão.

3

Três meses depois

Terra firme sempre o deixava instável. Não era certo — algo tão duro, firme e imóvel. Gancho franziu o cenho para a terra estragando suas botas de couro. As coisas que ele fazia por sua tripulação... Ele escolheria o mar em qualquer dia — vento em seu cabelo, sol em suas costas.

Ele olhou para trás, para seu navio ancorado no porto. Um sorriso irônico pintou suas feições. Os mastros do *Jolly Roger* elevavam-se sobre os outros navios no porto, uma presença dominante impossível de ignorar. A luz do sol esparramada pela vela, iluminando a caveira e os ossos cruzados pintados ali. Pelo menos o tempo estava bom — sempre estava em Tortuga. Magia antiga de bruxa, os locais diziam. Elas tinham aplicado feitiços no solo para garantir segurança para piratas, comerciantes e pescadores. Não era de se admirar que a terra era meio estranha.

Ele balançou a cabeça e abriu a porta para entrar no Âncora Enferrujada — o bar e bordel mais conhecido de Tortuga. Tinha prometido aos seus homens uma noite na costa antes de voltar ao mar. Com cascos de cerveja e comida a caminho do navio, ele pôde, enfim, se juntar a eles. No entanto, Gancho tinha um objetivo diferente de beber ou se divertir. Cerveja e rum afrouxavam a língua, e uma língua solta era amiga de um pirata. Era só deslizar algumas moedas nos bolsos certos e, bem, ele teria um novo tesouro em sua mira ao anoitecer.

Ou uma forma de quebrar o maldito feitiço que o importunava. Para isso, ele daria cada raspa de tesouro em seu navio e mais um pouco.

De dentro do bar saíram risadas e fumaça de cachimbo. Uma caverna era mais iluminada do que aquele buraco. Não tinha nada dos raios coloridos do pôr do sol brilhando no mar às costas dele. Canalhas suados e garçonetes rechonchudas ocupavam o lugar. Alguns de seus homens já descansavam entre os clientes, desperdiçando o dinheiro conquistado com dificuldade em cerveja ruim. Ele baixou o chapéu de aba e passou pelos móveis lascados e corpos suados. Deu um sorriso a uma, uma piscadinha para outra.

Smee estava sentado a uma mesa perto do bar, a cabeça esbranquiçada apoiada no encosto da cadeira. À primeira vista, ele parecia estar dormindo, tranquilo como um bebê. Outro passo mostrou o resto do cenário. Uma morena saltitante montou em seu colo, com as saias amontoadas na cintura. O gemido de Smee ecoou pelo lugar. Seus braços se apertaram em volta da cintura da mulher, incentivando-a. Ela deu um gritinho de prazer, mordendo o lábio inferior pintado.

Ninguém olhou. Ninguém se importava com as conquistas amorosas de seu primeiro imediato.

— Capitão — uma garçonete cantarolou. — Quer companhia? — O olhar dela prometia uma aventura, apesar de ela ter os braços de outro homem ao seu redor. O marinheiro suado estava tão perdido em seus copos que não percebeu que sua companheira estava olhando para o lado.

— Hoje não, amor. — A lembrança fantasma de sua mão se contraiu onde seu gancho homônimo agora estava. Fazia muito tempo que ele não ficava com uma mulher. Tempo demais desde que aquela meretriz Tinker Bell o drogou com seu beijo e roubou seu tesouro. Pior, ela o havia amaldiçoado duplamente. Um olhar para outra mulher, e tudo que ele via era ela. A bochecha com covinha. Os lábios rosados. O cabelo loiro e bagunçado. Olhos tão azuis quanto um recife raso. Seu pau o traiu, enrijecendo-se enquanto o rosto dela o assombrava em suas lembranças.

O balcão recuou, afastando-o mesmo com a mulher o chamando de novo. Ela estivera bem diante dele, mas tudo que ele via era Tink.

Pior do que arruiná-lo para as mulheres, ela havia voltado o mar contra ele. Mais nada poderia explicar por que as tempestades de verão tinham rasgado suas velas e os soprado para fora do curso enquanto seus rivais seguiram intactos. Gancho bateu a ponta de seu gancho na madeira do balcão. Ele era melhor do que isso, caramba. Abençoado pelo deus dos mares, nascido da semente potente das próprias águas.

Esse era o boato de que ele mais gostava. Bem distante da verdade.

— Mares agitados, hein, Capitão? — o barman perguntou, mal olhando para o novo buraco.

Gancho fez uma careta. Aquilo não era nem a metade.

— Uma caneca do melhor que você tem. — Ele enfiou a mão boa na bolsa de moedas até encontrar a que procurava e batê-la na madeira. O ouro brilhou na luz baixa. Afinal, ele tinha uma reputação para manter.

Olhares curiosos pairavam sobre ele de toda sua volta. Ele encarou cada um em resposta, um sorriso para amigos, um olhar firme para estranhos. Ele memorizava cada rosto conforme aguardava sua bebida. Ninguém se aproximou.

O barman voltou, com o semblante iluminado — o objetivo da moeda, sem dúvida. A espuma aderia à beirada da caneca generosamente cheia. Gancho deu um gole vendo que a mulher de Smee saía do colo dele, dando ao bar uma demonstração de sua masculinidade satisfeita. Um líquido fino e amargo lavou a língua de Gancho.

— Parece mijo de cavalo! — Ele bateu a caneca cheia da bebida com força no balcão, derramando a bebida em sua mão.

— Isso é coisa fina. — O homem apontou para o líquido derramado no balcão.

Gancho se debruçou no bar.

— Não vale nem metade do que paguei a você, amigo.

O barman se inclinou, só o movimento de seu dedo mindinho mostrando que estava com medo. Todo mundo conseguia ver. O homem poderia erguer muito mais peso do que ele; no entanto, Gancho usaria sua habilidade com o sabre a qualquer momento.

— É o melhor que tenho, Capitão. Juro.

A mão de metal de Gancho arrancou outro pedaço do balcão.

— Você não tem um estoque especial? — Ele virou a ponta do gancho para cima, deixando-a captar o brilho fraco do lampião a óleo. — Para... clientes diferenciados?

A garganta do homem musculoso estremeceu conforme ele alargava a camisa no pescoço.

— Tinha, m-mas o Capitão Barba-Negra, ãh, fez u-um pedido especial. Ele está para chegar a qualquer dia...

Quase tremendo de raiva, Gancho se inclinou e saiu de cima do balcão. *Capitão Barba-Negra. Aquele maldito desgraçado.* Ele levara vantagem sobre ele desde que perdera o Coração de Fogo, e agora pegava até sua bebida. Aquele velho crocodilo merecia. Ele tinha trabalhado duro demais para se tornar o capitão pirata mais jovem do Mar Cerúleo da história. O Príncipe das Ondas, eles o chamavam.

E as coisas que Barba-Negra havia feito com ele... Sua mão cerrou em punho. Então ele chegaria em breve? Que interessante. E lamentável.

— Ãh, Capitão — o barman disse. — Tenho outra coisa que pode te interessar.

Uma respiração profunda apagou a brasa da vingança alojada em seu coração. *Informação. Certo.* Ele estava ali por causa disso. Gancho ergueu as sobrancelhas e o homem se inclinou.

— O dia de chegada do Capitão Barba-Negra?

Talvez ele pudesse pegá-lo desprevenido, para lhe devolver um pouco do sofrimento que havia causado.

— Não. Em breve, mas eu... — O olhar do homem disparou.

Um suspiro decepcionado escorregou de seus lábios.

— Um horário novo para os navios mercantes?

Isso poderia ser útil, principalmente se algum estivesse trazendo mais daquela seda fina das ilhas do sul. Ele havia acumulado uma quantia considerável do último baú que *adquirira*.

— Não...

Que decepção. Gancho coçou a barba escura por fazer em seu queixo.

— Você está testando minha paciência. Devolva minha moeda e as dos meus homens, e talvez esqueçamos este pequeno incidente.

O homem arregalou os olhos.

— Espere, vai querer saber. — Ele mostrou uma maleta de couro, ridiculamente pequena nas mãos dele. — Juro. Só um pouquinho e todas as suas preocupações desaparecem. — Ele se debruçou no balcão e sussurrou. — Pó de fada.

— Pó de fada! — O grito de Gancho cortou o lugar. Homens e mulheres congelaram. A conversa parou e todos os olhos se voltaram para ele. Smee desembainhou a adaga, procurando o perigo.

Um gemido parou na garganta dele.

— Um homem não pode gritar, seus malandros?

Gancho gesticulou com sua mão.

— Voltem ao que estavam fazendo, seus insetos. Bebidas por conta da casa. — Ele ergueu sua caneca e deu um longo gole.

Todos brindaram. As canecas foram tilintando conforme os marinheiros o seguiam. Gancho secou a boca na manga e bateu a caneca no balcão mais uma vez, tentando apagar o gosto de sua boca. As pessoas continuaram suas vidas como se ele não tivesse falado nada.

Pó de fada... substância maldita e perversa. Uma pitada em uma bebida, e um homem poderia perder horas em um mundo de sua imaginação. Uma colher cheia? O dia todo. Só havia uma única fada da qual ele ouvira falar que desceria tão baixo a ponto de vender seu pó para humanos — a mesma que estava presa na cabeça dele. Tinker Bell.

Gancho colocou a mão cheia de moedas no balcão.

— Agora, barman, me conte tudo que sabe sobre este pó de fada.

Gancho saiu furioso do Âncora Enferrujada para dar com o cair do crepúsculo, Smee logo atrás dele.

— Ela está aqui.

— Ela? — Seu primeiro imediato enfiou a camisa dentro da calça.

O olhar que Gancho lançou sobre ele por cima do ombro foi mais neutro do que o mar calmo.

— Oh, *ela*! — Ele ajustou o cinto antes de arrumar o cabelo. — Claro, como pude esquecer?

Gancho revirou os olhos. Eles eram amigos desde a infância, e Smee era leal como um cão, mas às vezes ele tinha mais miolos em seu pau do que na cabeça.

— Ele falou que comprou o pó de fada há alguns dias. — Seu punho cerrou. — Comprou de uma loira na cidade.

Smee esfregou a nuca.

— É, mas não significa que ele comprou *dela*.

O capitão parou de repente, erguendo o gancho. A boca dele se abriu e fechou. Droga, Smee tinha razão. Tinker Bell havia ficado famosa nos últimos meses... a única fonte conhecida de pó de fada no Mar Cerúleo. No momento, de qualquer forma. Mas rastreá-la? Esse era o problema. Ele ainda não havia recebido uma pista tão promissora. Independente de quanto ouro oferecesse, não conseguiam falar muito sobre ela ou haviam comprado o pó semanas antes. Ela devia ter uma fortuna guardada.

— Mesmo assim. — O casaco preto e comprido esvoaçou atrás dele enquanto ele seguiu para seu destino. — Vamos verificar todas as tavernas. Se ela estiver aqui, alguém vai saber alguma coisa.

A próxima já era nos penhascos à frente. Uma ponte de corda pairava no ar acima da praia, estendendo-se até o Poleiro do Corvo. Ela era conhecida como A Perdição do Bêbado. Vários homens haviam sofrido ali um acidente infeliz. Uma árvore enorme e antiga ficava agarrada ao penhasco em uma inclinação inimaginável, os galhos se esticando na direção do horizonte distante onde o mar encontrava o céu. O bar, com dois andares, envolvia seu tronco e seus galhos mais baixos.

— Tem mais uma coisa — Gancho disse conforme eles se aproximavam. — Barba-Negra está prestes a chegar no porto. Reservou o estoque de bebidas com o barman... todo o estoque bom. — Claro que reservou, maldito crocodilo.

Smee cambaleou para trás.

— Barba-Negra? — Sua voz aumentou uma oitava quando ele olhou na direção do *Jolly Roger* atracado nas docas. — É melhor irmos para mar aberto?

Era? Essa era a questão. Tortuga era solo neutro, até o velho crocodilo respeitava isso, mas eles poderiam pegá-lo antes de ele chegar. Gancho girou os ombros.

— Ainda não. — Primeiro, ele pegaria aquela fada ladrazinha e resolveria a questão do feitiço que ela jogara nele.

Uma conversa animada se misturava ao barulho das ondas se quebrando e os gritos de gaivota conforme Gancho e Smee atravessavam a ponte. O leve balançar e craquelar da madeira não incomodava os dois homens que viviam em cima das ondas.

— Música boa — Smee disse quando eles saíram da ponte para a varanda.

Conversa e risada guerreavam para dominância acima da música vazando de janelas rachadas e altas. Um bandolim, talvez. Ele esfregou a barba por fazer em seu maxilar com o gancho. Bem tocado. Pena que ele não tinha tempo para curtir.

O Poleiro do Corvo abrigava uma multidão empolgada. Com as tempestades amenizadas nos últimos dias, comerciantes e marinheiros tinham voltado a fazer suas transações. Moeda para eles significava mais para sua tripulação. Com frequência, os comerciantes locais o pagavam pela proteção na rota deles ou garantias de que seus navios não fossem atacados por ele e por sua tripulação. Aquela prosperidade trouxe um sorriso natural ao rosto dele. Se não fosse pelo Capitão Barba-Negra com seus navios de caça nas águas dele ou o feitiço que o pó de Tink tinha feito nele, a vida seria fácil.

— Olhe o que a maré trouxe! — Uma morena magra empurrando homens para longe de seu caminho se aproximou deles.

Não *deles*. Seu sorriso não era para Gancho.

— Brielle! — Smee brilhou como o sol. Ele abriu os braços fortes, mas Brielle parou, dando-lhe uma olhada.

— Me perguntei quando você voltaria ao meu bar. — Ela deu uma piscadinha.

Smee a puxou em um abraço antes de erguê-la do chão e girá-la conforme ela gritava de prazer.

Brielle assentiu para Gancho quando recuperou seu equilíbrio.

— Capitão.

Ele baixou seu chapéu para ela. Em tempos assim, ele agradecia por Smee ter uma mulher — ou três — em cada porto. Brielle não era dona do bar, mas bem que poderia ser. Os proprietários não tinham descendentes e a tratavam como sua própria filha. Se Tink tivesse aparecido por Tortuga vendendo seu maldito pó, ela saberia informar.

Mesmo assim... Gancho envolveu o braço em Smee, dando-lhe um tapa forte.

— Não se esqueça de por que estamos aqui.

Não precisaria deles dois para descobrir o que Brielle sabia. Smee, provavelmente, se sairia melhor sem Gancho, na verdade. De alguma forma, ela preferia seu primeiro imediato jovial. Ela que perdia.

Gancho sorriu quando viu a tripulação do *Skipper* perto do palco baixo. Eles ainda lhe deviam o pagamento daquela temporada e, pela quantidade de bebidas na mesa e mulheres no colo, poderiam pagar.

— Cavalheiros. — A voz retumbante de Gancho percorreu toda a mesa. Olhos arregalados e vidrados o encararam de volta. Um homem com as botas apoiadas na beirada da mesa praticamente caiu da cadeira. Gancho passou a mão na direção dos homens em um gesto grandioso. — E eu aqui pensando que um dragão do mar tinha levado todos vocês para as profundezas. Por que outro motivo atrasariam meu pagamento?

O capitão deles se levantou e alisou o cabelo oleoso para trás de seu rosto.

— Bom, sabe, senhor, nós...

— É *Capitão* para você, amigo. — Ele inclinou a ponta de seu gancho na direção do rosto do homem, saboreando o pequeno tremor de seus lábios. — Capitão Gancho.

O bandolim parou de repente, porém Gancho o ignorou enquanto encarava o homem.

— É, Capitão Gancho, senhor — ele balbuciou. — Não sabia que estava no porto.

Gritos de frustração se ergueram atrás de Gancho. Uma barulheira de móveis. Alguém trombou nele. Quem ousaria? Gancho se virou, empurrando o ofensor na direção de seus companheiros e observando a multidão afobada. O músico havia saído correndo do palco.

— Segurem esse pivete! — um homem gritou, apontando na direção da porta. Sua camisa suja e molhada grudava no peito, vítima da bebida derramada.

Uma pessoa se lançou para a porta, deslizando por entre clientes ou derrubando-os para o lado. Uma capa com capuz escondia suas formas, porém ela parou rapidamente na porta e olhou para trás.

O ar ficou carregado e elétrico como no instante antes de aparecer um raio. A respiração de Gancho ficou presa na garganta enquanto o resto do local ficava embaçado. Tink o encarou de volta. Era ela. Tinha que ser. Nada mais explicava o olhar arregalado ou como bastava olhar para ela e se sentir sufocar. O instante desapareceu assim que ela saiu porta afora, levando o bandolim.

Ela iria pagar por roubar dele, por amaldiçoá-lo.

Gancho avançou para a saída.

4

Tink disparou pela ponte de corda, sem se importar com os rangidos ou o quanto ela balançava. A pulsação latejava em seus ouvidos, cada batida incitando-a a correr mais rápido. Cair na praia lá embaixo seria melhor do que ser pega por aquele pirata arrogante.

Aquele olhar — ela estremeceu enquanto corria pelo crepúsculo. Não, certamente ele não tinha se esquecido de que ela o havia roubado. Não importava que ela precisasse do Coração de Fogo para conquistar a confiança da sereia e ficar um passo mais perto de seu verdadeiro objetivo — seu lar. Piratas só valorizavam ouro, e ela havia roubado uma coisa que valia montes dele.

Piratas sujos, podres, inúteis.

Suas asas doíam, estranguladas pelas amarras que ela havia envolvido no tronco. Ela não deveria ter ido tocar no Poleiro do Corvo naquela noite, não com tantos navios no porto depois das tempestades. No entanto, precisava de todo o dinheiro que conseguisse, e humanos bêbados davam boas gorjetas para moças bonitas... pelo menos quando pensavam que eram humanas. Claro que ela recebia muitos olhares e propostas indesejadas, entretanto, sabia lidar com isso. Se eles soubessem que ela era uma fada, iriam querer o pó que ela não tinha mais. Ela tivera bastante dele antes. Vinha natural e com abundância no vale. Contudo, ali, ela só tinha conseguido fazer um pouco depois que derramara tudo que tinha para salvar Lily do Barba-Negra, e isso tinha sido semanas antes. Nada em suas asas funcionava bem fora do vale.

Ela cambaleou um pouco ao sair da ponte e desviou o caminho correndo pela fronteira da cidade em direção à floresta. Um olhar por cima do ombro fez seu coração acelerar ainda mais. Gancho se lançou pela porta do bar. Seu olhar a encontrou na luz baixa sem erro. *Merda*. O forro carmesim da jaqueta se agitava conforme ele avançava pela ponte atrás dela.

Tink conseguiria despistá-lo na floresta. Ela precisava. Mas, com todo o seu azar...

Ouvir os boatos de que Barba-Negra logo estaria no porto já era péssimo o suficiente, e agora Capitão Gancho, do nada? Os dois últimos piratas que ela queria rever.

Ela apoiou o bandolim na parede de trás do último prédio. Não a ajudaria no voo, e Gancho não estava atrás de seu instrumento.

Folhas e vegetação rasteira se esmagavam e quebravam conforme ela corria pelas trilhas deixadas pelos animais da floresta. Quando olhou por cima do ombro, a ponta de sua bota se prendeu em uma raiz, fazendo-a tropeçar. Os braços e peito de Tink bateram em um montinho de terra. O impacto sacudiu seus ossos e tirou o ar de seu peito. Além do zumbido em seus ouvidos, o som inconfundível de alguém rastreando seu caminho pelo mato chegou até ela. A dor desapareceu em uma onda de adrenalina, fazendo com que se levantasse e voltasse a correr.

Em breve, ela estaria em segurança. Não era o Vale Sylvanna, seu verdadeiro lar, mas serviria. Por enquanto. Se aquele pirata ganancioso a alcançasse, talvez ela nunca mais visse o vale. Tink quase gritou de alívio quando os raios da luz da lua tocaram sua casa na árvore — tábuas em ruínas que formavam uma casa de quartos conectados por entre eles e em volta do tronco enorme e quase oco da árvore antiga. O crédito da escada de corda retrátil, a catapulta para atirar fogos de artifício e outras defesas e adaptações que havia conjurado era todo dela. Mas a estrutura original era uma criação abandonada de alguém, a qual ela havia consertado e melhorado.

— Finalmente! — Tink segurou a escada de corda e subiu um degrau de cada vez. Se Gancho encontrasse sua casa na árvore, ele não entraria. Ela se certificaria disso. Na pior das hipóteses, ela desamarraria suas asas e voaria quando ele não estivesse olhando. Elas não funcionavam bem do lado de fora do Vale Sylvanna, como se o próprio ar fosse diferente e lhes causasse dificuldade, mas elas poderiam salvá-la. Talvez.

Respirações pesadas e aceleradas ecoavam no cômodo escuro conforme ela puxava para cima a escada de corda e a guardava. Ela fechou a porta. Sua capa encontrou um lar no chão antes de ela tirar a túnica e desenrolar o tecido do tronco.

Um movimento nas sombras atraiu o olhar dela. Tink paralisou, meio despida, enquanto espiava na escuridão entre as pilhas de suprimentos que havia acumulado. Toda a luz que havia era uma faixa estreita que vinha do lampião que ela deixara queimando no quarto. Suas mãos congelaram.

Não. Ela não havia deixado um lampião aceso, ela não faria isso. Suas asas lutavam contra o restante do tecido, libertando-se e deslizando a faixa pelo chão conforme ela entrava no cômodo.

— Quem está aí?

A pergunta repentina encontrou o silêncio. Será que Gancho chegara antes dela? Era impossível, certo?

Ela se virou para o outro lado da luz, de costas para o cômodo do qual havia saído.

— Asas? — alguém sussurrou.

— Uma fada! — veio outra voz.

Ela mal havia virado na direção das vozes até que um cobertor a envolveu na escuridão bolorenta. Tink gritou e agarrou o tecido.

— Não a solte!

Mãos a seguraram. Ela berrou quando alguém puxou sua asa delicada.

— Amarre-a!

O pânico fervilhou em sua garganta e ela lutou contra os invasores. Pelas vozes, ela imaginava que fossem, no mínimo, quatro, talvez mais. Se ao menos ela tivesse um pouco de pó sobrando. Sem ele, ela não era melhor do que um humano com asas, possivelmente mais fraca.

Alguma coisa a apertou no peito, forçando seus braços que lutavam a firmarem na lateral de seu corpo. O cobertor pressionou ainda mais o rosto dela. O ar ficou rarefeito. Suas asas enrijeceram quando foram esmagadas para baixo, contra suas costas.

Tink obrigou seu corpo a ficar mole, a ceder, mesmo que seus pulmões ansiassem por ar. Se eles não soltassem, ela iria sufocar.

Alguém tirou o cobertor do rosto dela. Ela tomou lufadas preciosas de ar, girando a cabeça e apertando os olhos contra a luz do lampião para analisar seus atacantes. Baixos. Homens? Roupas desconexas. Ela viu cinco deles.

Não eram gnomos. Eram grandes demais, as proporções todas erradas.

— Vocês são crianças?

O ruivo colocou as mãos na cintura como que para dizer que deveria ser óbvio.

Crianças humanas.

Tink quase riu com o absurdo daquilo tudo. Pelas asas de Beryl, crianças humanas a tinham amarrado em sua própria casa.

— Ela é uma fada mesmo? — o mais baixo... possivelmente o mais novo... disse. Ele a olhou desconfiado com seus olhos castanhos e arregalados como se ela fosse um *kraken* ou algum outro monstro.

— Ela tem asas, não tem? — O que tinha cabelo loiro e comprido cutucou sua asa direita com um galhinho.

Tink sibilou para ele:

— Nem pense nisso.

O garoto pulou para trás, porém ela não parou de encará-lo com firmeza.

O ruivo deu um passo à frente. Ele ainda era um menino, entretanto, sua estrutura e os traços robustos o destacavam como o mais velho, provavelmente quase um adolescente.

— Nos dê pó de fada e nós vamos embora.

Pó? O que eles poderiam querer com...

O mais jovem segurou na camisa do ruivo.

— Mas você falou que poderíamos ficar — ele choramingou.

— Este é o meu lar, e nenhum de vocês vai ficar — Tink disse. — Também não vão pegar pó. Agora me desamarrem e voltem para seus pais.

— Nós não temos pais — o loiro respondeu.

Sem pais? Uma dor aguda percorreu seu peito. Cinco crianças em roupas rasgadas e simples a encararam de volta. Inúmeras expressões, de lábios franzidos a beicinhos, encontraram o olhar confuso dela. Ela sabia como era estar separada da família. O quanto seria pior não ter nenhuma? Ainda assim, isso não explicava a exigência deles.

— Por que vocês querem pó?

O pequenininho puxou a camisa do ruivo.

— Dan falou que ele faz a pessoa ficar feliz.

Tink resmungou e se movimentou nas cordas.

— Dan é adulto?

O pequenino saltitou. O ruivo colocou uma mão na cabeça dele antes de responder.

— É, trabalha na padaria. Nos dá pão às vezes.

Ela teria passado as mãos no rosto se conseguisse. Aquelas crianças não faziam ideia. Pó de fada não era magia — não do tipo que ela via escrito com toda a esperança no rosto deles. Poderia embebedar um homem mais rapidamente do que uma garrafa inteira de rum, e só o que eles se lembrariam era do pensamento feliz que isso evocava.

— Vocês são muito jovens. — Ela balançou a cabeça. — Além do mais, não é o que estão pensando.

Humanos também não conseguiam usá-lo para ajudar a natureza... não como as fadas faziam ao jogá-lo no chão para ajudar as plantas a crescerem.

— Não somos muito jovens! — o sardento gritou.

— É! — os outros seguiram. Um até bateu os pés de indignação.

Ela suspirou, rodando o ombro depois que a corda afrouxou um pouco. *Que confusão.*

— Tinker Bell! — O grito grave e rugido entrou por entre as fendas da casa na árvore.

Seu coração parou. *E está ficando mais confuso...*

Os meninos correram para a janela. Um se inclinou tanto para fora que Tink por instinto fez o movimento para tentar segurá-lo. Mas ela não tinha como mexer os braços ou chegar lá a tempo de puxá-lo de volta.

— Ele parece bravo — o sardento disse.

— Aquilo é um gancho? — o loiro perguntou.

— Legal!

— Crianças? — Foi impossível não perceber a indignação na voz de Gancho. — Há uma jovem aí em cima com vocês?

— Não — o ruivo respondeu —, mas tem uma fada.

Pelas barbas de Durin. Estas crianças não conseguem calar a boca?

— Bom, muito bem. — O tom de Gancho mudou para um de agradável surpresa. — O que acham de entregá-la a mim?

— Não fale com ele, ele é...

— Ela é nossa fada! — o ruivo gritou de volta.

Bem, certo, talvez não fosse tão ruim se eles conversassem com ele. Pelo menos todos estavam distraídos. Tink girou os braços e flexionou as asas, encolhendo-se com a dor. Se ela conseguisse se libertar, poderia voar para longe e deixar tudo para trás.

— Eu posso pagar.

Os meninos olharam um para o outro.

— Quanto? — o ruivo perguntou.

— Mas o pó... — o pequenino choramingou.

O garoto mais magrelo — que ainda não havia emitido uma palavra — apertou a barriga quando ela soltou um ronco alto.

Eles estavam famintos. Mesmo que ela tivesse pó para lhes dar, eles precisavam aceitar a proposta de Gancho. *Droga.*

— Peguem — Gancho gritou.

O loiro tentou pegar o pequeno objeto, quase deixando-o cair, mas conseguiu segurá-lo e erguê-lo à luz. Uma moeda de ouro brilhou e se iluminou. Os outros garotos se inclinaram. A boca do sardento se abriu.

— É de verdade? — O loiro perguntou.

O ruivo pegou a moeda e a mordeu.

— Bastante de verdade.

— Tenho mais de onde isso veio — Gancho gritou.

O ruivo chamou os outros meninos para se juntarem. Eles sussurraram amontoados, apesar de as palavras serem altas o suficiente para saber que eles falavam do destino dela. Ela quase gritou de frustração quando as cordas se recusaram a ceder. Se ao menos ela tivesse um pouco de pó, talvez conseguisse arranjar um jeito de sair dessa. Ela tentou se levantar, porém escorregou e caiu no chão.

— Então? — Gancho perguntou.

Ruivo assentiu e saiu da reunião.

— Espere — Tink disse, flexionando o pescoço a fim de olhar para cima e encarar o líder. — Posso conseguir pó para vocês. Não neste minuto, mas vou buscar um pouco e voltar.

Ele olhou entre ela e a janela.

— Vocês podem vender — ela adicionou. — Vale muito se venderem para a pessoa certa.

O ruivo se ajoelhou diante de Tink e ergueu o ouro.

— Talvez você seja uma fada, talvez não seja. E talvez esteja dizendo a verdade, talvez não esteja. Isto. Isto é de verdade. — Ele se virou para a janela. — Você vai ter que subir e pegá-la.

— Deixem-me entrar, então, amigos.

A corda espremia a lateral do corpo de Tink conforme ela se debatia no chão.

— Não.

Os meninos a ignoraram e saíram na direção do quarto com a escada de corda.

Merda. Amarrada, seminua em sua própria casa e prestes a ser vendida para um pirata que, sem dúvida, queria puni-la por roubo. Talvez roubar o Coração de Fogo tivesse sido um erro, mas que opção ela tinha? Economizar dinheiro para comprá-lo dele levaria anos, se é que ele o venderia.

Todos sabem que sereias são criaturas instáveis. Será que elas esperariam tanto para recuperar a joia? *Não,* ela suspirou, não esperariam, e o único vislumbre de um jeito de voltar para casa que ela tinha encontrado se perderia. Roubá-lo era um teste para conquistar a confiança delas, para se provar uma aliada para a sereia e valiosa para fazer um acordo com eles pelo que ela realmente queria — a pérola negra mística que poderia consertar qualquer coisa, até mesmo ela. Valia a pena irritar Gancho. A rainha Titania antes nem conversava sobre o assunto com ela, mas agora ela sabia o que a sereia realmente queria em troca da pérola preciosa: a escama de Leviatã. *Bruxa gananciosa.* Como se roubar o Coração de Fogo já não fosse bem difícil. Ela cerrou os dentes. A rainha das sereias estava se aproveitando dela, sem dúvida, mas Tink não tinha outras opções. Ela havia chegado até ali. Não poderia desistir agora.

Pegar a escama... bom, ela ainda estava trabalhando nessa parte. No entanto, se Gancho a prendesse em uma cela, ela nunca a pegaria, muito menos voltaria à sereia em troca de seu prêmio. Pior, e se ele fizesse com que ela andasse na prancha, com braços amarrados e peso nos tornozelos? Seu peito se apertou. A histeria fervilhou em sua garganta em uma risada sem humor.

Ele nem precisaria de pesos ou cordas. Ela não sabia nadar nem em uma piscina rasa e calma.

O *thump, thump* de botas pesadas dentro da casa da árvore selou seu destino. A tensão pairava no ar.

Um olhar por cima do ombro fez o coração dela saltar e esquivar ao mesmo tempo. A luz fraca iluminava os traços do rosto dele, destacando o brilho em seu olhar. O mesmo que quase a fez esquecer sua missão quando ela montou no colo dele, com pó de fada nos lábios, pronta para roubar o colar que ele havia colocado de forma tão negligente no pescoço dela em uma tentativa de seduzi-la. Não que ele precisasse da ajuda.

— Toda amarrada como um presente. — Gancho se ajoelhou diante dela, um sorriso perverso no rosto. Ele esfregou a barba por fazer no queixo. — Por isso você não voou para longe, amor.

Tink fez careta.

— Não sou seu amor.

— É. Uma pena.

Ela balançou uma perna, tentando derrubá-lo, porém o cobertor e as amarras contiveram seus movimentos. Mas, pelo menos, eles a cobriam. Se Gancho a tivesse visto apenas de calça e sutiã, ela poderia ter corado da virilha até o nariz. Os meninos também não precisavam ver isso, mesmo que fossem ladrõezinhos invasores e traidores. Além disso, ela tinha certeza de que qualquer desejo que Gancho tinha por ela tinha desaparecido quando ela foi embora de seu navio carregando o tesouro.

— Agora, amor. — Gancho ficou diante dela, distante o suficiente para evitar qualquer furiazinha violenta que ela conseguisse exaltar. — Onde você escondeu o Coração de Fogo?

O semblante de Tink era de luta e tinha mais fúria do que um furacão se formando. Ele sorriu em troca, saboreando a pressão de seus lábios rosados e a forma como o cabelo loiro caía no rosto e expunha uma orelha pontuda.

— Por que eu contaria a você?

A pergunta o puxou de volta para o momento. Alguns segundos diante dela e seu feitiço já se arrastava por debaixo da pele dele, tentando distraí-lo.

— Que tal fazermos um acordo? — Quanto mais rápido ele conseguisse o que precisava e a deixasse em paz, melhor.

— Há. — Ainda deitada no chão, ela se mexeu e parte do cobertor escorregou para baixo, revelando um ombro nu. — Eu deveria confiar na palavra de um pirata?

— Posso ser um pirata, mas sou um homem de palavra, amor.

— Eu. Não. Sou. Seu. Amor!

Ele suspirou. *Ela sempre tem que ser tão difícil?*

— Então você prefere que eu te arraste para meu navio e te jogue em uma cela... — Ele deu de ombros ao se levantar.

As crianças observavam, relutantes em perder um instante daquele encontro. Mas a expressão delas era de pura curiosidade, nada de medo ou preocupação. Ela tinha adotado aquelas crianças? Ele desconfiou que não eram filhos biológicos. Nenhuma criança tinha o menor sinal de características de fada — nada de asa, orelha pontuda ou um brilho de mágica. Relação sanguínea ou não, ele não privaria uma criança de sua protetora. Ele era um pirata, não um vilão.

— Me conte onde nesta... — Ele gesticulou ao seu redor. — ... habitação posso encontrar o colar, retire o feitiço que colocou em mim e vou deixar você ficar aqui com suas queridas crianças, pode ser?

Tink arregalou os olhos; entretanto, antes que ela pudesse responder, o mais alto, o ruivo, falou.

— Nós não somos dela.

— Ah, não? — Ele ergueu as sobrancelhas ao olhar entre os dois. — Ela não é a mãe de vocês? Nem protetora?

— Nós não precisamos de pais — um garoto disse.

— É! — dois outros concordaram.

Ele poderia jurar que Tink gemeu antes de deixar a cabeça bater no chão.

— Ela queria nos colocar para fora — o ruivo disse. — Nem ia nos dar pó de fada.

Bom, agora, isso tornava as coisas ainda mais interessantes. Gancho se apoiou na beirada da mesa e Tink se ajoelhou.

— Nenhuma generosidade com essas pobres crianças, hein? — Não que eles precisassem de pó de fada na idade deles, a menos que planejassem vendê-lo. Ele esfregou o queixo. *Crianças espertas, rastreando uma fada para pegar seu pó*. Talvez ele pudesse usar jovens tão espertos de vez em quando. E, pela aparência deles, bem que se beneficiariam do trabalho. Suas roupas mal estavam costuradas, e as bochechas fundas demonstravam muitas refeições perdidas. Lembranças fragmentadas de sua infância tentaram rastejar de volta para as sombras da mente dele, mas ele as bloqueou. Não havia tempo para isso.

Tink tentou soprar o cabelo de seu rosto, mas ele caiu de volta no mesmo lugar, escorregando para a beirada do cobertor logo abaixo de sua clavícula nua. Ele tivera apenas um vislumbre antes de ela sair correndo do bar, mas Gancho jurava que na ocasião ela estava mais vestida.

— Eles invadiram minha casa, me atacaram e me amarraram — ela disse. — Esperava mesmo que eu os recebesse bem?

Não são crianças dela, então. Nem sequer amigas.

— Que tal eu adoçar o acordo para você, então? — Gancho responde. — Me dê o colar, desfaça este feitiço e vou te deixar em paz. Vou até levar este bando comigo.

O corpo inteiro dela amoleceu.

— Não posso. — A resposta foi tão baixa que ele quase não ouviu.

O ruivo deu um passo à frente, com as mãos nos quadris.

— Nós não vamos a lugar nenhum.

Gancho o ignorou e se ajoelhou diante de Tink de novo. Ela olhou para o chão, sem encontrar o olhar dele. Mesmo com ambos de joelhos, a cabeça dela só chegava ao pescoço dele. Ela havia se encaixado perfeitamente nele, dentinhos afiados passando pelo pescoço dele enquanto a língua dela... Ele tossiu, expulsando o pensamento indesejado.

— O que você falou?

— Nós não...

— Sim, sim. — Gancho acenou para as crianças. — Ouvi o que disse da primeira vez.

Tink respirou fundo e, enfim, inclinou a cabeça para cima a fim de olhar para ele.

Seu olhar normalmente sedutor estava sombrio. Ele quase sentiu pena da mulher astuta. A vulnerabilidade desapareceu quando ela ergueu mais o queixo.

— Não posso te entregar. Não estou mais com ele.

Maldição. Gancho cambaleou, golpeado pelas palavras dela. Não estava com ela? *Tempestades do inferno*. Com certeza, ela não gastara a quantia que o Coração de Fogo renderia naquela casa na árvore em ruínas. O que significava que ela ainda estava com o dinheiro.

Ele roçou a parte de baixo do queixo dela com seu gancho, só o suficiente para ela se encolher no contato com o metal frio, sem machucá-la.

— Para quem você vendeu? Cadê o ouro?

— Não vendi. Devolvi para as sereias.

Gancho balançou a cabeça.

— As...

— Sereias! — o garoto menor gritou, chamando atenção deles. — Eu quero ver...

— Shh — disse o ruivo.

Malditas crianças. E sereias malditas. Eles eram um bando maldito, entre outras coisas.

— Você não colocou um feitiço em mim, colocou, amor?

Tink franziu a testa em uma careta.

— Fadas não enfeitiçam pessoas.

De fato, ele achava que não. Mas era difícil ter certeza quando se tratava das fadas. A maioria ficava reclusa em suas cidades escondidas. Muito do que as pessoas sabiam sobre elas vinha mais de boatos e lendas do que experiência pessoal.

— Não, mas você disse meu nome às sereias, não foi?

— Elas queriam vingança e perguntaram quem tinha roubado o colar delas. Por que eu não daria uma resposta a elas?

Nada de bom poderia acontecer com quem irrita as sereias. Sua rainha, Titania, tinha pavio curto. Não era de se admirar que foi o mar — o domínio da rainha — a adoecer sua tripulação. Provavelmente, ela tinha adicionado um feitiço extra de desejo à fada que roubou dele só por diversão. Ele quase conseguia vê-la gargalhando de sua rocha preferida. Seu gancho arranhou a mesa. *Mas, maldição, se ela fosse enfeitiçar alguém pelo roubo, não deveria ter sido eu.*

— A verdade é que eu não roubei o Coração de Fogo.

Tink se endireitou, piscando os olhos rapidamente antes de sua cabeça se inclinar para o lado.

— Ops.

— Ops? — Os garotos pularam quando a ponta do gancho dele cravou na madeira.

O cobertor se mexeu quando ela tentou dar de ombros.

— Você roubou, sim.

Gancho se enrijeceu.

— Não é a mesma coisa.

Ele não era tão tolo para roubar das sereias. Mas roubar do Barba-Negra eis uma alegria que ele não poderia deixar passar. A mão faltando de Gancho coçou. Aquele crocodilo, sim, merecia a ira da sereia. Ele iria pendurá-lo no mastro um dia, mas primeiro ele precisava lidar com a explosivinha diante dele. Tink soprou o cabelo caindo em seu rosto de novo. O movimento provocou algo em suas entranhas. Aqueles lábios rosados... A boca dele aguava de pensar no gosto dela.

Desgraça. Ele precisava que retirassem o feitiço rapidamente. Uma distração bonita e mares bravos eram a maior fraqueza de um pirata, e ele não poderia se dar ao luxo de nenhuma delas.

Os garotos cochicharam entre eles. Um deles saltitou. Outra complicação, mas talvez eles pudessem ser úteis, afinal. Gancho se levantou e abordou o bando. O ruivo colocou o menor atrás de si.

— Qual é seu nome, ruivo?

O garoto colocou as mãos na cintura e endireitou as costas.

— Peter.

— Bem, Peter, você parece um garoto esperto. Já que sua amiga Tink aqui não quer fazer um acordo comigo, talvez você faça. — Ele enfiou a mão no bolso e pegou algumas moedas. — Como prometido, e algumas extras.

A boca do garoto loiro se abriu enquanto cambaleava na direção das moedas.

— Obrigado...

— Gancho, Capitão Gancho. — Ele ergueu o chapéu e se curvou de forma dramática para os meninos. — Agora — ele disse ao recolocar seu chapéu —, vocês todos são bem-vindos para morar aqui e aproveitar este lar fascinante enquanto levo esta fada enxerida comigo.

— O quê? — Tink gritou. — Esta casa é minha.

Gancho olhou por cima do ombro para a bela furiosa no chão. *Desgraça, ela fica linda quando está furiosa.*

— *Era* sua casa, amor.

— Não sou seu...

— Mas, como você roubou um tesouro bastante valioso, acho que esta é mais do que uma troca justa. Você e seus garotos vão cuidar do lugar, certo, Peter? — Ele deu uma piscadinha para o garoto.

— Claro. — Peter sorriu em resposta.

— E... se vocês encontrarem um belo colar... uma corrente de ouro e um rubi maior do que essa moeda que te dei... guardem para mim. Vou fazer o esforço valer a pena. — Ele jogou outra moeda para o rapaz, que a pegou no ar. Eles não encontrariam o colar, se considerasse a palavra de Tink, mas, talvez, eles encontrassem outros coisas interessantes para ele. Com outra piscadinha para os garotos, ele se voltou para a mulher no chão. — Hora de levar você de volta para meu navio. A tripulação vai pensar que você me enfeitiçou de novo.

O tecido roçou na pedra conforme ela lutava contra a corda ainda amarrada em seus braços.

— Não vou a lugar nenhum com você.

— Ah, pelo contrário. Até vamos encontrar umas sereias.

Ele a pendurou em seu ombro rapidamente, evitando, por pouco, levar um chute em suas próprias joias preciosas.

— Não pode simplesmente... simplesmente me roubar!

— Pirata, lembra?

— Pirata ladrão, insuportável, péssimo e inútil!

O peito dele fez um estrondo com a risada.

— Quem é o ladrão?

Ela gritou de frustração e o esbofeteou.

— É melhor parar com isso — Gancho disse. — É uma longa descida nessa sua escada. — Ela se enrijeceu como um saco de grãos. *Garota esperta*. A descida seria bastante difícil com sua mão boa ocupada segurando-a firme.

Como o gancho, ele baixou o chapéu.

— Garotos.

Sem outro olhar, ele seguiu para a saída, pronto para ficar longe daquele lugar para sempre. Logo depois que saiu, os garotos soltaram gritos e berros empolgados. Batidas rápidas e suaves ecoaram conforme eles circulavam, explorando sua nova morada. Tink suspirou — mais frustração do que resignação. Ele quase conseguia visualizar o beicinho que ela fazia. Era uma pena não conseguir ver seu rosto, nem nada do que o cobertor enrolado nela cobria. Ele resolveria isso. Em breve, muito breve.

6

Era isso. Ele iria derrubá-la, e ela morreria com a queda. Um fim bem vergonhoso para uma fada. Tink fez tudo que pôde para permanecer parada conforme Gancho descia a escada de corda balançante com apenas seu homônimo para segurá-lo firme. Seu outro braço — que ela precisava admitir que era bem forte e sólido em volta das pernas dela — a mantinha segura de cair no chão.

Por fim, as botas de Gancho bateram no chão sólido. *Graças à Santa Flora.* Ele havia descido sem matá-la. Ainda assim, ela o estriparia como o peixe escorregadio que ele era por sequestrá-la daquele jeito. E dar a casa dela para aqueles pequenos patifes? Inaceitável. Talvez ela o drogasse com pó de fada, se algum dia voltasse a tê-lo, e o afogasse em seu mar precioso enquanto ele estivesse imerso em sonhos felizes. Só de pensar nisso os cantos da sua boca se ergueram.

— É uma longa caminhada de volta — Gancho disse, apesar de não parecer nada arrependido.

Algo se quebrou acima deles. Os garotos gritaram. Tink viu a silhueta de um deles contra a cortina fina de uma janela. Ela suspirou. Não sobraria mais nada de sua casa se ela não se libertasse logo.

— Está uma noite bonita. Mar calmo. Brisa boa. Ficaria perfeita com um rum fino e uma bela mulher nos meus braços. Ah, espere. — Ele deu um tapinha nas pernas dela. — Parece que tenho uma. Que pena que ela é uma *fadrazinha*.

Tink revirou os olhos, tentando não se concentrar na bunda de Gancho coberta pelo casaco, que dominava sua visão. Redondinha, mas não tanto. Ela quase conseguia visualizar a forma como as pernas dele se alongavam debaixo do bumbum firme. Ou os músculos fortes de suas costas nos quais os punhos dela haviam batido sem sucesso.

— *Fadrazinha.* — Ele riu alto. — Vou ter que me lembrar dessa.

Um gemido deslizou pela noite.

— Que bom que você acha *tão* engraçado.

Ele deu risada.

— Nem um pouco. Eu daria tudo para uma mente e céus limpos.

Mente limpa? Tink franziu a testa. As sereias juraram voltar o mar contra quem quer que as roubasse, mas será que tinham feito mais do que isso? Ela suspirou. Provavelmente.

De repente, Gancho parou. Ele ajustou sua forma curvada, deslizando-a para ficar em pé. Foi impossível não perceber a rigidez do peito dele, de todo ele, conforme a baixava para o chão.

— Eu adoraria carregar a milady até seu navio, mas... — Ele deu de ombros.

— Que cavalheiro.

Ele se curvou dramaticamente e estendeu a mão na direção do caminho árduo até a praia.

— Primeiro as damas.

Tink conseguia movimentar as pernas abaixo do joelho, mas não muito. Ele realmente esperava que ela cambaleasse até o navio?

— Sabe, se você me desamarrar...

— Você abriria essas asas finas e voaria.

Desgraçado sarcástico. Ela fez careta para ele e se virou, bufando. *Certo. Deixe que ria, mas, assim que eu conseguir soltar estas cordas, dou o fora daqui.*

Gancho assobiava uma melodia alegre após outra, uma companhia zombeteira pela floresta escura. Ele nem sequer parou quando Tink caiu e ralou os joelhos, apenas a ergueu e a cutucou para voltar a andar. Pela flauta de Nessa, o que ela não daria para arrancar aquele sorriso horrível do rosto dele. Ela nem conseguia ver onde ele se escondia no caminho atrás dela, mas estava ali. *Pirata nojento.*

Ela precisava mesmo ver as sereias... mas só quando tivesse a escama para trocar com elas. Mas aparecer de mãos vazias? Não era bom. Apesar de a entrega do Coração de Fogo ter "provado que ela era amiga das sereias", como Titania havia dito. Elas nem considerariam negociar com ela antes disso. Talvez a ajudassem a sair daquela confusão, pelo menos para benefício delas senão dela.

Tink aproveitou a escuridão para se chacoalhar e se esticar contra as amarras conforme eles andavam. Uma girada de ombros aqui, uma alongada de asas ali. Devagar, bem devagarinho, elas começaram a afrouxar. Um pouco mais e ela estaria livre.

À distância, as árvores diminuíam. O som suave das ondas quebrando e dos sons distantes da diversão noturna pinicava os ouvidos dela, sons agradáveis e pacíficos, bem diferentes do assobio de Gancho.

— Capitão!

Ela gemeu internamente. E diferente *disso*. Não seria fácil escapar de Gancho. Dele e de outro pirata? Muito mais difícil.

— Smee! — Gancho gritou. — Já era a maldita hora!

Um grandalhão limitou seu caminho pela vegetação rasteira. Com todo o barulho que ele fazia, aquilo poderia muito bem ser o ataque de um touro. O homem era alto, musculoso e simplesmente grande em cada sentido da palavra. Todo musculoso e sem cérebro — essa tinha sido a impressão que ela tinha tido dele em seu breve encontro na noite que ela roubou o colar de Gancho. Ele fazia ainda mais justiça a essa impressão agora.

— Você a encontrou! — Smee gritou enquanto pisoteava um arbusto.

— Não graças a você — Gancho resmungou, apesar de seu tom não ter raiva. — Onde esteve?

Smee parou de súbito diante deles, respirando com dificuldade.

Era isso, a chance de fugir. Tink deu um passo para o lado e empurrou os braços contra as amarras.

Smee esfregou a nuca.

— Desculpe, Capitão. Eu... bom, eu...

— Me conte depois. — Gancho deu um tapinha no ombro dele com a mão boa.

As asas dela gritaram de dor quando ela as usou para empurrar o cobertor, esticando a corda. Só mais um pouco... Um ombro se libertou um pouco, um cotovelo estava quase solto.

— Se importa de carregar nossa carga preciosa? — O capitão gesticulou na direção dela.

Não. Não. De novo, não. Tink avançou para o arbusto, porém Smee a pegou pela cintura. Ela gritou de frustração quando ele a pendurou no ombro como um saco. Cheiro de suor, cerveja e perfume barato — sem dúvida, de mulher — preencheu as narinas dela. Será que esse homem nunca tomava banho?

— Agressiva essa. — Smee a ajustou em seu ombro, colocando a mão na bunda dela.

— Cuidado com as mãos, seu monstro! — Ela o golpeou de maneira ineficaz.

— Um verdadeiro tubarão-tigre — Gancho concordou com um sorriso tolo. — Agora vamos. Vamos encontrar nosso navio.

Tink gritou quando Smee a sentou, ou melhor, derrubou, de bunda no deque.

— Bastardo.

— Minha mãe e meu pai eram casados — ele respondeu, um olhar de orgulho iluminando seus traços sob a luz da lua.

Ela revirou os olhos.

Outros membros da tripulação se reuniram, ansiosos para ver o mais recente prêmio do capitão — ela. Dois homens mal conseguiam ficar em pé de tão bêbados que estavam.

— Cavalheiros, devem se lembrar de Tinker Bell. — Gancho deu a volta nela. — Ela ficará conosco por um tempo. Até pagar a dívida que tem comigo.

— Dívida? — Tink ficou boquiaberta. Como, em toda a Terra do Nunca, ele esperava que ela fizesse isso?

Gancho a ignorou.

— Descansem esta noite, homens, porque amanhã zarparemos para a Lagoa Azul!

Murmúrios de empolgação exagerada preencheram o ar.

— Desamarrem-na, mas não a deixem abrir as asas.

Tink o encarou, porém seus lábios finos se derreteram em um suspiro de alívio quando as cordas em volta dela foram cortadas. Poder se mexer de novo... Ela fechou os olhos e quase gemeu de prazer. Asas alongadas. Ombros girados. Uma brisa quente pinicou sua pele nua.

— Você não nos contou que ela era *esse* tipo de convidada! — um homem disse.

O calor voou para as bochechas dela conforme seus olhos se arregalaram. Pelos dentes de Merrin, como ela tinha se esquecido? Ela colocou os braços à frente do peito, escondendo o tecido fino que mal cobria seus seios. Suas asas tremeluziram quando um arrepio percorreu sua espinha apesar do inferno que a queimava por dentro. Se estivesse à luz do dia, eles teriam visto sua pele ficar rosada. Em casa, no Vale Sylvanna, ela nunca tinha sido do tipo tímida ou modesta, não com seu povo, mas ficar quase nua diante daqueles humanos nojentos era um novo nível baixo, mesmo para ela.

Uma forma sólida bloqueou a visão dos homens sobre ela.

— Ela *não é* esse tipo de convidada. — As palavras de Gancho tinham uma ponta afiada que ela não esperava, principalmente não quando direcionada aos seus próprios homens. — Não há nada para ver aqui. Sigam seu caminho.

Tink pegou o cobertor caído, puxando-o na direção dela, mas, assim que o fez, algo pesado e quente se acomodou em seus ombros, caindo sobre ela. O cheiro de homem — homem de sangue quente e pele morena — a consumiu.

Gancho, sua camisa branca iluminada sob a luz da lua e esvoaçando na brisa, virou-se para Smee.

— Reúna a tripulação. Zarparemos ao amanhecer.

— Sim, Capitão.

O casaco dele. Pelas barbas de Durin, ele me cobriu com seu casaco comprido. Couro maleável e botões de prata a abraçavam.

O navio ficou silencioso demais depois que a tripulação encontrou outro lugar para ficar. O *Jolly Roger* era uma beleza, até ela precisava admitir isso — elegante e proporcional, bem mantido com madeira limpa e polida. Ela viu as grades esculpidas que observara da última vez que estivera a bordo. E havia boatos de que era um dos navios mais rápidos no mar. Tink odiara que os homens bêbados a tivessem olhado com mais interesse do que ela analisara o navio, mas, agora que eles tinham sumido, deixando-a apenas com o capitão, ela desejava que eles retornassem.

Desesperadamente.

— Bem, milady, é melhor entrarmos. — Gancho ficou em pé diante dela, um homem imponente se é que já existiu algum, com os braços cruzados e chapéu de aba escondendo seu rosto nas sombras. Ele descruzou os braços e ofereceu sua única mão para ela em um cavalheirismo floreado. Sempre fazendo um espetáculo, mesmo naquele momento.

As unhas de Tink cravaram na palma da mão dele, mas por dentro ela lutava contra o desejo de dar um tapa na mão que ele oferecia. Por outro lado, ele havia expulsado seus homens e lhe dado seu casaco… O punho dela se abriu. Os ombros dela caíram quando ela tocou os dedos nos dele. Em um segundo, ele a colocou de pé, a mão pequena de Tink na mão quente demais e calosa dele. Com a outra mão, ela manteve o casaco no lugar, deixando o cobertor amontoado no deque.

Suas asas tremeluziam pela abertura do casaco, que quase se arrastava no chão, na altura de suas botas. Algumas batidas e ela poderia sair daquele deque e voar. A mão de Gancho se apertou na dela.

Não. Ele estava segurando muito forte, e ela não tinha força para voar com ele se ele lutasse com ela, o que ele faria.

Com habilidade praticada, o capitão usou seu gancho para abrir uma porta e a levou por um lance de escadas até o coração do navio. Uma única lamparina acesa no corredor lançava luz baixa na madeira lisa e gasta. Como seria a cela? Imunda? Ela estremeceu. Fadas adoravam limpeza e natureza — grama, árvores, flores. Uma prisão suja seria tortura. Será que ele sabia disso? Ela enrugou o nariz. *Provavelmente.*

A apreensão enevoou sua visão até Gancho soltar a mão dela. Pouco do quarto era visível sob a escassa luz da lua atravessando as janelas grossas, no entanto, o tamanho em si indicava que não era uma cela. Uma chave clicou em uma fechadura atrás dela. Instantes depois, uma luminária se acendeu.

Eles tinham subido, não descido.

O rosto de Tink esquentou ao perceber do que se tratava o cômodo em que ela estava. A mesa imponente perto das janelas, a cadeira de veludo vermelha adornada com ouro. As estantes imensas com livros espalhados. Várias bugigangas, mapas e enfeites exibidos com orgulho nas prateleiras. E, claro, a cama luxuosa com cobertas carmesins que dominava uma parede.

Ela já estivera ali. Como poderia esquecer?

O aposento particular do Capitão Gancho.

7

— Cela bonita. — O sarcasmo escorreu da voz de Tink enquanto Gancho a rodeava.

Ele se encostou na beirada da mesa. Palavras ousadas, mas fácil de ler as entrelinhas. As asas dela se mexiam e o nariz enrugava. O olhar claro de Tink ia de um lado a outro. Ele a deixava nervosa. Gancho tirou o chapéu e o colocou de lado.

— Você não quer ficar trancada lá embaixo esta noite, amor.

Os lábios dela se afinaram quando apertou mais forte o casaco dele ao seu redor.

— Não vou ficar aqui com você.

— Vai, sim. — Ele não a perderia de vista, e não apenas porque ela poderia encontrar uma forma de fugir. — Metade da minha tripulação está bêbada. A outra metade estará quando voltar para o navio. — Ele pegou um pano de cima da mesa e começou a polir o gancho. — Alguns deles podem ter encontrado uma dama adorável, ou um homem, com quem compartilhar a noite. A maioria não. Não são uns homens muito charmosos. — Ele sorriu.

Tink revirou os olhos.

— Quando eles chegarem, cambaleantes, olhos embaçados pela cerveja, podem ver uma coisa bonita como você e pensar que está neste navio por escolha própria. Muitas escolheram. — Ele subiu e desceu o tecido por seu gancho em movimentos lentos e ritmados, não tanto limpando ou polindo, mais como hábito. O movimento o acalmava, distraía seus pensamentos da mulher parada tão perto de sua cama. — Talvez eles pensem que você pegou uma rota errada, ficou presa sem querer em uma cela enquanto tentava ganhar um dinheiro extra dando conforto a alguns piratas solitários.

— Não sou prostituta. — Tink ficou boquiaberta. — Eles não ousariam.

— Gostaria de pensar que não. Se um dos meus fizesse tal coisa... — O pano parou. — ... não ficaria mais na minha tripulação. Mas é melhor não arriscar. Para seu bem.

A tripulação dele *nunca* trataria mal uma mulher inocente. Mas, se ela usasse seu beijo amaldiçoado em um deles do jeito que fez com ele, será que se forçariam nela na névoa sonhadora do pó de fada? Será que fariam isso? Não era um risco que ele assumiria.

As rugas entre as sobrancelhas dela se acalmaram. Seu rosto inteiro perdeu um pouco de dureza.

— Na verdade, acho que deveria ficar aqui até pagar sua dívida.

A suavidade desapareceu em seus lábios pressionados.

— Como exatamente espera que eu pague a tal dívida quando estou presa neste navio com você? Esfregando o deque?

— Humm — ele se divertia —, eu iria gostar de ver você de joelhos e com as mãos no chão, trabalhando e suando. — *Maldição, a visão que se forma é o próprio feitiço.* Como ele tiraria a imagem da cabeça? Tink no deque do *Jolly Roger*, a camisa branca grudada na pele suada, de rabo de cavalo, olhando para ele.

— Pirata podre — ela soltou.

Tanto fogo. Os cantos dos lábios de Gancho se curvaram para cima enquanto ele atravessava o quarto até ela.

— Fada ladra.

Palavras cruéis, mas sem raiva.

— Você roubou primeiro. — Tink ergueu mais o queixo, os olhos azuis encarando-o por cima de seu nariz levemente pontudo.

— Roubei. — Ele sorriu. — Agora vou pegar de volta. — Ele tirou o casaco que estava ao redor dela, deixando-a quase nua da cintura para cima, não fosse o tecido envolvendo seu peito. *Porra.* Os mamilos empinados contra o tecido. O cabelo loiro tinha se soltado da trança e caía por sua pele cremosa. Gancho se virou antes de ceder à tentação de analisar mais de perto.

— Ei! — Tink gritou, mas ele a ignorou e continuou caminhando até o guarda-roupa.

Abra a porta. Pendure o casaco. Não pense na beleza seminua no quarto. Não foi suficiente para o feitiço encher a mente dele com visões que o deixavam desejando prová-la; mas ele mesmo a levara até ali seminua. Que azar. Ela precisava de roupas. Imediatamente.

Ele pegou uma camisa clara e a jogou na direção dela do outro lado da cama.

— Aqui. — Ficaria grande demais, mas daria certo.

— Minhas asas... — As coisas finas tremeluziam atrás dela como seda sofisticada e transparente em um arco-íris de cores claras. O rosto dela ficou rosado, quase vermelho perto da ponta das orelhas. A cor se espalhou por seu peito, embora ela tentasse esconder atrás de seus braços finos.

Ele jogou uma segunda camiseta perto da primeira.

— Amarre-as.

O rubor sumiu quando ela arregalou os olhos.

— Não pode pedir para uma fada amarrar as asas! Não é certo.

Fadas e suas regras. Ele suspirou, apoiando-se no guarda-roupa.

— Você estava com elas amarradas mais cedo. Qual é a diferença?

O rosto dela ruborizou de novo, adicionando mais combustível ao fogo dos pensamentos maliciosos dele. Ele não pôde evitar se perguntar até onde em sua forma pequena ia o rubor.

— Você não sabe nada sobre fadas. — Ela puxou as camisas até o peito e não fez menção de vesti-las.

Ele deu de ombros em um gesto vazio. Ele se importava mais do que deveria.

— Sei um pouco.

— Não o suficiente...

Ele aprendia rápido. Mas havia uma coisa da qual ele tinha certeza. O principal motivo de ele tê-la levado a bordo, ou era o que dizia a si mesmo.

— Sei que você faz algo muito valioso. Algo que poderia ajudar bastante a pagar por seu crime.

Uma risada sem humor saiu dela. Ela se curvou, apertando mais as camisas contra o peito conforme seus ombros chacoalhavam. Quando ela se endireitou, seus traços haviam ficado congelados e duros como pedra.

— Não consigo fazer pó de fada quando quero.

— Não? — ele perguntou alto, mas a pergunta foi mais para si mesmo. Havia mais nas palavras dela, ele apostaria uma quantia considerável de ouro nisso. Mas o quê?

— Não.

Ele encurtou a distância entre eles, dando a volta na cama até encará-la.

— Pode explicar?

— Não.

— Você deve ter feito uma fortuna vendendo. Pode me dizer o que aconteceu com esse ouro?

Ela uniu as sobrancelhas, como se não fizesse ideia do que ele estava falando.

Mas ela tinha vendido. Ele não conhecia outra fada loira vendedora de pó, e ele parecia... longe e por toda parte desde o beijo drogado. Ela tinha bastante pó na época. Os comentários que ele ouvira e a descrição que fizeram da vendedora de pó de fada batiam perfeitamente com as características dela — bom, considerando que foram poucos que tiveram um vislumbre decente da vendedora.

— Bom, então temos um impasse.

Ela o encarou sem piscar. Uma bolha de tensão pairava pesada no ar, pronta para explodir. Se ele não se afastasse, poderia fazer alguma burrice. Mas não poderia deixá-la livre para andar por aí... nem sem camisa.

— Me dê uma dessas — ele disse.

— O quê? — As sobrancelhas dela se uniram até ela ver a mão dele estendida.

— Certo. — Ela jogou uma camisa na direção dele, quase derrubando a outra no chão.

Pelo menos ela ficou com a mais bonita. Ainda assim. Gancho franziu o cenho ao erguer sua camisa. Ele enfiou a ponta de seu gancho no algodão e o puxou para baixo. A camisa rasgou, deixando um buraco enorme nas costas.

— Você... — Tink o encarou, aturdida.

— Para suas asas. — Ele jogou a camisa de volta.

Tink se atrapalhou mas a pegou no ar, com os lábios levemente abertos.

— Obrigada.

Ela não o agradeceria pelo que veio em seguida. Enquanto ela se virava e analisava a camisa, ele procurou o item de que precisava dentro de um baú pesado. Assim que encontrou, ele foi devagar até ela. Calças pretas justas abraçavam a bunda dela, afundando em botas amarradas em suas panturrilhas. Se ao menos ela o desejasse da forma que o feitiço dela o fazia sentir. A camisa dele deslizou por cima da cabeça dela. Larga demais, comprida demais, mas perfeita ao mesmo tempo. Tink se atrapalhou com a abertura cortada, libertando suas asas delicadas. Era difícil de descrever a cor delas — quase um arco-íris claro ondulado contra a espuma do mar. Caramba, ela o estava transformando em um poeta.

E agora um vilão.

Gancho fechou a algema de ferro no punho dela.

— Ei! O que é isso?

Tink puxou o braço. Traição, pior do que quando ele a tirara de sua casa na árvore, passou pelo rosto da mulher usando as roupas dele.

— Não posso arriscar que você saia voando durante a noite. Ou que corte minha garganta. — Uma corda grossa amarrada e pendurada entre eles.

Sua boca se abriu e fechou, mas não saíram palavras.

— Você vai ter espaço para se movimentar, para chegar ao penico, àquela cadeira, à mesinha de cabeceira. — Ele apontou rapidamente cada um dos itens conforme fechava a outra ponta da algema em uma coluna grossa da cabeceira da cama.

Tink ficou cor-de-rosa.

— Pirata imundo, nojento e inútil!

É. Isso ele era.

Mas um pirata roubava tesouros; ele não os deixava livre. Se ela realmente não tinha mais o Coração de Fogo, não havia como recuperá-lo das sereias. Ele arriscara muito em roubá-lo daquele desgraçado do Barba-Negra. Havia feito isso por diversão, mais do que por causa do valor, mas, mesmo assim... ele poderia tê-lo vendido, gastado o dinheiro com a tripulação. Ou tê-lo devolvido para as sereias em troca de outra coisa de valor.

Falando nisso...

— O que você conseguiu das sereias por meu tesouro? — Parte do pagamento dela foi claramente um feitiço nele, mas não era possível que ela se arriscara tanto só para destruí-lo. Ele havia sido um perfeito cavalheiro com ela. Maldição, ele teria lhe dado muito mais do que isso se ela não o tivesse drogado com seu beijo.

— Seu tesouro? — Ela estava na beirada da cama, irritada, mal olhando para ele sob seus cílios baixos.

Tink estava com as roupas dele, na cama dele... *Porra*. Furiosa ou não, ela era uma visão e tanto. Ele se chacoalhou.

— É, *meu* tesouro. — Ele o havia roubado, então era dele. — Uma joia tão valiosa poderia ter rendido uma boa quantia. Posso me dispor a pagar um pouco da sua dívida... — Ele passou o dedo indicador pela mandíbula. — ... se me entregar o que conseguiu em troca.

Ela cruzou os braços e se virou de costas. *Por quê?* Não era uma proposta ruim.

— A confiança delas — ela disse, finalmente.

— E...? — Ele acenou a mão para ela continuar.

— E o quê? Elas nunca lidaram com uma fada. Falaram que eu poderia conquistar a confiança delas se devolvesse o tesouro perdido delas.

Ele piscou para ela. Não era possível que ela tinha devolvido por nada.

— Está mentindo.

Ela se levantou, bufando.

— Não estou!

— Maldição, mulher. Por que precisaria tanto da confiança delas, a ponto de devolver uma fortuna?

Ela apertou os lábios e se virou de novo.

— Não é da sua conta.

Um tesouro por confiança? Ridículo.

— Conseguiu bastante ouro vendendo pó, hein?

As asas dela se mexeram, mas ela se recusou a responder.

Quando o silêncio se alongou, ele percebeu que ela não responderia. Com um suspiro, ele se afastou da mesa e arrumou sua roupa. Seria uma longa viagem até as sereias com ela no navio, na cama dele. Não importava que fossem apenas alguns dias. Ele passou a mão no rosto.

Estar preso em um quarto com ela poderia ser a pior maldição de todas.

8

O navio balançou, quase jogando Tink da cama. Um trovão ressoou. Um relâmpago brilhou do lado de fora das janelas. Tink se curvou em si mesma, implorando a todos os anciões santos e reverenciados que as fadas tinham para manter a pouca comida que ela havia ingerido em seu estômago. Gancho não estava com ela. Ela não via o pirata irritantemente bonito desde que ela dormira duas noites antes, algemada à cama dele.

Ele havia dormido, ou fingido dormir, abaixo da janela do outro lado do quarto — longe do alcance de sua curta corrente. Quando ela acordara, ele tinha sumido. Mas um dia e uma noite se passaram, e ele não tinha voltado. Onde, ou se, ele dormiu, ela só poderia imaginar.

Assim como muitos outros humanos horríveis, ele tinha pedido o pó dela. Bem, que pena para ele. E ele pensou que ela tinha ganhado uma fortuna vendendo o próprio pó? Rá! Que piada. Fortuna. Não seria adorável? Ela havia vendido um pouco, o pouco que ela ainda tinha depois de salvar Lily de Barba-Negra. Um pouco aqui e ali por comida e suprimentos, para comprar uma passagem a fim de ver as sereias, mas não o suficiente para gerar uma riqueza verdadeira.

Quanto a criar mais... ela poderia fazer isso em casa. Nunca tinha sido um problema lá. Mas longe de casa, suas asas simplesmente não faziam, e agora elas estavam totalmente sem pó.

Com um suspiro, ela se aconchegou nos lençóis convidativos. Foi o melhor descanso que tivera em meses. Não que fosse admitir. A cama confortável a embalava muito melhor do que a cama rígida de sua casa na árvore e muitas vezes melhor do que o chão da floresta e outros lugares repugnantes nos quais dormira antes de encontrar aquele lar temporário.

As tempestades começaram na segunda noite, jogando o navio conforme avançavam na direção da Lagoa Azul dos tritões. Tink dormira pouco desde então, apesar de ter tentado. Comida e água eram bastante desafiadoras. Tudo que ela engolia queria voltar rastejando por sua garganta.

Ela gritou quando outra onda balançou o navio e puxou os lençóis até a cabeça com a mão livre. A madeira rangeu em resposta, um som como se o navio estivesse se despedaçando.

— Pare de gritar como uma harpia ferida!

Ela arfou e se descobriu. Gancho estava parado na porta, forte e estável apesar do balançar do navio na tempestade. Mas sua expressão estava tudo menos calma — lábios apertados, mandíbula tensa, olhar duro. Ele era a imagem certeira do pirata cruel que os boatos diziam que ele era. Cabelo escuro grudado em seu rosto enquanto riachos de água escorriam pelo chão. Se ele estivesse usando seu chapéu, já teria caído há muito tempo.

Outra onda fez seu estômago afundar e revirar. Tink colocou as mãos na boca. Pelas barbas de Durin, ela não poderia vomitar diante dele. Não iria.

A expressão dura de Gancho desapareceu, suavizando-se em algo como pena.

— Isto é culpa sua. — Ele bateu a porta ao entrar e se aproximou dela. — Enfeitiçando o mar contra mim. — Embora o navio chacoalhasse, ele andava com facilidade experiente.

— Eu não... — Ela se preparou quando outra onda subiu pelo navio. Aff, ela não chegaria a lugar nenhum discutindo com ele. — Estamos quase lá?

— Sim.

Ela quase chorou de alívio. Com certeza, o feitiço dos tritões não chamaria uma tempestade para sua própria terra.

— Minha tripulação acha que você está se torturando. Falaram que dá azar ter uma mulher gritando a bordo. — Agora ele estava parado bem diante dela, com a roupa ensopada pingando no tapete caro.

— E quem é culpado disso? — Tink se ergueu de joelhos, numa pobre tentativa de se mostrar intimidadora. — Você me trouxe aqui, você... —

Um grito engoliu seu discurso inflamado quando o navio se inclinou para o lado. Antes de ela conseguir se equilibrar, ela caiu da cama, bem em cima do capitão.

Eles caíram no chão. Gancho gemeu ao bater no chão. O rosto de Tink se esmagou na camisa molhada dele e no peito duro por debaixo. Por um instante, um borrão de cor invadiu sua visão. Um zumbido soou em seus ouvidos. Simultaneamente, seus sentidos retornaram. Ela montou em Gancho — duro, molhado e bem masculino. Tink tirou seu cabelo agora úmido do rosto ao se sentar.

Ele fez um som baixo gutural e ela se mexeu. Não de dor, não, ela já tinha ouvido aquele som, tinha sido quando ela subira no colo dele na noite em que se conheceram. Tink ficou rígida quando seu olhar flagrou o dele. Olhos cinzentos enevoados e tempestuosos a encaravam. O capitão não tentou se mexer conforme seus lábios se curvavam em um sorriso lento.

Uma mão forte subiu deslizando pela perna de Tink, fazendo um calor florescer na parte de baixo de sua barriga. A umidade crescendo entre as pernas dela tinham pouquíssimo a ver com a água de chuva que ensopava as pernas dela pela roupa molhada de Gancho. As asas dela tremeluziram quando o polegar dele massageou lentamente para cima e para baixo por sua coxa. Ela se esqueceu de onde estava, do balançar do navio, da algema em seu punho, tudo, menos do homem abaixo dela. Por um instante bem breve, ela até se esqueceu de quem ele era e por que ela o detestava.

O olhar dele viajou por ela, e ele arregalou os olhos.

— Suas asas estão brilhando, amor.

Ele poderia muito bem tê-la jogado no mar.

Ela o empurrou, saltando para trás como se tivesse sido queimada. A corda prendendo-a à cama segurou firme conforme ela testava seus limites.

Gancho gemeu de novo ao se sentar, um homem totalmente molhado no chão.

— Pode me contar o que isso significa?

Tink se virou de costas, as bochechas ardendo.

— Não.

Com certeza, não. Nunca. Ela deu uma olhada para trás para suas asas. *Não é possível, é?*

Ela passou as mãos no rosto, uma fraca tentativa de apagar todo o pensamento que fosse sobre ele de sua mente. Só então percebeu que o navio tinha parado de balançar.

— Estamos livres da tempestade?

— É, parece que sim. Devemos estar perto da Lagoa Azul, por minha estimativa.

Ela se balançou no calcanhar, sem se importar com o estômago, que ainda se revirava. Iria se acalmar em breve. Ela sairia daquele quarto, de volta ao ar fresco. Na terra! Abençoada terra.

Uma batida forte na porta a fez pular. Ela se virou e viu Gancho de pé. Um sinal rápido de irritação sumiu dos traços dele.

— Capitão!

— O que foi, Smee? — ele gritou de volta.

— Outro navio está ancorado na lagoa. Parece ser o *Siren*.

Tink se enrijeceu.

— Mais piratas?

Gancho assentiu.

— Erga as bandeiras. Ancore mais longe.

— Imediatamente — Smee gritou atrás da porta.

Ótimo, exatamente o que ela precisava — mais piratas gananciosos que, sem dúvida, iriam querer usá-la para seu próprio suprimento de pó de fada.

— É melhor eles não saberem o que você é. — Ele deu uma olhada significativa para as asas dela.

Pela primeira vez, eles concordaram.

Tink seguiu Gancho para o deque, saboreando sua liberdade. Ela tinha amarrado as asas e enfiado a camisa esvoaçante de Gancho para dentro da calça. Uma capa por cima de seus ombros escondiam ainda mais as asas, e uma bandana em seu cabelo escondia suas orelhas. Para qualquer um que eles encontrassem, ela pareceria uma simples marinheira.

O trovão retumbou da tempestade próxima, uma massa de nuvens escuras e de chuva forte atrás deles. A ilha era um oásis pacífico, como se eles estivessem abrigados no olho de um furacão. Para além dela, mais nuvens pesadas se amontoavam ao longe.

Os barcos a remo estavam prontos para serem baixados no mar calmo logo do lado de fora da lagoa dos tritões. Gancho dava ordens à sua tripulação, apontando para eles para lá e para cá.

— Vocês quatro, comigo.

Tink se endireitou. Dois deles eram mulheres. Ela se aproximou mais de Gancho.

— Você estava preocupado com minha segurança com sua tripulação, mas não a delas?

— Anne e Sage? — Ele deu risada ao olhar para as duas mulheres subindo no barco. — Elas sabem se cuidar. Além do mais, Sage é uma das que poderiam ter te levado para a cama. — Ele deu uma piscadinha.

Tink ergueu mais o queixo.

— E eu não consigo me cuidar?

— Consegue?

— Me dê uma adaga, e vou te mostrar.

Ele olhou para ela de cima a baixo, a ponta arredondada de seu gancho apoiando o queixo dele.

— Vou me lembrar disso.

Risadas e gritos alegres soavam pelas ondas calmas até o barco a remo, um contraste extremo ao rachar dos raios atrás deles. Tink continuou olhando por cima do ombro, esperando a tempestade se aproximar, mas ela não se movia, como se houvesse uma parede invisível ali. Gancho explicara que era um elemento do feitiço das sereias, protegendo sua lagoa dos efeitos de sua própria ira.

O céu que se estendia acima deles era limpo e azul, com o sol brilhando e aquecendo suas costas. Assim que deram a volta em uma rocha, as sereias apareceram — deitadas nas rochas, brincando na água. Algumas apoiadas na doca de madeira que saía da praia, onde muitos humanos estavam reunidos com elas. Membros da tripulação do *Siren*, sem dúvida.

Uma sereia, ou possivelmente um tritão — era difícil saber a diferença com tanto deles escondidos debaixo da água —, colocou a cabeça para fora da água perto do bote. Cabelo rosa-claro decorado com conchinhas caía por cima dos ombros escuros. Uma risada estridente soou entre presas pontiagudas.

— Vieram brincar?

Gancho se levantou e foi para a lateral do barco.

— Capitão Gancho. — Ele baixou a aba de seu chapéu para a sereia. — Vim ver a Rainha Titania.

Tink piscou, surpresa. Gancho não perdia tempo.

A sereia suspirou de forma dramática.

— Veremos. — Sem falar mais nada, ela desapareceu no mar, apenas uma marola em seu rastro.

Os marinheiros se juntaram na ponta do píer conforme o barco a remo se aproximava levando Gancho, Tink, Smee e algumas pessoas da tripulação do *Jolly Roger*.

— Capitão Gancho! — uma mulher gritou da ponta do píer. Ela usava um chapéu com aba larga, os cachos escuros descendo em volta de seus ombros. Algumas mechas grisalhas coloriam seu cabelo, porém a mulher se portava com toda a força e confiança de uma jovem.

— Fiquei sabendo que é a você a quem devemos agradecer por esta tempestade.

— Fico feliz em atendê-la, Cressida. — Gancho bateu um pé com bota na beirada do barco e se curvou em uma reverência dramática na direção dela.

— Aquela é a Capitã Cressida. Não se esqueça.

O lembrete não era uma verdadeira ameaça, mas, sim, um golpe bem-humorado. Estava claro que Gancho tinha uma reputação com a outra tripulação, e não de toda ruim. Mesmo sem o título, a postura de Cressida e o traje luxuoso indicavam sua posição no *Siren*. As botas dela tinham sido polidas até brilharem, e não havia buracos ou remendos em sua calça. Até o casaco que usava por cima de uma camisa solta emoldurava uma forma elegante, como se tivesse sido feito sob medida especialmente para ela — botões dourados, costura prateada e tudo.

— Jamais sonharia com isso, amor.

Tink franziu o cenho. Mas rapidamente suavizou a expressão. A quem importava se ele chamava todo mundo da Terra do Nunca de "amor"? Ele não falava sério. Nem quando falava para ela e provavelmente nem para ninguém.

A tripulação de Cressida descansava sob o sol ou flertava com o povo tritão. Alguns apenas descansavam em terra. Comportamento comum, ela imaginou, embora uma coisa fora do comum tenha chamado sua atenção.

— Toda a tripulação dela é de mulheres? — ela perguntou.

Smee sorriu, um olhar distante e saudoso nos olhos dele.

— É. O *Siren* tem a tripulação mais bonita dos mares.

Gancho se virou da doca ao se aproximarem e baixou a voz.

— *Não* tente ficar amigo demais delas desta vez.

— E das sereias? — Smee olhou na direção das sereias brincando. Os machos e as fêmeas se vestiam parecido... sem roupas além de conchas ou algas como acessórios. Com frequência, as sereias escolhiam não cobrir o peito como muitas raças faziam.

Gancho deslizou um olhar estreito para Sage.

— Eu acredito que da última vez que dois tritões ficaram meio decepcionados...

Sage brincou com a ponta de sua trança castanha.

— Não olhe para mim.

Ele soltou um suspiro dramático.

— Capitão? — Smee chamou mais uma vez.

— Certo. Se precisa.

O semblante de Smee se iluminou consideravelmente.

Cressida avaliou Tink quando ela saiu na doca.

— Adicionando mais mulheres à sua tripulação. — Ela sorriu. — Já era hora.

Gancho se adiantou até ela.

— Não tente recrutá-la para longe de mim.

Cressida deu risada e jogou suas mechas cacheadas e escuras para trás.

— Protetor. Que... atípico de você.

A sereia que havia recebido o barco deles colocou a cabeça para fora da água.

— Ela vai se reunir com você.

O olhar de Tink viajou pela lagoa até uma rocha solitária na água rasa, com o coral de cores vivas em rosa e laranja que surgia toda vez que a maré baixava grudados na sua base. Era a rocha de reunião da rainha Titania. Tink havia se reunido com ela ali semanas antes para entregar o colar que roubara de Gancho. Uma ansiedade estranha preencheu seu peito. Quantas fadas poderiam dizer que tinham se encontrado com a rainha dos tritões, e ainda duas vezes? Talvez escrevessem sobre ela nas histórias de fada, se um dia conseguisse pegar a escama de Leviatã, entregá-la às sereias, usar a pérola encantada e consertar sua pulseira para que pudesse voltar para casa.

Certo, calma. Ela suspirou só de pensar nos inúmeros obstáculos diante dela.

Gancho assentiu para a sereia antes de se voltar para Cressida.

— Uma trégua enquanto estamos aqui? — Ele estendeu sua mão boa.

Ela a pegou.

— Claro.

Smee já tinha chamado a atenção de umas sereias sorridentes antes de Tink e Gancho chegarem à praia.

— Parece que você se dá bem com a Capitã Cressida — Tink disse quando as botas dela se afundaram na areia.

— Cressida e sua tripulação são bem simpáticas... a menos que você cruze com elas — ele respondeu, mas seu foco estava na rocha da rainha, ainda vazia apesar da palavra da sereia de que a rainha os encontraria. — Elas preferem ganhar dinheiro protegendo navios mercantes, recuperando bens perdidos e outros serviços honestos.

— Igual a você?

— Sim.

Ela tinha sido irônica, mas a resposta dele foi de extrema sinceridade. Um nervosismo repentino se aflorou dentro dela, mas não era com a rainha que ela se preocupava. Ela olhava de canto de olho para Gancho. Será que ela o havia interpretado mal? Sim, ele tinha uma reputação assustadora — um homem com quem ninguém deveria cruzar. No entanto, ela não ficara sabendo de ele fazer algo realmente horrível, não como o Capitão Barba-Negra ou outros piratas que atacavam inocentes e desavisados. Que atacavam mulheres como ela.

Ah, espere...

— Deixe que eu falo — Gancho disse quando eles se aproximaram das rochas.

Ela apertou os lábios.

— Então eu só estou aqui para fazer figuração? — Ele tinha passado por muitos problemas para levá-la até ali só para dizer para ela ficar quieta. *Pirata idiota.*

Os lábios dele se ergueram nos cantos.

— Para confirmar que você estava enganada quando disse que roubei o Coração de Fogo e pedir à rainha que retire os feitiços dela sobre mim.

— Você roubou, sim — ela o lembrou.

— Mas não delas.

— E elas vão simplesmente acreditar em mim? — Tink franziu o cenho. Provavelmente elas acreditariam que o pirata arrastou a testemunha até lá contra sua vontade. O que ele de fato tinha feito, é claro.

— Elas sabem dizer quando você mente para elas, sabe? Você contou a elas que eu roubei, e elas acreditaram porque você acreditava nisso. Se contar a elas algo diferente, e eu o fizer também, elas vão saber da verdade.

Muito interessante. Tink tropeçou e quase caiu na areia.

— Então, quando esclarecermos tudo isso, você vai me libertar? Vai me levar de volta para Tortuga?

Quanto mais rápido, melhor. Todo dia passado presa com o pirata nojento era um dia a mais longe de casa. Ela precisava estar procurando informação sobre a escama, não passando os dias acorrentada à cama dele. A maioria dos marinheiros com quem conversara falou que a escama não existia. Disseram que era uma lenda. Mas um idoso havia contado para ela que havia uma mulher escondida em uma caverna que deixava um rastro de pistas para seus descendentes. "Escondida em algum lugar em que pessoas normais não procurariam", ele tinha dito. Era um começo, só uma questão de tempo para ela cruzar com alguém que sabia mais.

Gancho enrijeceu o maxilar.

— Você roubou uma joia valiosa...

Ela cravou as unhas na palma da mão.

— Você não pode... — Uma onda enorme se ergueu das profundezas e acelerou na direção da rocha da rainha. Tink arregalou os olhos.

Gancho colocou Tink atrás de si quando a onda cresceu em águas antes calmas, erguendo-se mais alta do que a cabeça deles. A água bateu nas rochas. Atrás de Gancho, Tink colocou a cabeça para o lado para olhar. Um suspiro saiu da garganta dela quando a água gelada chegou até suas panturrilhas. Ao recuar, a água a puxou, implorando para que ela fosse junto, porém ela se agarrou no homem à sua frente, que ficou firme enquanto ela se segurava.

Uma risada musical soou pelo ar. Tink espiou por trás de Gancho para ver a água descer das rochas, deixando um caminho arenoso até a praia. Na rocha maior, estava sentada a rainha Titania. Cabelo violeta espiralava até sua cauda azul-marinho e furta-cor. Como as outras sereias, ela não usava roupa humana, embora pérolas das cores creme e rosa enfeitassem seu cabelo, e uma coroa de coral branco decorasse graciosamente sua cabeça. A rainha dos tritões inclinou a cabeça para o lado ao analisar seu pequeno público.

— Eis uma combinação que eu esperava.

Dentes alongados e afiados apareceram entre seus lábios. Aquelas coisas podiam serrar um peixe na metade. Ou uma fada. Tink estremeceu. A rainha estava animada ou irritada? Se fosse a segunda opção, eles estavam bem encrencados.

9

A água salgada escorria do rosto de Gancho e descia até suas botas, mas ele se mantinha parado diante da rainha dos tritões. Dada a reputação dela, era bem provável que os tivesse molhado de propósito. Tink soltou a mão do casaco e foi para o lado dele. Ela não teve problema em deixá-lo aguentar o peso da onda. A fada pequena fez uma reverência cambaleante, suas botas se afundando na areia molhada. Mesmo com as asas amarradas, teve a impressão de que a rainha a reconheceu.

Gancho retirou o chapéu e se curvou.

— Rainha Titania.

— Capitão — ela respondeu, seu tom neutro.

Mau sinal. Melhor ir direto ao ponto.

— Vim pedir para você retirar seus feitiços.

Ela cruzou os braços, erguendo as sobrancelhas.

— Está me fazendo perder tempo, Capitão.

Ele engoliu em seco. De todas as vezes, logo agora não poderia mentir e seduzi-la. A tripulação de Cressida no porto só complicava as coisas. Elas eram amigáveis — na maior parte do tempo —, mas irritar mais as sereias não o favoreceria com elas também. Se a risada e as brincadeiras na praia fossem alguma indicação, as sereias estavam bem envolvidas com a tripulação de Cressida.

— Eu errei — Tink disse, aproximando-se da rainha. Gancho lançou um olhar firme, porém ela o ignorou. — Eu o ouvi se gabando do roubo, e acreditei que tivesse roubado de você, mas estava errada. Foi o Capitão Barba-Negra que roubou o Coração de Fogo. O Capitão Gancho o pegou dele.

Titania deslizou seu olhar safira para Gancho.

— Ainda um ladrão.

Ele deveria ter imaginado que Tink não ficaria quieta. Ela não fazia ideia de quanto era escassa a paciência da rainha?

— Tink roubou o colar de mim pouco depois de eu ter pegado. — Gancho se endireitou, dando seu máximo para manter o tom calmo e tranquilo. — Eu não poderia devolver uma coisa que não estava mais comigo. — Não que ele fosse devolver, mas ela não precisava saber disso.

As bochechas de Tink incendiaram.

— E, se eu não o roubasse *dele* — ela destacou a palavra —, eu não poderia devolvê-lo a você como me pediu.

Titania inclinou a cabeça para um lado e depois para o outro.

— O que devo fazer com os dois ladrões? Ambos me pedem favores.

Ambos? Gancho olhou para Tink de canto de olho. Ela tinha falado que trocou o colar pela confiança dela. O que uma fada poderia querer tanto do povo tritão?

A cauda da rainha espirrou um arco de água na direção das botas deles.

— E, mesmo assim, vocês dois fazem ofensas contra mim. Você — ela disse quando seu olhar brilhante deslizou para Gancho — se gabou de seu roubo em vez de jurar devolver nosso tesouro sagrado. E você, fadinha, nos fez virar o mar contra o pirata errado.

Tink se enrijeceu ao lado dele.

— Imploramos pelo seu perdão por nossos erros. O que podemos...

Gancho segurou a mão dela e apertou. Era arriscado oferecer qualquer coisa para uma sereia. A sereia já tinha se decidido, ele conseguia ver o brilho dos olhos dela e o sinal de um sorriso em seus lábios. Como Tink havia sobrevivido ao primeiro encontro com essa rainha tão perversa?

A atenção da rainha deslizou para as mãos deles unidas. Gancho soltou Tink, para a sereia não ter a ideia errada. Ele precisou de toda a sua força de vontade para não limpar a mão no casaco. Embora nem isso pudesse não retirar a lembrança da pele macia dela na dele.

— Eu vou pedir um favor a vocês dois. Façam o que eu pedir, e os dois serão recompensados. Para o pirata, o mar não mais será furioso. Para a fada, você terá a pérola que procura, sem mais nenhum pagamento exigido.

Uma pérola? Todo este absurdo por uma maldita pérola? Ele tinha, no mínimo, uma dúzia delas em algum lugar de sua cabine, sem contar os colares compridos que havia adquirido anos antes. Ela poderia pegá-los. Eles ficariam *maravilhosos* pendurados no pescoço dela.

Tink se balançou em seus pés. O que quer que fosse, era importante, valioso o bastante para nem sequer o Coração de Fogo ter sido pagamento suficiente. Ou talvez a rainha Titania estivesse se aproveitando da ingenuidade dela, como era conhecida por fazê-lo. Ainda assim, não poderia ser qualquer pérola, mas ele chegaria ao fundo disso... depois.

— Que favor? — Gancho perguntou. Para oferecer tal prêmio, não seria simples. Não, a rainha era engenhosa como um pirata. Mais criativa.

As presas de Titania brilhavam em um sorriso cruel.

— Quero a escama de Leviatã.

Maldição. Aquela coisa não era nada mais do que uma lenda. Um mito. Diziam que o deus dragão Leviatã era tão gigantesco que poderia engolir um navio inteiro ou provocar uma onda com o leve abanar de seu rabo. Gancho tinha vivido no mar boa parte de sua vida e nunca havia visto nada assim — nem conhecido ninguém que tivesse. Havia monstros piores no mar que ocupavam seus pensamentos, como o velho conhecido e desgraçado crocodilo que havia comido sua mão.

— Já jurei devolvê-la para você em troca da pérola — Tink protestou, sua voz sumindo.

Ele se virou para encará-la. Então a fada planejava encontrar um tesouro místico. Ele quase deu risada. Ela era ousada mesmo. E desesperada. Desesperada demais para aceitar tal desafio. Se ele não a conhecesse, diria maluca, mas havia muita astúcia por trás de seus olhos azul-claros para isso.

Uma fada em terras humanas, sozinha, desesperada por ajuda das sereias... Havia muito na história dela que ele não sabia e não conseguia adivinhar. A curiosidade o puxava como um fio. Mais outra coisa também — uma dor no peito que ele tentava ignorar com cuidado.

— E agora você terá ajuda. — Titania sorriu, expondo suas presas.

— Onde está essa escama? — Gancho perguntou, voltando a atenção para a rainha.

A água foi espirrada em um arco com uma batida da cauda dela.

— Se eu soubesse, já estaria com ela.

Então a escama existia mesmo. Gancho esfregou o maxilar. Tudo que ele precisava fazer era encontrar algo que a maioria da Terra do Nunca não acreditava que existia. Mas, assim como Titania conseguia sentir uma mentira no ar, ela mesma não conseguia mentir. Nenhuma sereia podia. Segundo a lenda, há muito tempo, o deus dragão Leviatã foi para a Terra do Nunca. Lá se apaixonou por uma mulher humana — ou uma sereia como o povo tritão gostava de afirmar. O trabalho chamou o deus de volta, mas ele deixou com sua amada uma escama de seu corpo, uma forma de chamá-lo se um dia ela ou seus descendentes precisassem. Parecia que a lenda tinha algo de verdadeiro, pelo menos parte dela.

Tink olhou entre os dois e engoliu em seco.

— Fiquei sabendo que está escondida em uma caverna, em algum lugar que pessoas normais não vão.

— Determinada. — Titania se recostou na rocha, exibindo com orgulho os seios à luz do sol, que fazia brilhar toda a sua pele perolada. — E mais ousada agora. Você deveria ter me perguntado mais sobre a escama da última vez que nos vimos.

As bochechas de Tink ficaram rosadas.

— Entendo por que gosta dela — Titania disse para Gancho.

Ele se enrijeceu. O comentário o desequilibrou mais do que a exigência da rainha. Mas Tink não percebeu. Apenas continuou ouvindo atentamente o que a sereia dizia:

— As Ilhas Encobertas. — O olhar da sereia se escureceu como o próprio aglomerado de ilhas. — Posso senti-la, o tesouro de meu ancestral me chama, mas a água lá é… desagradável.

Isso era ruim. Gancho se virou, suas botas fazendo barulho na areia, e encarou além da praia arenosa até a floresta em volta — convidativa, viva, colorida, cheia de árvores carregadas de frutas maduras. Paraíso, sua tripulação chamava. Tudo que as Ilhas Encobertas não eram.

— As Ilhas Encobertas — Tink repetiu, como se marcando na memória. — Vamos encontrar a escama. Eu garanto.

Gancho girou.

— Espere um minuto. — Ele acenou o gancho para as mulheres.

A rainha semicerrou o olhar para ele.

— Vocês são uma dupla, e ela concordou. — Outra batida da cauda. — Estou ansiosa para ter a escama de volta ao lugar a que pertence. Façam isso para mim, e terão o que pediram.

Maldita fada, ela o mataria em algum momento, literalmente. Primeiro roubando dele, depois enfeitiçando-o, agora concordando em encontrar um item do qual ninguém sabia a exata localização em um lugar que todo mundo evitava. Pior de tudo, assombrava cada pensamento dele, outro feitiço do qual ele precisava se livrar. Naquele momento.

— Se tivermos acabado…

— Espere — Gancho disse.

A rainha sorriu. Ela sabia, maldita. O que ela exigiria para retirar seu segundo feitiço, sua outra mão?

Ele se virou para Tink.

— Preciso falar com a rainha. Sozinho.

— Não está preocupado que eu vá voar para longe? — Ela colocou as mãos na cintura.

Ele olhou para o horizonte e ergueu as sobrancelhas.

— Nesta tempestade?

Ela só deu de ombros antes de se voltar para a sereia.

— Rainha Titania. — Ela fez uma reverência antes de voltar para a praia.

— Deseja minha companhia, Capitão? — A rainha se inclinou para a frente, suas garras longas adicionando ondulações à maré.

Dizer não a ofenderia, mas dizer sim seria mentira. Havia um motivo para ele evitar aquelas margens. O luxurioso povo tritão tentava seduzir qualquer um que chegasse perto, mas só se a pessoa os impressionasse, os fizesse sentir desejado. Não se sentiam cortejados com palavras bonitas. Os melhores elogios rendiam apenas desprezo e rejeição, ignorados pelas mentiras que eram. Não era culpa dele se preferia sentir as pernas de uma mulher em volta dele, segurando-o firme.

— Quero que você retire o segundo feitiço em mim.

Uma sobrancelha de cor lavanda se ergueu.

— Como assim? Por que acha que foi enfeitiçado duas vezes?

Ele lançou um olhar pela metade na direção de Tink. Sage tinha envolvido um braço nos ombros da fada e a levava até onde algumas sereias descansavam na praia com membros da tripulação de Cressida. O calcanhar dele se afundava na areia.

— É uma mulher. Não consigo tirá-la da cabeça.

Titania deu risada.

— Isso não é um feitiço. Chama-se afeto. Alguns até chamam de... amor?

Gancho cerrou os dentes. Uma fada ladra que fez o mar se voltar contra ele? Não havia nenhuma chance. Ele poderia chamá-la de amor —

inferno, ele chamava muitas mulheres assim —, mas não significava que estava *apaixonado* por ela.

A rainha cantarolou.

— Não, ainda não. Mas talvez um dia? Certamente é um desejo.

— Não sou um garoto ingênuo solto por aí.

— Não. — Ela mostrou as presas afiadas. — Você não é.

Sereia frustrante.

— Escute. O mar é minha única esposa. Não me prendo a mulheres.

É verdade que amantes iam e vinham. Elas não se demoravam na cama dele, muito menos em seus pensamentos. Não havia tempo para isso, e, se houvesse, nenhuma mulher tinha chamado atenção dele para tanto.

— Está mentindo, Capitão.

— Estou... é este maldito feitiço. O que preciso dar para você tirar esta mulher da minha cabeça?

— Que desesperado — ela chiou. — Que pena que não tem feitiço nenhum para tirar. Imagine as coisas que eu pediria se tivesse.

Não tinha feitiço? Ele piscou. Não era possível.

— É mágica, então.

Ela balançou a cabeça.

— Não que eu consiga farejar. Desejo é uma coisa natural. Ceda. Se deixe levar. Talvez isso clareie sua mente em relação a esta mulher... ou é uma fada? — O olhar astuto dela deslizou para a praia.

O punho dele abriu e fechou. *Malditas sereias.*

— Aguardo minha escama, Capitão. Uma escama do deus dragão dos mares deve pertencer ao povo dos mares.

As ondas molhavam as botas dele.

— Esse é o único motivo de você a querer? — ele perguntou, mesmo já sabendo a resposta.

— Uma rainha nunca tem armas demais à sua disposição. Com certeza, você concorda com isso. — Ela inclinou a cabeça para o lado.

Claro que ele concordava, coisa que ela já sabia. Mas...

— E o que vai me impedir de usá-la? Ou Tink?

Titania mostrou suas presas.

— Sem querer — ele adicionou.

— Você sabe usar? — ela praticamente rosnou.

Não, ele não sabia.

Como ele nada falou, ela respondeu:

— Então tem sua resposta.

— Você pediu muito dela — ele disse, recusando-se a deixar a rainha dar o último golpe.

Titania olhou para a praia.

— Tão desesperada... Não consegui me conter. — Ela deu de ombros. — Mas agora ela tem ajuda. — Um sorriso lento e malicioso se abriu no rosto dela. — Sabe, essas coisas têm um jeito próprio de funcionar.

Ele semicerrou os dentes. *Maldita sereia*. Ela tinha se aproveitado da ingenuidade de Tink. Não que isso devesse incomodá-lo.

— Não me deixe esperando, Capitão. — Titania olhou para as nuvens da tempestade. — Para seu bem, senão dela. — A luz do sol refletiu nas escamas azul-marinho quando ela pulou da rocha e desapareceu debaixo da água.

10

Tink se abanava com uma folha gigante, lutando uma guerra perdida contra o calor que corria abaixo de sua pele. No entanto, o sol desaparecendo atrás das nuvens raivosas da tempestade não era o único a culpar. Piratas e sereias brincavam nas águas rasas cristalinas, a maioria sem alguma, ou toda, roupa. O rum fluía livremente dos barris que as tripulações de Cressida e Gancho tinham levado à costa.

Havia peixe assando em uma fogueira para os humanos — as sereias os comiam crus e ainda vivos, às vezes ainda nos braços do parceiro do momento. O cheiro revirava o estômago de Tink. Ela não comia peixe nem nenhuma outra carne — algo que Barley, da tripulação de Gancho, descobriu na primeira manhã no navio, quando ele levara bacalhau salgado para ela comer. Se ela ainda tivesse alguma coisa no estômago, teria perdido tudo com aquela visão asquerosa.

— Quer outra? — Barley lhe ofereceu uma manga madura onde eles descansavam na sombra fornecida pelas palmeiras exuberantes na beira da praia. De todos da tripulação, ele era uma âncora calma na tempestade, sensato, tranquilo. Sinceramente, ele não era nada como a maioria dos piratas, o que o elevava em sua estima.

A doçura cremosa da manga bem docinha ainda brincava na língua dela.

— Não, obrigada.

Gritos cortaram o ar. Tink não pôde deixar de olhar, levada pela curiosidade que a provocava mais do que a brisa soprando as mechas de seu cabelo dourado. Um homem nu — Smee — tinha erguido uma sereia da água. O primeiro imediato a girava acima de sua cabeça conforme a onda quebrava no peito dele. A umidade aumentou entre as pernas de Tink quanto mais se embebedava da orgia, mas cuidadosamente desviou o olhar de volta para a floresta. Fadas nem sempre eram do tipo recatado, mas não tinham apetite sexual tão livre e aberto. O prazer delas era a companhia, a confiança, não apenas a sensação de se entrelaçar em outro corpo.

No entanto, ela havia perdido essa companhia, o companheirismo, seu lar. Ela suspirou, e deixou os ombros caírem. Uma fada sem isso não era nada mais do que um espectro bonito com asas.

— Você pode se juntar a eles, sabe? — Barley disse.

Tink revirou os olhos.

— Essa é a quarta, não, é a quinta, vez que você fala isso. Você também poderia.

— Alguém tem que ficar de olho em você. — Ele sorriu e tirou do rosto o cabelo comprido e castanho. — Além do mais, essa peça não vai se consertar sozinha. — Barley ergueu o traje em sua mão para enfatizar. Uma cesta cheia de roupas variadas ocupava a areia ao lado dele. Ele era do tipo quieto, falava pouco e se sentia satisfeito de ficar na companhia dela enquanto trabalhava.

— Ordem do Capitão, é?

— Não. Ele não precisou pedir.

Claro que não. Sempre leal ao seu capitão, Barley preferia empreendimentos criativos do que içar velas ou navegar com as estrelas. A tripulação tinha sorte de tê-lo.

O dito capitão havia desaparecido na floresta pouco depois de seu encontro particular com a rainha. Tink estremeceu, lembrando-se do sorriso cheio de presas e garras escuras mais compridas do que de um gato selvagem. O que quer que eles tenham conversado, Gancho não gostou. Uma nuvem escura, como aquelas que ainda retumbavam no horizonte, pairava acima de seu humor. Tink ouviu breves conversas que ele teve com alguns tripulantes, informando-os do próximo destino, até ele sair pisoteando sem olhar para trás.

Em vez de estragar o clima, a notícia incentivou os piratas a festejarem mais. Uma última proeza, caso as águas traiçoeiras das Ilhas Encobertas os puxassem para as profundezas. Sage e Smee tinham, literalmente, a arrastado para a água onde estavam as sereias até que ela os dispensou e trocou o mar pela sombra. Eles gargalharam e trocaram risadinhas maliciosas quando uma onda quase a derrubou enquanto saía da água, e gritaram todo tipo de coisas, dizendo que ela lhes devia por enfeitiçar todos eles.

Talvez ela devesse, mas não iria se juntar à brincadeira. Sinceramente, ela estava indignada por eles não a odiarem pelo que ela fizera. Eles tinham todo direito. Quando ela se arriscara a perguntar a Barley, ele simplesmente deu de ombros e explicou que Gancho havia contado a todos que tinha sido um acidente e que ela iria ajudar a consertar.

Tink puxou a manga de sua camisa, grudada em sua pele por um brilho de suor e a umidade pesada. A camisa *dele*. Ele a tinha acobertado para a tripulação mesmo sem motivos para fazê-lo. Parte dela desejava que o capitão tivesse se juntado à orgia. Como ele era sem camisa? Sem calça? Outra parte dela, um baú sombrio, secreto e traiçoeiro que ela mantinha trancado, odiava a ideia de ele ser acariciado por garras de sereia ou se engraçar com uma das garotas da tripulação de Cressida.

— Não consigo mais ficar sentada aqui. — Tink se levantou, batendo a areia de sua calça.

— E? — Barley olhou na direção dos foliões.

Tink colocou as mãos na cintura.

— Não. Eu preciso… — *Relaxar. Pensar. Ficar longe de piratas imundos.*

Ele apontou sua agulha de costura para o caminho de terra atrás dele.

— Tem uma fonte de água quente nessa direção.

Um lampejo de alegria fervilhou da escuridão nebulosa interna. Ela flexionou os dedos do pé, o corpo já relaxando com a ideia. Água quente e relaxante em uma banheira que não era salgada. Sem sereias. Sem orgia. Só que…

— Posso ir sozinha?

Ela fingiu vergonha, encarando as botas como uma criança. Barley era uma companhia tolerável, para um pirata, mas tirar a roupa diante dele estava fora de questão. Compartilhar uma banheira com ele? *Nem pensar.*

A camisa que ele costurava encontrou um lar em cima das outras no cesto.

— O certo é eu ir com você.

— Não um...

— Certo. Vou só ficar de olho no caminho — ele disse, erguendo as mãos. — Garantir que ninguém a perturbe.

Ela uniu as mãos diante de si e lhe abriu o maior sorriso.

— Perfeito.

Rochas cobertas de musgo faziam cócegas em seus pés descalços. Piscinas naturais enormes, numa formação como a de uma escadaria gigante, recebiam a água que vinha de algum lugar alto na colina acima e escorria de uma piscina a outra. Pássaros cantavam. Galhos de árvores carregadas de frutas desciam em direção ao chão. Outros galhos formavam um dossel, iluminando as nascentes com uma luz fraca e baixa. Em breve o sol afundaria atrás das nuvens da tempestade, e a única luz seria do musgo cintilante grudados nos montes da encosta rochosa.

Tink suspirou ao desamarrar suas asas e deixar as faixas em uma pilha de roupas. Elas se alongaram e tremeluziram, erguendo seus dedos do pé do chão, enquanto ela lidava com as dores e os problemas de mantê-las amarradas. Nenhuma quantia de alongamento poderia compensar a dor que as amarras infligiam — um mal necessário por viver entre humanos. Quando tinha sido a última vez que ela não sentira dor ao fazer um voo simples? Gancho temia que ela fugisse voando? *Rá*. Ela teria sorte se voasse a distância curta até a praia sem que suas asas gemessem de agonia. O uso incorreto e o fato de morar fora da mágica do vale eram punições cruéis para qualquer fada.

A água fumegante envelopou seu pé, sua panturrilha, sua coxa, e foi subindo conforme ela se afundava no abraço da fonte. Ela gemeu em um misto de prazer e dor, saboreando o queimar doce que a distraía de suas asas doloridas. Havia seixos lisos no fundo, o tipo de lugar perfeito para se sentar, como se alguém, há muito tempo, tivesse construído aquela fonte de água quente pedra por pedra, para o uso humano. Talvez tivesse mesmo.

Um suspiro satisfeito se juntou ao canto baixo dos pássaros. Era tranquilo, reconfortante. Uma mudança muito agradável da situação ridícula na praia. Cada passo que tinha dado para dentro da floresta e para longe daquilo havia animado sua alma. Tink deixou a cabeça descansar na rocha cheia de musgo depois que mergulhou na água até o pescoço. Um pouco de saudade de casa abriu caminho até seu coração. Se ela fechasse os olhos, poderia estar lá, descansando nas fontes além de seu vilarejo com suas primas. Será que achavam que ela estava morta? Estavam de luto por ela? E Lily... Ela precisava ter conseguido voltar, precisava estar segura. Mas então por que ninguém tinha ido procurá-la se Lily tinha contado a elas onde estava e o que havia acontecido? Talvez elas realmente pensassem que ela era uma causa perdida.

— E agora estou presa com estes piratas imundos — ela lamentou.

Uma voz deliciosamente grave interrompeu a noite tranquila e vibrou pela pele dela.

— Quem é imundo?

11

Tink gritou. Seus olhos se abriram enquanto ela pulava para o centro da fonte e para longe da voz às suas costas.

Gancho estava parado no banco ao lado da pilha de roupas dela, uma expressão divertida em seu rosto cruel.

— Você! — Ela cobriu os seios com os braços. — Você...

Pelas pétalas da Flora! O coração da fada latejava no peito enquanto ela analisava o pirata presunçoso. O cabelo molhado pingava água no peito nu dele. Um rastro fino de pelos escuros decorava músculos tonificados e esculpidos que nem mesmo a luz fraca conseguia esconder. Ele levava algo no pescoço, pendurado por uma corrente, pousado na altura do coração. Ela foi abrindo a boca conforme seu olhar descia, analisando o abdome tonificado e um rastro escuro desaparecendo na calça molhada.

Ele jogou as botas e roupas que carregava no chão ao lado das dela.

— O que estava dizendo, amor?

— Aff! — Ela espirrou água na direção dele. — Não sabe que é grosseiro espiar mulheres tomando banho? Ou em qualquer situação, na verdade.

— É? — Ele coçou o queixo. — Da última vez que interrompi uma dama no banho acabou sendo bem legal para nós dois.

Suas bochechas ficaram rosadas e ela bateu na água.

— Você é nojento.

Ele cheirou os braços ao se sentar na pedra grande de pernas abertas e cotovelos apoiados nas coxas.

— Na verdade, estou mais limpo do que estive em semanas.

Tink virou de costas para ele.

— Vá embora.

— Agora teremos que nos aliar. Ser uma equipe. Não é melhor nos conhecermos melhor?

— Aliados não acorrentam o outro — ela soltou por cima do ombro.

— Também não roubam o outro.

— Tink! — O grito de Barley chegou até eles através das árvores.

Ótimo. Simplesmente ótimo. Ela afundou mais na água. Mais plateia. Era pedir muito um banho relaxante antes de mais dias de miséria a bordo do *Jolly Roger*?

— Barley.

— Ãh... Capitão.

Tink olhou por cima do ombro. O olhar de Barley foi dela para Gancho e de volta, permanecendo nas asas que se alongavam acima de sua cabeça.

— Está tudo bem — Gancho disse. — Volte para...

— Para o inferno — Tink interrompeu. — E leve seu capitão com você e me deixe em paz.

Gancho se levantou. Não com movimentos tranquilos e suaves como quando chegara, mas a postura rígida de um capitão. Tink apertou os braços ainda mais em volta de si mesma. De repente, ele parecia mais algo, mais forte, mais ameaçador nas luzes do crepúsculo e do musgo brilhante.

Barley olhou para os dois novamente, claramente nervoso.

— Vou voltar para a praia. — A atenção dele mudou para Tink. — Grite se precisar de alguma coisa.

O silêncio tenso ameaçou esfriar as águas conforme Gancho observava Barley retornar para a floresta.

— Você fez um amigo.

Tink bufou e soprou o cabelo para longe do rosto.

— Nem toda a sua tripulação é tão irritante e irracional como você.

— Talvez. Mas vamos deixar uma coisa clara. — Gancho se agachou na beirada da piscina natural. Um passo a mais, e ele cairia na água. — Ninguém comanda minha tripulação além de mim.

— Sim, sim, Capitão. — A voz dela estava cheia de sarcasmo, mas, se Gancho percebeu, escolheu não comentar.

Ela virou as asas para ele. Talvez, ele por fim entendesse o sinal e a deixasse em paz. Ele ficou em silêncio por tanto tempo que ela quase pensou que tivesse saído. Até que ele falou de novo.

— Para que você precisa de uma pérola? Não deve ser uma peça normal. Você poderia roubar uma de mim em vez do Coração de Fogo.

A pulseira no braço dela, de repente, pareceu pesar como chumbo, arrastando-a para as profundezas.

— Você não vai me deixar aqui em paz até eu te contar, né? — Como ele não respondeu, ela suspirou. — É uma pérola negra. *A* pérola negra encantada. Conserta coisas quebradas. Qualquer coisa.

— Vale a pena todo este trabalho? O que você precisa consertar?

Ela olhou para trás para encará-lo através do vapor.

— Talvez eu esteja quebrada, Capitão.

— Você não parece quebrada. — Ele tinha se empoleirado na beirada da fonte. Ele passava os dedos ágeis pela água, provocando pequenas ondulações.

Pelas asas de Beryl, ele não vai me deixar sozinha mesmo?

— Acha mesmo? E o fato de eu estar presa aqui e não conseguir voltar para casa? — *Pirata insuportável.* — Não, nem um pouco quebrada. Você não gostaria de voltar a ser inteiro?

Ele se enrijeceu.

O arrependimento instantâneo revirou a barriga dela. *Por que, ai, por que, falei isso?* Mencionar o gancho dele, de todas as coisas...

— Capitão Mão não teria o mesmo impacto. — Ela viu um sinal de sorriso, mas a voz dele não tinha uma alegria brincalhona. — Não. É parte de quem eu sou. Não mudaria isso.

Até parece. Ele não era do tipo de ter pena de si mesmo. Não, o grande e glorioso Capitão Gancho provavelmente tinha uma visão maior de si mesmo do que os deuses. Porém, seu comentário incitou uma curiosidade que ela não conseguiu segurar.

— Do que te chamavam antes de você ganhar seu gancho? Com certeza, você não nasceu com isso grudado no seu braço.

— Poderia ter sido desagradável para minha mãe. Vamos fazer um acordo, amor. Me conte o que você quer tanto consertar, e vou responder sua pergunta.

Não era uma troca justa. Nem um pouco. Tink franziu o cenho enquanto olhava para a água, xingando a forma como a voz dele, suave e saborosa como balas de caramelo, a seduzia para continuar a conversa. Ela estava nua, pelo amor! Com a noite chegando e a água a encapsulando em seu abraço, ela poderia se esquecer disso. Quase. Com relutância, ela ergueu um braço da água e balançou a pulseira quebrada.

— Eu não estava mentindo quando falei que estava quebrada. — Ela olhou de volta para ele, analisando o musgo que brilhava em sua pele bronzeada. — Quando fadas chegam a uma certa idade, recebem uma pulseira. Ela nos permite viajar do Vale Sylvanna para o restante da Terra do Nunca através de nossos portais de fada. Você deve conhecê-los como anéis de flores ou círculos de pedra. — Ela se virou de costas, analisando as variações na rocha através da névoa da fumaça. — Há muitas diretrizes que precisamos seguir quando visitamos as terras humanas, mas apenas algumas leis rigorosas, estabelecidas pelos anciãos para nos manter em segurança. Se a fada desobedecer a uma delas, sua pulseira quebra, e ela fica impedida de usar os portais.

— Você não pode voltar para casa. — Tinha algo na voz dele que ela nunca tinha ouvido... tristeza.

Tink mordeu o lábio e balançou a cabeça.

— Não posso ver minha família. Nem consigo dizer a eles que estou viva.

— O que você fez de tão horrível?

— Importa? Está feito. Sou uma exilada. Banida. Condenada. — As palavras espirravam como uma torrente, incontroláveis como a dor em seu peito. — Não pertenço mais a nenhum lugar.

As mãos dela se fecharam no calor da água quente. Ela baixou o olhar para as nuvenzinhas de vapor se erguendo da piscina. — Mas, se eu conseguir essa pérola, posso consertar isto. Posso voltar a ser uma fada de verdade. Posso ir para casa. Eu...

Ela sentiu a água espirrando em suas costas.

Tink arfou e girou; o capitão estava afundado até o peito na piscina.

— James.

O nome cortou diretamente seus pensamentos em pânico. Ela piscou, prendendo o ar.

— O quê?

Gancho atravessou a água, chegando perto a tal ponto que Tink precisou jogar a cabeça para trás a fim de encarar seu olhar solene e parado.

— Meu nome é James.

James.

A mão dele passou pela lateral dela, bem acima do quadril, quente como as águas em volta deles. Esse toque, tão breve e gentil, tirou as amarras que a trancavam no lugar. James, ele era James — não um capitão pirata impiedoso, não alguém de quem ela roubara, não alguém que a mantivera presa por vingança. Não, ele era só um homem, de peito nu e respirando pesadamente. Nos olhos dele, ela viu o espelho de seu próprio desejo, uma ânsia que ela não conseguia mais negar.

Tink se aproximou mais até o tecido encharcado da calça do pirata encostar na perna nua dela e o corpo forte dele bloquear a visão das plantas brilhantes logo atrás. Sem outro instante de hesitação, ela envolveu os braços no pescoço dele e puxou seu rosto para perto dela.

Lábios macios e úmidos encostaram no dela. Um gosto de mar provocou sua língua. O primeiro beijo deles tinha sido experimental, enganoso — pelo menos da parte dela. Seu único foco tinha sido acumular pó nos lábios e na boca dele e deixar que a mágica acontecesse. Ela mal tivera tempo para saborear a força do corpo dele debaixo dela, a aspereza da barba raspando sua pele delicada.

Desta vez, o beijo dele a consumiu, a afogou como uma onda da maré e a puxou para baixo nas profundezas do mar. Por todos os anciãos reverenciados, ela não conseguia focar em nada a não ser em Gancho. *Não... James.*

Pele encontrou pele conforme ele a envolvia em seu abraço e a puxava para perto. *Pelas barbas de Durin, o peito dele era musculoso. Liso. Quente.* Era como abraçar uma estátua de mármore no calor do sol do meio-dia. Tink se apoiou nele, desesperada para sentir, para afundar naquele beijo. Todas as suas preocupações arrastadas para longe, perdidas com o movimento da língua dele na dela, a respiração dele nos pulmões dela.

As pernas dela se envolveram nele, provocando um gemido que retumbou profundamente no peito do pirata. Dedos fortes seguravam a bunda dela, puxando-a firme contra ele de um jeito ousado e íntimo que fazia o centro dela incendiar. Se ao menos ele tirasse a calça. Ela estava decidida a arrancá-la, revelar seu pau e se enfiar nele. O centro dela se apertava conforme ela mordia o lábio inferior e imaginava sua grossura. Ele seria perfeito, tinha que ser. E fazia tanto tempo...

O que importava se ele era um pirata nojento? Tink se firmou nele, saboreando a protuberância que provocava seu ponto tenso. Ela agarrou o cabelo dele. *Santa Flora, ele também me quer.*

Um formigamento delicioso desceu por suas asas e por sua espinha. Tink deixou as pernas se soltarem, deslizando para baixo pelo corpo dele. Com as mãos fez uma carícia sedutora nele, tudo isso sem parar de beijá-lo.

Descendo pelo pescoço dele, pelos ombros fortes, até o peito até...

Os dedos dela pararam no pingente do colar. Não era um pingente. Era um anel. Pequeno e delicado demais para ser dele.

Tink se afastou, interrompendo o beijo e deslizando dos braços do homem que a segurava.

A água espirrou em volta dela conforme Gancho se endireitava, um gemido vigoroso deslizando no ar entre eles.

Um anel, ele estava usando o anel de uma mulher, e ainda olhava para ela daquele jeito, como se pudesse devorá-la ou levá-la ao orgasmo uma, duas vezes...

— Amor, suas asas estão brilhando. — Ele esfregou a barba do queixo. Seus olhos ficaram mais enevoados. — Por mim?

— Aff! — Tink passou a mão pela superfície da piscina, espirrando uma onda de água na direção do pirata imundo.

— Ei, o que foi? — Ele se endireitou.

Ela se virou e colocou a palma das mãos na beirada da piscina, tirando o excesso de água com o bater de asas. Um brilho suave a rodeava, iluminando seu corpo. Suas asas estavam brilhando. Uma coisa boa, se ao menos não tivesse sido ele a causar isso.

— O que foi que eu fiz? — Ele soou perplexo, como uma criança que recebe um tapa no punho após se comportar mal. E sim, ele tinha feito alguma coisa. Ele não tinha vergonha?

Todo o desejo que corria nas veias dela se tornou pesado. O brilho de suas asas foi diminuindo, e ela se atrapalhou para entrar nas roupas. Atrás dela, a água espirrou quando Gancho saiu da fonte.

— Você me drogou de novo? É isso? — A pergunta dele estava cheia de amargura.

Tink se virou para olhá-lo desafiadoramente por cima de um ombro.

— Se eu tivesse drogado, você já saberia.

A dureza momentânea na expressão dele sumiu.

— Então o que... — Ele gesticulou entre eles. — Você me beijou. Pensei que estivesse gostando.

Ela girou e puxou a camisa até suas asas se libertarem.

— Então você, Capitão, não sabe de nada.

Entrando daquele jeito na piscina, beijando daquele jeito... *Aff, pirata imundo, ladrão e sujo*. Era previsível. Como ela poderia ter esperado mais?

Sem olhar para trás, ela saiu batendo os pés na direção da floresta.

12

A tempestade passou durante a noite, deixando águas calmas e céu claro ao amanhecer. Finalmente. O maldito feitiço da sereia desencadeando tempestades sobrenaturais os havia sacudido como dados em um copo. Pelo menos eles tinham sido espertos, deixando riqueza e bens com seus familiares ou guardados em esconderijos. Estavam usando essas reservas desde que essas tempestades começaram a atrapalhar seus negócios — e roubos. No entanto, na verdade, esse era só um tipo diferente de negócio. Qualquer um que cruzasse o Mar Cerúleo sabia o preço. Não era diferente do que pagar os Gamorreanos ou outros reinos para passar pelas terras deles.

Gancho cutucou seu primeiro imediato com a bota, tentando despertar o homem que estava deitado seminu em uma rede no deque.

— Adella? — ele murmurou em um bocejo.

— Tente de novo — Gancho respondeu.

— Capitão! — Smee gritou, de repente bastante acordado. A rede se torceu até derrubar o grandalhão no deque úmido. — Aff, desculpe, eu... — Smee massageou a cabeça.

— Tudo bem, mas você vai ficar vermelho como uma lagosta dormindo aqui fora desse jeito. — Gancho apontou para o dorso sem camisa. O primeiro imediato era cabeludo, "um urso de pelúcia" uma vez ele ouviu uma mulher nomear. Bem, ele até que se adequava à descrição, só não tinha garras. Sério, ele estava mais para um cachorro grande... leal, confiável e não hesitava em cheirar as saias de toda mulher por quem passava.

Mas ele amava o homem — era seu irmão, mesmo que não fossem do mesmo sangue. Ele o apoiava desde que eram meninos. Se não fosse por Smee, talvez ele não estivesse vivo. Com certeza não seria o capitão que havia se tornado.

Contanto que Smee mantivesse os olhos, e as mãos, longe de uma mulher em particular, ele poderia fazer o que quisesse com qualquer outra. Tink estava sentada na sombra da vela, empurrando agulha e linha em um tecido. Pelo jeito, Barley a colocara para trabalhar. Justo — ele deveria receber uma compensação por vigiá-la no dia anterior. Os lábios dele se apertaram quando ele olhou para sua tripulação preparando o navio para a partida. Dada a condição do resto deles, considerou que poderia ser grato por ter pulado as festividades. Eles voltariam à forma em breve.

Ele, por outro lado... Enquanto a tripulação festejava com as sereias, ele ficou repassando seu encontro com Tink repetidamente. A agonia nas palavras dela o haviam feito mergulhar na água. Maldição, ele tinha até contado qual era seu nome verdadeiro, que ele não usava havia anos. Por um instante, ele se iludira em acreditar que o beijo dela, dessa vez, tinha sido sincero. Que ela o queria. A forma como ela envolvera as pernas nele e se esfregara... Ele gemeu. Ela era sedutora, isso era certeza. Ele não precisava de um feitiço para aquelas lembranças o assombrarem. Que pena que o beijo dela tinha sido outro jogo distorcido.

Ele passou as costas da mão pela boca. Ela não o havia drogado daquela vez, provavelmente porque não tinha mais nada de pó de fada, ou era o que ela dizia. Mas se afastou bem rapidamente. Será que ela ficou com vergonha por suas asas estarem brilhando? Na verdade, ele não sabia que fadas conseguiam fazer isso, mas ele não sabia muito sobre elas, exceto que humanos raramente as viam e o pó delas poderia valer um bom dinheiro. Ele havia *adquirido* um pouco uma vez. Era sórdido. Apagou metade de sua tripulação por um dia inteiro.

"Ceda ao seu desejo", a rainha Titania tinha dito. *Rá*. Que bem aquilo poderia fazer? Ele tinha ficado a noite inteira pensando nela, mesmo depois que ele havia se dado prazer com visões dela depois que ela tinha ido embora. Pelos deuses, ele tinha feito um novo buraco na parede com seu gancho quando retornou para sua cabine e a encontrou esparramada na cama, dormindo profundamente.

Era culpa dele. Ele a tinha trancado ali uma vez, e agora ela jurava que era dela. Mas não precisava mais trancá-la. Ela seria burra de tentar fugir agora. Sendo fada ou não, ela não conseguiria a escama de Leviatã sem ajuda. Ele não fazia ideia de como ela tinha pensado que conseguiria pegá-la antes. Uma fada, sozinha nas Ilhas Encobertas, procurando uma escama? Ele balançou a cabeça. Um desejo de morte, era isso. Uma missão tola. Ele massageou o peito, tentando amenizar a leve dor que sentia. Ela queria ir para casa. Não poderia culpá-la por isso, mas o preço da rainha era exorbitante demais para ela pagar sozinha. Impossível, talvez. O que o fez levantar a questão de novo, o que ela teria *feito* para ter sido banida de seu lar?

— Ãh, Capitão? — Smee cutucou seu braço.

— O que foi, Smee?

— Estou falando com você há mais de um minuto, mas você só está olhando para a ilha, com uma careta no rosto. — Ele esfregou a nuca. — Sei que bebi demais, mas...

Maldição. Por quanto tempo ele estivera encarando Tink? Pelo menos, Smee não percebeu essa parte, mas quem mais... Ele olhou em volta, observando a tripulação. Sage deu uma piscadinha para ele, mas conhecendo-a, isso poderia não significar nada.

— Para seu posto. — Ele bateu nas costas de Smee. — Vamos colocar um pouco de vento nessas velas.

— Ah! Vento nas velas!

Um assobio alto soou acima.

— Capitão!

Seu punho cerrou. *O que foi agora?*

Um de seus comandados acenava freneticamente do cesto da gávea, com a luneta na mão, sinalizando alguma coisa no alto-mar. Gancho se apressou pelo deque. Se fosse outra tempestade se formando...

Um navio acelerava na direção deles em uma brisa conveniente. Era grande, pelo que parecia.

— O *Kraken*! — o marinheiro gritou lá de cima.

Um calafrio percorreu as veias de Gancho. *De todos os malditos navios...*

— Aos seus postos! — ele gritou. Gancho segurou o braço de Smee e comandou: — Toque o sino, traga todo mundo para o deque.

Que hora, entre todas possíveis, para o Capitão Barba-Negra mostrar sua cara feia. Duvidava que ele estivesse ali para brincar com as sereias. Provavelmente ele tinha aproveitado o vento de sua partida recente no instante em que aportou no Tortuga e seguiu caminho. *Maldição.* Ele estivera tão distraído com Tink e seu feitiço que havia se esquecido da maior ameaça navegando pelos mares.

Do outro lado da lagoa, o navio de Cressida tinha um clima semelhante de atividade. Elas haviam avistado a mesma coisa enquanto se preparavam para partir.

— Abram as velas — Gancho gritou. Ainda bem que eles já tinham subido a âncora. Se conseguissem zarpar, talvez pudessem evitar um encontro. O Capitão Barba-Negra não teria se esquecido de um certo colar que Gancho roubou dele... ou de nenhuma das muitas outras coisas que eles fizeram ao longo dos anos. Talvez tenha sido o pior roubo que ele fizera, por toda a confusão que começou. O homem pensava que era o rei dos mares — Gancho mostraria a ele.

O Capitão se virou para ir até o timão, porém trombou na mulher parada atrás dele, uma coluna congelada no caos. Tink estava branca como uma gaivota, encarando o horizonte.

— Eles falaram *Kraken*?

Ele quase não conseguiu entender as palavras dela acima do sino começando a tocar, a corrida de botas pelo deque e vários gritos e xingamentos.

Não havia erro naquele olhar. Ela conhecia o navio. Conhecia e o temia. Não o tipo de medo inspirado pela reputação. O que aquele desgraçado havia feito com a fada presa tão longe de casa?

— Vá para baixo do deque. Será mais seguro lá.

Ela piscou, sem se mexer.

Ele colocou uma mão no ombro dela.

— Tink.

Um arrepio ecoou pelo corpo dela quando o movimento retornou.

— Certo — ela disse, a voz pouco audível. Sem olhar para ele, ela saiu correndo para a escada, o cabelo loiro trançado seguindo-a. Gancho puxou seu colarinho, saboreando um breve e estranho momento de alívio conforme ela desaparecia lá embaixo. Uma coisa a menos para se preocupar. Era só isso.

O *Kraken* iria para cima do *Siren* primeiro. Isso poderia dar tempo para eles fugirem, mas ele não poderia fazer isso com Cressida e sua tripulação, principalmente quando Barba-Negra estava envolvido. Ninguém precisava ficar à mercê daquele crocodilo. Dois contra um, eles teriam alguma chance, mesmo com o poder de fogo notório do *Kraken*.

— Preparem os canhões!

Porra. Eles não estavam prontos para uma batalha — não tinha nada preparado, havia pouco espaço para manobra.

— Velas seguras! — Smee gritou para ele.

Já era hora. Gancho segurou o timão. O vento soprou nas velas. O *Jolly Roger* se afastou da doca. Pobrezinho, ele não gostava de tratá-lo assim, mas eles não tinham escolha.

Avistou o *Siren*, avaliando o ângulo das velas, a direção do vento. Com um pouco de sorte, eles conseguiriam deixar o *Kraken* bem no meio deles.

— Canhões a estibordo!

A tripulação se apressou para obedecer. Seu peito se encheu de orgulho. Eles sabiam seus postos, seus papéis. Cada membro trabalhava em sintonia, como as engrenagens do relógio de bolso luxuoso que ele havia *adquirido* havia alguns meses.

A brisa puxou o chapéu dele conforme eles corriam na direção do inimigo que avançava.

Um estrondo profundo soou. Uma bola de canhão zumbiu na direção deles, caindo rápido e mergulhando no mar.

— Essa veio da frente! — Sage gritou.

Gancho fez careta. *É*. Então o velho crocodilo tinha um truque na manga.

Mais tiros seguiram. Um passou perto a bombordo.

— Prejuízo?

— Ela vai ficar bem — Smee gritou de volta.

O *Siren* se aproximava do inimigo, lançando seu fogo. *Perfeito.*

A adrenalina correu nas veias de Gancho quando ele virou o timão, levando-os mais perto para um tiro.

— Devemos atirar, Capitão? — Smee perguntou no meio da escada que dava no deque.

— Esperem. — O corpo dele se empolgava conforme eles chegavam mais perto. Um tiro bom valeria por dez ruins. Daquela distância, ele quase conseguia visualizar aquele desgraçado no timão do *Kraken*. O maldito crocodilo merecia uma morte lenta e dolorosa por tudo que ele tinha feito para ele. Sua mão fantasma pinicou onde seu gancho se curvava em uma manivela do timão.

Cada vitória contra ele abastecia os carvões de vingança alojados no peito dele. Toda vez que alguém elogiava o *Jolly Roger* ou falava do grande Capitão Gancho era uma voz a menos apoiando o Capitão Barba-Negra. Um dia... um dia, ele acabaria com aquele desgraçado.

— Capitão! — Smee gritou de novo.

Ele se endireitou. *Foco, homem.*

— Sim! Descarregue-os. Agora! — ele gritou de volta, certo de que Smee passaria suas ordens adiante. Eles só teriam uma chance antes de as armas estarem focadas de volta para eles. Um lançamento bem posicionado dos canhões do *Kraken* poderia destruí-los — ou pior, dar a Barba-Negra a oportunidade de se aproximar e embarcar. Ele não renderia seu navio e sua tripulação àquele desgraçado. Nunca.

A melhor chance que tinham, por enquanto, era acertar um golpe sólido e fugir.

A brisa do mar preenchia as velas. O navio cambaleou, cruzando a água. Em segundos, eles passariam direto pelo *Kraken*. Perto demais para ter conforto, porém era necessário. Ele só rezava para que o *Siren* mantivesse o foco por mais um minuto.

Canhões explodiam. O *Jolly Roger* balançava pela força dos lançamentos voando na direção do *Kraken*. Uma bola de canhão acertou o deque, arrancando lascas de tábua e fazendo os homens correrem. Outra cortou a vela grande, rasgando-a. Um sorriso se abriu no rosto dele. *Perfeito.*

Mais lançamentos ecoaram pela água. O *Kraken* devolveu o fogo. Ele cerrou os dentes quando uma bola acertou o casco. *Melhor não ter machucado meu maldito navio.*

A tripulação dele correu para agir. Eles cuidariam daquilo. Ele tinha que colocar mais distância entre os navios.

A mão de Gancho congelou no timão. Seu peito se apertou. Ali, parado no timão do *Kraken*, estava Barba-Negra. Sua vestimenta preta e barba cheia e escura eram inconfundíveis. O ácido queimou a garganta de Gancho. As coisas que aquele homem tinha feito… Ele estava com vontade de chegar mais perto, escamar o cordame, subir a bordo e acabar com tudo de uma forma ou de outra.

Uma rajada forte o atingiu no rosto. Gancho voltou a se concentrar. Não, sua tripulação, ele não podia arriscá-la assim, não agora. Ainda não. Ele arrancou seu olhar de Barba-Negra e focou na tarefa imediata.

O *Siren* navegava para a direção oposta e não mostrava sinal de dar a volta. Ela estava fugindo? Não poderia culpá-las. Mesmo de longe, ele conseguia ver o dano em uma lateral. Não era suficiente para afundá-las, mas elas precisariam consertar. Felizmente, o navio dele fizera praticamente a mesma coisa na lateral do *Kraken*.

Quando às velas deles...

— Eles estão ficando para trás! — Smee comemorou, jogando a mão no ar.

Isso. Um sorriso se abriu pelo rosto de Gancho quando ele endireitou o timão. As seções divididas da vela grande do *Kraken* tremulavam com a brisa, totalmente ineficazes. O traquete também tinha um rasgo, provavelmente presente de Cressida. Um navio tão grande precisava de todas as velas para ser eficiente.

— Pegamos eles! — Gancho gritou.

A tripulação gritou, comemorando.

— Devemos tentar dar meia-volta?

O desgraçado merecia ver seu navio no fundo dos mares, mas isso teria que esperar. O navio de Cressida não mostrava sinal de diminuir a velocidade ou de que voltaria. Ela os havia ajudado, correndo grande risco para si mesma, e não faria mais nada. Mesmo enfraquecido, o *Kraken* era um inimigo formidável, principalmente quando os pegava inesperadamente e ainda se recuperando de uma tempestade atrás da outra.

Não. A ponta de seu gancho cravou na madeira do timão. Outro dia o Capitão Barba-Negra iria ter o que merecia. Gancho encontrou o anel em seu pescoço e o esfregou entre os dedos. Ele teria sua vingança. Um dia.

— Mantenha o curso.

Enquanto o *Kraken* desaparecia de vista e a tripulação se recuperava da batalha, Smee se aproximou do capitão.

— Hum... Capitão, senhor, quando vamos voltar?

Ah, verdade. Com a aparição do Capitão Barba-Negra, ele tinha se esquecido de atualizá-lo no plano que tramara nas últimas horas da noite. As poucas que ele pôde aproveitar entre sua luxúria insatisfeita.

— Não vamos. Vamos para Rochland.

— Rochland? Mas as Ilhas Encobertas são a leste — Sage disse, entrando na conversa.

Gancho ergueu as sobrancelhas.

— Então vamos para lá bisbilhotar e morrer enquanto procuramos a escama de Leviatã? Não vai adiantar nada.

— Mas temos que pegá-la! — Tink estava parada na escada, com o cabelo bagunçado. Estava de punhos cerrados na cintura, embora mais parecesse que iria vomitar as tripas pelo deque a qualquer momento.

— Maldição, o que está fazendo aqui em cima?

Ela enrugou o nariz, mas não recuou.

— Só iremos para lá devidamente orientados e com um plano — Gancho respondeu, encarando-os de volta. — E, se alguém não quiser se aventurar na jornada, poderá ficar em terra.

Smee foi o primeiro a quebrar o silêncio, aproximando-se mais do capitão.

— Não pode estar pensando em... vê-la.

— Estou, sim.

Se alguém poderia ajudá-los a navegar pelas Ilhas Encobertas e encontrar a escama, esse alguém era a Bruxa Verde.

13

Pelos santos anciãos reverenciados. Tink nunca se acostumaria com o mar. Sempre balançando, movimentando, ondulando. Ela estava enjoada, segurando seu café da manhã escasso. Certo, o vento forte era melhor do que os últimos dias vagando na correnteza e esperando que a mais leve brisa soprasse e enchesse as velas. Mais rápido significava mais próximo do destino deles, o que era um passo a mais até a escama de Leviatã e seu lar.

E para longe do Capitão Gancho.

Ele mal tinha trocado uma palavra com ela desde que tinham saído da ilha das sereias e fugido do *Kraken*. Não que ela quisesse que ele o fizesse, claro que não. Ela esfregou o peito ao se lembrar do anel delicado. Será que pertencia à Bruxa Verde que eles planejavam visitar? Outras mulheres iriam recebê-lo no instante em que ele pisasse em terra? Que ele explodisse por preencher os pensamentos dela. Ela não conseguia contar o número de vezes que havia repassado o beijo deles. Beijos, para ser mais precisa. E agora, quantas vezes ele já a tinha encarado e depois se virado e se afastado segundos depois? *Irritante, esquisito, maldito...*

— Olá? — Sage acenou a mão diante do rosto de Tink, trazendo-a para o presente. — A fadinha está ficando vermelha por causa do sol ou é outra coisa? — Ela deu uma piscadinha.

Tink revirou os olhos e ajustou o chapéu que Barley havia lhe dado — um salva-vidas sob o sol escaldante. Humanos não entendiam como tinham sorte de suas emoções não colorirem sua pele de forma tão viva como as fadas. Pelo menos a tripulação dele era gentil com ela. Eles tinham o direito de não ser — afinal, ela havia feito com que todos fossem enfeitiçados. Mesmo assim, eles praticamente aceitaram que ela era um deles, um membro temporário da tripulação naquela expedição.

— Se todos com quem já fizemos negócios tivessem algum rancor da gente, eu teria morrido antes de crescer meu primeiro pelo no peito —, Smee tinha dito com orgulho. Uma visão que ela dispensaria. Sem contar as definições bem diferentes de "negócios" que eles tinham.

— O que fazemos agora? — Sage perguntou, gesticulando para as cordas que eles haviam estendido.

O mínimo que ela poderia fazer, Tink decidiu, era colocar suas habilidades em uso. Sinceramente, ela não conseguia evitar; afinal, era uma fada. Carregar suprimentos para cima e para baixo pelas escadas quando poderiam apenas usar um sistema de roldana para transportar inúmeros caixotes e barris de uma vez era simplesmente tolice. Ela havia oferecido uns dias antes, porém a tripulação ficara tensa quando o vento parou, sempre observando o horizonte em busca de velas, principalmente pertencentes a um certo pirata. Mesmo sem as ondas, a preocupação deles fora suficiente para revirar seu estômago. Mas naquele dia eles tinham, enfim, relaxado, e ela aproveitaria a oportunidade para explicar suas ideias e colocá-las em uso.

— Amarre aquela ponta da corda por ali. Precisamos de uns pregos para anexar a viga ao lugar que marcamos bem ali.

Sage sorriu com prazer.

— Deveríamos ter uma fada a bordo há muito tempo, se elas são assim tão espertas.

Uma risada nervosa borbulhou. Ela não poderia estar falando sério, não é?

— Nem todas as fadas são tão proativas. Cada uma de nós tem talentos e habilidades próprios, exatamente como vocês.

Sage deslizou sua atenção para dois dos membros da tripulação menos expressivos.

— Alguns de nós.

Tink escondeu um sorriso.

— Terra! — Alguém gritou de cima.

— Finalmente! — Sage pulou de pé.

Tink se encolheu vendo o trabalho duro delas se espatifar no deque. Mas era terra firme, aquilo era algo com que ela poderia ficar empolgada. A brisa agarrou seu chapéu e cabelo quando ela se levantou e avistou um pedacinho de terra se alongando no horizonte. Ainda bem longe, mas perto também. Ah, o mais perto que eles estiveram em dias.

— Lar doce lar! — Sage jogou as mãos no ar.

— Lar? — Tink uniu as sobrancelhas.

Barley chegou do lado dela, carregando uma rede enorme que ele fora pegar para o projeto deles.

— Ninguém te contou? — ele perguntou.

Um nó se apertou na garganta dela. Não, com certeza não contaram.

Lar.

O lugar que ela desejava, mas não conseguia ir. Tink girou a pulseira em seu punho. Ainda não, de qualquer forma.

Aquele não poderia ser o Porto de Rochland, onde eles falaram que ficava a loja da Bruxa Verde. Tink nunca estivera lá, mas tudo que ouvira sobre o lugar o descrevia como uma cidade agitada. A enseada diante deles, até onde ela conseguia ver, exibia poucas construções. E, embora a doca fosse de um bom tamanho, grande o suficiente para permitir que o *Jolly Roger* aportasse, só havia dois pequenos barcos de pescadores parados ali. Estradinhas de terra desgastadas serpenteavam pelas colinas a partir da clareira perto da doca, sem dúvida levando a mais casas, mas aquilo não podia ser uma cidade.

Smee foi um dos primeiros a descer a prancha, correndo para cumprimentar um bando de loiras.

— Ele realmente tem mulheres em todo porto — Tink disse quando ele ergueu uma garota nos braços e a girou. Ele era bem legal, bonito, senão o mais inteligente dos homens. Mas, ainda assim, tantas... e parecia que elas não se importavam de ele abraçar todas.

— Ele tem — Gancho concordou, apoiando-se no corrimão ao lado dela.

Ela deu um pulo, quase saindo de sua pele. Com a pressa de chegar à terra, ela pensou que não tivesse ninguém ouvindo suas reflexões.

— Mas aquelas — ele continuou, apontando para as mulheres com seu gancho — são as irmãs dele.

O calor subiu para as bochechas dela. Claro. Isso fazia muito mais sentido, principalmente com as características parecidas deles. Aquele era o lar deles mesmo, pelo jeito. Sage tinha comentado, mas, até aquele instante, ela não tinha entendido completamente. Aquela doca era feita para eles, para o *Jolly Roger*. E as outras pessoas que desciam para a praia... também deviam ser da família.

O estômago dela se revirou como acontecia durante as tempestades. Tink se virou de costas, incapaz de ver os encontros felizes. Sem pensar, ela segurou a pulseira, girando-a em seu punho conforme inspirava profundamente uma vez atrás da outra. Gancho a observava. Quando seu olhar desceu para o punho dela, ela deslizou o braço para baixo da capa. Ela havia escolhido esconder suas asas de novo assim que a terra foi avistada. Só uma camisa daria, mas uma capa não faria mal, e a última coisa de que ela precisava era chamar mais atenção para ela. Quanto mais rápido eles acabassem com aquilo, melhor. Falando nisso...

— Pensei que fôssemos para Rochland para encontrar sua Bruxa Verde? — As palavras saíram depressa, rápidas como seu coração acelerado. — Não pode ser aqui.

— Nós iremos. — Os lábios dele se ergueram em um canto. — Por terra.

Por terra. Sua boca se abriu e fechou, porém as palavras não saíram.

— Você pensou que simplesmente aportaríamos no Porto de

Rochland? — Ele esfregou o gancho, um ato que poderia ter sido ameaçador se não fosse seu sorriso sedutor nos lábios. — Danificamos a vela do *Kraken*, mas eles devem tê-la costurado ou erguido uma nova há dias. Acha que não virão atrás de nós? Barba-Negra viu para qual direção navegamos. Rochland seria um dos primeiros lugares em que eles procurariam.

Ela tinha se encontrado com o Capitão Barba-Negra apenas uma vez, e isso já tinha sido o suficiente para saber que Gancho tinha razão. Ele os caçaria. O clima da tripulação do *Jolly Roger* todos os dias em que eles mal deslizaram pela água era prova suficiente disso.

— Então esta é outra parte da ilha.

— Sim. — Ele olhou para a costa. — A Enseada do Coco é um vilarejo de pescadores que nem vale a pena ser destacado em um mapa. Exatamente como gostamos. Além disso, a Marinha Real de Gamor gosta de fingir que esta ilha está sob a jurisdição dela. Eles nem sempre veem com bons olhos quando atracamos no Porto de Rochland. Gostamos de deixá-los com suas crenças falsas. Sabe por quê?

Ela uniu as sobrancelhas e inclinou a cabeça para contemplar o mundo através dos olhos dele.

— Porque, se eles tiverem um porto de refúgio na passagem deles pelo mar, provavelmente não vão procurar outro?

Gancho assentiu devagar. Mas isso não era tudo. Havia mais, ela identificou pela expressão dele.

Ela achou que sabia o que era.

— E... se eles não querem que vocês parem lá, provavelmente também não vão receber bem outros piratas.

Ele sorriu, olhando orgulhosamente para seu domínio.

— Exatamente. Ficamos bem atrás das costas deles, o único lugar em que nunca procurariam.

O único lugar que o Capitão Barba-Negra não iria xeretar bem de perto também, mas ele não precisava falar isso para ela. Ela conseguia ver nos ombros rígidos dele, apesar do sorriso malicioso por trás do qual ele tentava esconder. Barba-Negra poderia navegar perto do porto, procurar o navio deles, mas, se não encontrasse, ele seguiria a viagem.

— Você tem uma casa aqui? Família? — A pergunta pressionou algo com força no peito dela, mas, pela primeira vez, não foi a lembrança da sua própria família, de seu lar perdido. Não, era outra coisa. Um medo misterioso de que outra moça bonita iria correr pelas docas, e que não seria uma irmã... pelo menos, não do capitão. Era o mesmo motivo pelo qual ela não poderia perguntar a ele sobre seu anel.

A mão de Gancho foi até seu peito antes de ele puxar a lapela do casaco.

— Tive. — O calor na voz dele se esvaiu. — Mas agora o mar é meu lar. — Ele se afastou do corrimão e andou na direção da prancha sem olhar para trás.

Gaivotas gritavam no céu. Ondas suaves quebravam na praia estreita. Aquela enseada era calma, praticamente escondida pelas montanhas em volta. Era um lugar tranquilo — ela admitia. Um santuário perfeito para quem gostava de ficar longe das pessoas e em contato com a natureza. Mas a tripulação de Gancho não parecia ter esses anseios. Pelo que parecia, eles amavam pessoas, festas, o mar aberto... tudo que aquele lugar não era. Talvez houvesse mais neles que ela ainda não tinha visto.

Tink seguiu Gancho e, apesar dos muitos cumprimentos alegres para o capitão, nenhuma jovem correu até ele. *Graças aos anciãos reverenciados.* Não que Tink tivesse qualquer direito de ser grata, longe disso, mas um dos nós em seu peito se desmanchou. Os outros... nem tanto. De novo, ela era uma estranha em um lugar estranho. E a alegria deles... deveria deixá-la feliz, mas tudo que ela sentia era enjoo.

Ali perto, Anne ergueu uma criança de pouco mais que quatro anos nos braços. O menino se enfiou no pescoço dela, pendurando-se nele enquanto ela abria os braços para abraçar o homem que tinha mancado ao lado do garoto até ali, a perna de madeira fazendo barulho nas placas do deque.

Engraçado que, mesmo enquanto ela andava por entre as pessoas na doca em seu caminhar sem rumo até a costa, ela nunca tinha se sentido tão sozinha, tão deslocada. As pessoas nas cidades de porto, principalmente a de Tortuga, não olhavam duas vezes para um rosto estranho. Viajantes e comerciantes estavam sempre indo e vindo. O que era um novo rosto de mulher? Mas, ali, todo mundo era conhecido — exceto ela.

Merda. Ela deveria simplesmente voltar para o barco, esconder-se abaixo do deque, em algum lugar fora de vista. Tink se virou, baixou a cabeça e começou a fazer o caminho contrário.

Um grito assustado deslizou de seus lábios quando um braço envolveu seus ombros, fazendo-a parar.

— Amigos! — Gancho começou.

Claro que era ele. Depois de praticamente a ignorar por dias, tinha resolvido chamar atenção para ela? Ela se retorceu contra ele, porém ele segurou firme.

— Esta é Tink, a mais nova integrante da tripulação.

Ela não conseguia encontrar o olhar de ninguém, principalmente com todos quietos, ouvindo o capitão.

— Mostrem a ela que é bem-vinda. Vamos passar a noite e partir para Rochland pela manhã.

— Que estadia curta — alguém murmurou.

Então Tink resolveu olhar. Rostos de estranhos a encararam de volta e, mesmo assim, alguns tinham um toque familiar. Pais, avós, irmãos. As similaridades eram fáceis de enxergar. Era de se esperar que vivessem naquela enseada escondida.

Há muito tempo, ela havia perguntado a um dos anciãos por que as fadas moravam no Vale Sylvanna. Por que elas não podiam entrar e sair e viver com outras raças pela Terra do Nunca?

"Para manter vocês em segurança, minha querida", ele dissera. "Para manter a todos nós em segurança. Se as outras raças souberem quem você é, o que você é, você ficará em perigo."

"Mas por quê?", ela tinha perguntado, segurando os robes dele, encarando para cima a fada que parecia tão alta — ele era mais baixo do que ela agora.

"Pó de fada é essencial para nosso modo de vida. Faz parte de tudo, de nosso jeito de ser. Mas as pessoas lá fora o enxergam como mágico, uma ferramenta para utilizar do jeito que bem entendem, se é que sabem como usá-lo."

Ela uniu as pequenas sobrancelhas.

"Uma ferramenta?"

O ancião tinha se ajoelhado diante dela e apoiado a palma da mão envelhecida em seu ombro.

"Vou explicar quando estiver mais velha. Por enquanto, saiba que protegemos aqueles que amamos ao mantê-los escondidos."

Gancho a puxou muito levemente para mais perto dele, e ela permitiu. Ele estava falando, dizendo algo sobre a jornada deles, mas ela mal conseguia ouvir acima de seu coração e pensamentos acelerados.

— É isso, partiremos ao amanhecer.

Fim da conversa. As pessoas seguiram na direção da costa. O braço de Gancho deslizou dos ombros dela.

— Você vai ficar aqui enquanto viajamos, tem um...

— Espere *aí*, o quê?

Ela se virou para encará-lo conforme a bolha tranquila de esperança que ela sentira um instante antes explodia.

— Eu também vou.

— É mais seguro...

— Não! — Ela bateu o pé. — A rainha Titania falou que é para fazermos isso juntos. Você não vai me deixar para trás. — Nem pensar que ela iria ficar ali, sentada, esperando. Além do mais, ela não poderia arriscar que Gancho saísse de fininho e recuperasse a escama sozinho, ou que a rainha dissesse que ela não havia ajudado e, por isso, não merecia a recompensa. Tink colocou os punhos cerrados na cintura e encarou o capitão pirata.

— Como minha dama quiser. — Ele se curvou de forma sarcástica. — Mas fique avisada que a Bruxa Verde pode ser... interessante.

Gritinhos agudos preencheram os ouvidos de Tink. Mulheres loiras a rodearam, bloqueando a visão de Gancho, que recuou.

— Ai, ela é tão pequena!

A mulher mais alta... *uma das irmãs de Smee?*... enganchou um braço no dela.

— Você vai ficar com a gente. Vai ser muito legal ter outra mulher por perto — disse uma segunda, um pouco mais baixa e atarracada, ao pegar seu outro braço.

— Meninas — uma terceira as repreendeu, a irmã mais velha, pelo que parecia... e bastante grávida. Barley estava com o braço ao redor dela.

Tink ficou boquiaberta como um peixe.

— É sua... esposa?

Ele sorriu.

— Espero que ele tenha sido gentil — a mulher falou. Seus braços pousaram em sua barriga redonda. — Agora vamos acomodar você.

Antes que Tink pudesse protestar, as mulheres a arrastaram pela doca.

14

Sempre havia um banquete quando eles retornavam. Havia comida assando no fogo. Barris de cerveja que eram servidos até secarem. As melhores garrafas de rum saíam da despensa. A música enchia a noite. As pessoas dançavam.

Tirar a tripulação de casa tão rápido irritava o coração dele, um coração sombrio, alguns diziam. Ainda doía ver a saudade que eles tentavam esconder — sorrisos um pouco amplos demais, risadas um pouco mais altas, silêncios repentinos. Talvez ninguém mais percebesse, mas ele percebia.

Mas não tinha jeito. Não haveria tempo para eles descansarem até conquistarem a recompensa de Titania. Assim que as tempestades os deixassem em paz, ele teria outro problema com que se preocupar — o *Kraken* e seu maldito capitão.

As irmãs de Smee foram para cima de Tink como abelhas em uma flor. Estava difícil tirar os olhos dela. Por algum motivo, ele queria os sorrisos dela, a alegria dela. Queria que ela se sentisse em paz, mas não era o que ele estava vendo. As costas dela estavam eretas e rígidas na cadeira que ocupava. Ela abriu um sorriso ou outro para uma das irmãs, no entanto, ele apostava que não era genuíno. Talvez ela estivesse tentando, mas algo a continha. Seu olhar vigiava o lugar todo, mal pousando nele por um instante antes de seguir adiante. As belíssimas asas ainda estavam amarradas apesar da garantia de que ninguém ali iria ameaçá-la.

Ela mal tinha conversado com ele desde que saíram da ilha das sereias. Ele não conseguia decifrá-la. Por que beijá-lo tão apaixonadamente, depois ignorá-lo? Mulheres não ignoravam Capitão Gancho, não depois de um beijo daquele. Ele até tinha lhe contado seu maldito nome.

Era impossível não a observar quando ela estava no deque do *Jolly Roger* — o sol passando por suas asas, brilhando em seu cabelo. A forma como ela ria com alguns de sua tripulação... Mas nunca com ele. Toda vez que seus olhares se encontravam, ela desviava mais rápido do que um peixinho de um tubarão.

Uma distração, era isso que ela era. Mesmo assim, pensar que ela poderia fugir novamente causava um peso em seu peito que ele não conseguia identificar.

Uma figura esguia bloqueou sua visão.

— Me leve com você para as Ilhas Encobertas!

A irmã caçula de Smee, Rell, estava parada com a mão na cintura. Diferente das irmãs com seus belos vestidos, ela preferia usar calça e túnica — roupas de marinheiro.

— Não. — A adolescente desengonçada tinha vontade, mas isso não compensava a falta de experiência, e as Ilhas Encobertas eram o último lugar para o qual ele levaria um novo integrante.

— Mas você falou que eu poderia me juntar à tripulação na próxima aventura. — Ela fez beicinho.

Ele tentou olhar além dela, além do fogo queimando na lareira do grande salão e dos muitos corpos entre ele e Tink, porém Rell se movimentou com ele.

— Capitão, por favor, estou pronta!

— Sim, você está, mas nós não estamos. É uma missão perigosa. Não é a hora de aprender.

A garota ficou furiosa, cerrou os punhos e apertou os lábios.

— Você sempre vai me tratar como uma criança.

— Pelo contrário. — Ele sorriu. — Tenho uma tarefa importante, uma na qual preciso de você.

Ela sorriu.

— Me conte.

— Tivemos um conflito com o Capitão Barba-Negra a caminho daqui.

Ela enrugou o nariz.

— Aquele desgraçado.

— Olha a boca — ele repreendeu. Ele não a deixaria falar como uma marinheira antes de ser uma, independente do quanto quisesse. — Fique de olho no horizonte. Procure as velas dele. Qualquer problema, você fica no comando aqui enquanto eu estiver fora.

Ela arregalou os olhos.

— Está falando sério?

— Sim.

Ela gritou, um som alto e estridente, depois saltitou por entre as pessoas.

— Cuidado com suas promessas — Barley disse, sentando-se na cadeira ao lado dele.

Gancho tomou um gole do rum.

— Se a impede de nos seguir em um barco a remo, vale a pena.

Barley riu.

— Para você. Reya vai querer minha cabeça se ela tiver que seguir ordens da irmã mais nova.

Um sorriso se alongou nos lábios dele. As irmãs de Smee eram tão orgulhosas e leais quanto o irmão, um pouco mais espertas também. Mas Reya precisaria de ajuda com um bebê prestes a nascer a qualquer dia. Manter a irmã superansiosa ocupada não faria mal.

— Falando em Reya, você deveria ficar aqui quando sairmos do porto.

— Capitão...

— É seu primeiro filho, cara.

— É. — Barley bebeu seu próprio drinque. — Mas eu posso ser mais útil para ele tirando essas tempestades da nossa cola.

Gancho quase gemeu. Bando de piratas teimosos.

— Pensei nisso. — Ele olhou do outro lado do salão, avistando a cadeira vazia em que Tink estivera. Onde é que ela...

— Reya também tinha novidades — Barley disse, tirando-o de seus pensamentos. — A Marinha Real criou um posto de inteligência em Rochland.

Ele deixou os ombros caírem. Eles nunca teriam uma folga?

— Nos procurando?

— Me preocupei com isso também, mas parece que estão atrás de Barba-Negra. Procurando o esconderijo dele.

O lugar em que costumava ficar sua mão pinicou. O esconderijo de Barba-Negra — um dos lugares mais bem protegidos do Céu Cerúleo. Parecia que o velho crocodilo tinha, enfim, irritado a realeza Gamorreana o suficiente para eles estenderem seu alcance nas águas livres. Não era um bom presságio — nem para os piratas nem para o povo livre.

— Se conseguíssemos descobrir as informações que eles têm... — Ele passou o gancho em sua barba por fazer no queixo.

Barley sorriu.

— É. Poderíamos rastrear o desgraçado.

Dar um jeito no Barba-Negra poderia fazer os Gamorreanos se afastarem também. Gancho e Barley bateram os copos em um brinde.

— Excelente.

Com certeza, ele agradeceria Reya e suas irmãs pessoalmente antes de a noite acabar. Elas mantinham o local bem administrado enquanto a tripulação estava fora e nunca falhavam em obter informações úteis quando iam para a cidade. O que esperava que Reya não estivesse fazendo em sua condição. Ele também teria que se informar sobre isso, garantir que ela ficasse em casa — suas irmãs também, para que pudessem cuidar dela e do bebê.

Falando nisso... Ele terminou de rastrear o salão sem ver sinal algum da fada pequenina.

— Acredito que ela foi lá para fora, Capitão. — Barley sorriu.

O calor esquentou seu peito.

— Certo, muito bem. — Ele tossiu. — Devo me certificar de que ela não vai tentar fugir.

O outro homem deu um gole na bebida, mantendo um sorrisinho enquanto acompanhava Gancho ir até a porta.

Tink estava sentada na beirada da varanda no ponto mais distante da casa, as pernas penduradas no ar e as asas desamarradas. A textura fina flutuava atrás dela, captando os minúsculos feixes do luar que deslizavam pelas palmeiras e pelas figueiras altas e pousavam sobre ela.

Uma fungada leve percorreu o ar, pouco audível acima do quebrar das ondas na praia e a conversa alta saindo de dentro da casa. Em algum lugar perto da praia, pessoas davam risada. Um respingo ecoou na encosta. Gancho sorriu. Uma natação noturna em progresso, talvez?

Mas o sorriso desapareceu quando ele viu que Tink estava sentada ali nas sombras. Ela esfregou o rosto. *Saudade de casa? Maldição, ela gritaria comigo, com certeza, se soubesse que eu vi.* Ainda assim... algo o puxava, as palavras dela na fonte quente e o desespero dela em encontrar a pérola negra e se consertar. Ele franziu o cenho. Ela não parecia quebrada.

Ele recuou para a outra parede tão silencioso como um ladrão — tivera bastante prática ao longo dos anos. A uma distância segura, ele fez um espetáculo batendo os pés na direção dela. Uma melodia assobiada acompanhava seus passos pesados conforme ele fazia a curva para onde ela estava sentada.

Tink se assustou e se virou na direção dele.

— O que está fazendo aqui? — ela soltou. Ela secou o rosto com as mãos delicadas e depois se demorou colocando o cabelo atrás das orelhas, como se desde o começo o objetivo do gesto tivesse sido esse.

— Um homem não pode tomar um ar? — Ele alongou os braços acima da cabeça, um gesto casual em contraste com a tensão percorrendo os músculos rígidos dele.

Ela colocou as pernas para cima e as abraçou contra o peito.

— Quero ficar sozinha.

O desamparo das palavras dela destruíam o coração do pirata. Gancho se sentou perto dela — perto, mas não perto demais.

— Ninguém quer ficar sozinho, amor.

— Não sou seu amor — ela bradou de volta.

Ele sorriu. Aquela palavra nunca fracassava em cutucá-la.

— Você está com saudade de casa.

— Vá embora. — Ela virou a cabeça para longe dele, apontando aquele narizinho perfeito na direção das palmeiras acima.

Ele conteve um bocejo.

— Quer me contar o que aconteceu para você ser banida?

— Não.

Ela era difícil de dobrar, mas, se eles tinham que trabalhar juntos, ele preferia saber em que tipo de perigo ela poderia estar arrastando-o junto.

— Você conhecia o *Kraken*.

Ela estremeceu e abraçou mais os joelhos.

Sim, ela conhecia aquele navio, e não apenas por reputação.

— Eu apostaria que você já se deparou com ele. Talvez até tenha tido a alegria de conhecer seu agradável capitão?

Tink girou para ele com os olhos arregalados.

— Agradável? Ele é o pirata mais horroroso, horrível, nojento e crápula que já respirou!

É, ela tinha razão. Ele se apoiou para trás na mão e no gancho.

— Pior do que eu, amor?

— Sim! Você... — Ela prendeu a respiração e se virou de costas.

Estou intrigado, bastante intrigado. Ele deslizou para mais perto até as asas dela quase o tocarem.

— Eu sou o quê?

Quando ela se virou para ele dessa vez, ele teve que se conter, deixando a ponta de seu gancho cravar na madeira. Um rubor profundo tingia as bochechas dela, visível até na luz baixa. O peito dela subia e descia. Aqueles lábios perfeitos imploravam para ele diminuir a distância entre eles, e ele nunca deixava uma mulher com desejo.

— É um sequestrador. Exatamente como ele. — Ela enfatizou cada palavra.

Gancho ficou boquiaberto e ela se levantou e andou ainda mais longe na escuridão da varanda que envolvia a casa enorme. Ela poderia até ter dado um tapa nele; mesmo assim, em menos de um segundo ele já estava de pé e a seguia.

— O que ele fez com você?

Se ele a tivesse machucado...

Ela parou abruptamente e bateu no peito dele. *Faça isso de novo*, ele quase implorou. As botas dele quase tocavam as dela. Respirações pesadas preenchiam o espaço entre eles.

— Ele sequestrou minha prima, está bem? Minha prima preferida, que é como uma irmã para mim. Fui atrás dele para salvá-la. Ele exigiu meu pó em troca. Dei a ele. Tudo. Ao trocar meu pó pela vida dela... — Ela ergueu o braço e desviou o olhar, todo seu fogo desaparecendo em um segundo.

Uma pulseira pendia de seu punho. A joia de safira envolvida em fios finos de metal estava rachada — estilhaçada —, ainda assim, nenhum dos pedaços caía, como se a mágica os segurasse no lugar. Ela deu o pó para salvar a prima e tinha sido banida de seu lar por isso. Por um ato corajoso e nobre. Os ombros dele se curvaram enquanto algo pesado se acomodava em seu peito, perto da brasa fervente de desejo por vingança que morava ali. Ela não era uma criminosa, não vendia pó de fada por ouro ou riquezas. Ela só quis salvar alguém que amava. E Barba-Negra... Aquele crocodilo maldito e desgraçado a tinha obrigado a escolher.

— Ele te machucou, amor? — Um rosnado suave retumbou no peito dele. Ele quase vibrou de raiva. Se ele já não tivesse jurado se vingar daquele estrupício, ele o teria feito naquele momento. Tratar alguém daquele jeito, fazer aquilo com uma mulher linda e ardente era inimaginável.

— Na verdade, não. Mas exigir meu pó... o que isso me custou...

Ele pegou a mão dela, saboreando a forma como um arrepio a percorreu com o toque dele.

— Vamos levar você para casa, amor. Vamos encontrar a escama, devolvê-la para Titania e você terá sua recompensa. Dou minha palavra de honra como pirata.

— Honra de pirata? — ela perguntou, cética, conforme o espiava através do cabelo comprido que agora cobria parcialmente seu rosto abaixado.

— Sim. A honra de um pirata, a palavra dele, é um de seus tesouros mais valiosos.

Sem pensar, ele puxou a mão dela até os lábios dele e deu um beijo nas costas da mão. A pele dela era quente, macia. Um cheiro suave de flores.

Ela tirou a mão e a deslizou para suas costas com a outra. Mais cor chegou às suas faces. Dentinhos pontudos mastigaram seu lábio.

— É, bom... — ele disse para o silêncio que se seguiu.

Tink encarou as botas, mas não saiu correndo.

Mas uma coisa o incomodava.

— Você deu a ele todo o seu pó? Não vendeu nenhum depois?

— Um pouco — ela sussurrou. — Em casa, ele aparecia facilmente. Aqui... bem, não o crio há um tempo, mas ainda tive mais um pouco depois do meu acordo com Barba-Negra. Vendi. — Ela cuspiu as palavras como se tivessem um gosto ruim na boca. — Para sobreviver. Precisava de comida, abrigo, passagem de navio... Mas isso acabou faz meses. Tocar o bandolim e vender minhas pequenas invenções não davam tanto dinheiro.

Há meses? Ele uniu as sobrancelhas.

— O barman que conheci em Tortuga falou que tinha comprado pó de fada de uma loira poucos dias antes. Foi a noite em que encontrei você.

Lábios rosados se abriram. Ela inclinou a cabeça para o lado.

— Em Tortuga...

— Não era você?

Ela balançou a cabeça.

Então quem estava vendendo pó? Alguém da tripulação de Barba-Negra? Mas por quê? Talvez nem fosse o pó dela, mas ainda o havia levado a ela por alguma distorção do destino.

A porta de trás se abriu. As risadas se espalharam na noite junto com alguns da tripulação dele.

— Capitão! — Smee disse arrastado ao erguer uma caneca no ar. — Trouxe uma bebida para você!

Ele quase gemeu. *Que hora maldita e péssima.*

— É melhor eu descansar um pouco — Tink murmurou.

Gancho tentou segurá-la, mas ela já tinha se virado e deslizado por entre os integrantes da tripulação. Ele não podia fazer nada além de observar as asas finas desaparecendo ao longe.

15

Muitos da tripulação acompanharam Gancho e Tink quando eles partiram ao amanhecer, caminhando pelas encostas da Enseada do Coco e atravessando as trilhas desgastadas em direção a Rochland. O restante ficou para trás para cuidar da família e dos consertos do navio. A primeira hora foi cheia de bocejos e suspiros cansados. Mas, depois disso, eles não calaram a boca.

— Ainda não consigo parar de rir da cara de Reya! — Sage disse atrás dele.

— Ei — Smee alertou.

— Tá, tá, mas, sério, a cara dela quando Rell falou que ela estava no comando? — Sage gargalhou. — Se ela não estivesse tão grávida da minha futura sobrinha, provavelmente, ela a teria jogado no chão.

— Sua... espere, o quê? — Tink indagou.

— Minha sobrinha. Vai ser uma menina. Você vai ver.

— M-mas... — ela gaguejou. — Você é uma das irmãs de Smee?

Quase isso, amor. Gancho sorriu.

A explosão de gargalhada de Sage provavelmente assustou toda a vida selvagem por quilômetros. Se não o fez, a risada ruidosa de Smee com certeza o faria.

— Barley é meu irmão — Sage falou quando ela se recuperou.

— Ah.

Ele quase conseguia visualizar o rubor subindo pelas bochechas de Tink enquanto ela e os outros seguiam no caminho atrás dele.

— Mas ela poderia muito bem ser minha irmã — Smee disse. — Está por perto desde que éramos crianças.

— Ai! — Tink gritou.

Gancho se virou, pronto para correr até o lado dela. Mas Sage já a ajudava a se levantar do chão; ela tropeçara em uma raiz de árvore.

— Pelos dentes de Merrin, isso doeu.

— Está tudo bem aí atrás? — ele perguntou. Seu punho se apertou no facão que ele usava para cortar galhos indesejados.

— Estamos bem — Sage garantiu, acenando para que seguissem em frente.

Precisou se esforçar para não ir ficar com elas e focar no caminho à frente. Momentos como esse eram os poucos em que ele se ressentia por ser capitão. Comando significava dever, liderança. Não podia ir para o fim da fila para vigiar Tink enquanto ela caminhava com sua tripulação pela selva.

— Queria mesmo perguntar — Smee começou quando continuaram a caminhada. — Quem é Merrin? E os outros…

— Durin. Oh, e Flora, acho — Sage ajudou.

É, ele meio que queria saber também. Mas Tink nunca contaria a ele. À sua tripulação, no entanto…

— São nossos anciãos reverenciados — Tink explicou. — Eles nos observam do plano espiritual e abençoam nosso modo de vida. Durin é o ancião da tecelagem e do trabalho, Merrin do cultivo, Beryl do voo…

Ela continuou listando variados nomes e coisas sobre eles. Ele bem que desejou poder anotar tudo. Talvez, assim, ele entenderia metade dos xingamentos únicos que ela adorava soltar.

— Então a barba de Durin… — Sage começou. — É… especial?

— Só grande e peluda. — Ele quase conseguia visualizar Tink dando de ombros. — Pelo menos, as estátuas dele o representam assim. E é isso que os anciãos também dizem. Os vivos, que estão no comando neste momento, não os reverenciados no plano espiritual — ela esclareceu para Smee, cuja confusão o capitão quase conseguia sentir no ar, principalmente pela quantidade de "humm" que ele soltava enquanto tentava assimilar as palavras dela.

— Bem, isso é... bastante — Smee disse.

— Desculpe — Tink respondeu. — Acho que é confuso para quem é de fora.

— A vida é mais simples na enseada e no mar, isso é certeza.

— Há quanto tempo sua família mora aqui? — Tink perguntou.

— Oh, desde sempre — Smee respondeu. — Cresci pescando nessas águas quando era menino, consertando redes, indo escondido para Rochland de vez em quando para, ãh, analisar os produtos que chegavam.

— Um pirata desde sempre — ela disse.

Sua risada leve o irritou. Não o som, que ele amava, mas que era direcionada para Smee. Como ela poderia conversar e brincar com metade de sua tripulação e ignorá-lo? Ela tinha respondido todas as perguntas deles, feito mais um monte, mas ele poderia muito bem ter ficado invisível. Suas costas praticamente estremeciam pelo gelo que ela dava nele. Nenhuma mulher sã ignorava o Capitão Gancho. Isso era metade do motivo pelo qual ele não queria que ela fosse junto. Ele não conseguia pensar com ela por perto, não conseguia se concentrar. E a outra metade era que todo tipo de encrenca a seguia como um tubarão atrás de sangue.

— É, o capitão e eu costumávamos nos meter em todo tipo de encrenca.

Sua nuca queimou.

— Vocês também cresceram juntos? — ela perguntou.

Gancho cortou um galho caído com o facão, limpando o caminho para os que vinham atrás.

— Chega disso. Estamos perto demais de Rochland para esse tipo de conversa.

Era melhor ninguém ouvir algo que pudesse dar dicas para os locais de quem exatamente morava do outro lado da ilha. Pensando bem, ele não deveria tê-la deixado falar de sua terra natal, mas ele também estava curioso. Os locais de Rochland conheciam a maioria dos moradores da Enseada do Coco, principalmente as irmãs de Smee, o marido de Anne e alguns outros que iam com frequência à cidade reunir suprimentos e informação. Mas quanto menos eles os conectassem com piratas, melhor para todos eles. Era um risco ir à cidade com seu gancho característico, mas alguns riscos eram necessários.

O suor ensopava sua camisa, principalmente no local em que ele carregava uma mochila pequena nas costas. Todos eles carregavam uma, apenas com as necessidades. As copas das árvores bloqueavam um pouco do sol do meio-dia, mas nada barrava a umidade. O mar era gentil, deixando o vento soprar por ele para refrescar um marinheiro e encher suas velas. Mas a terra o odiava tanto quanto ele a detestava. Ela sempre o tinha que lembrar disso também.

Conforme eles subiam para um local aberto, a cidade do porto apareceu na vista lá embaixo. Rochland tinha uma disposição que ele gostava, as construções espalhadas em fileiras organizadas como se alguém tivesse se dado ao trabalho de planejá-la. *Imagino que tivessem. Uma vez.* Os limites da cidade eram menos precisos onde passava de suas fronteiras originais. A bruxa mantinha sua loja no limite do quarteirão leste.

— Lá está ela — Smee disse.

— Uau!

Ele olhou por cima do ombro a tempo de ver o olhar arregalado de Tink conforme ela observava a cidade pela primeira vez. Imaginou que fosse impressionante para alguém que nunca a tinha visto. Era o oposto das construções de madeira aleatórias de Tortuga com suas estruturas de vários andares de pedra e ruas de paralelepípedos. E provavelmente era por isso que a realeza de Gamor estava de olho nela para um futuro posto.

— Lembrem do que conversamos — Gancho pediu, a voz baixa apenas para sua tripulação poder ouvir.

Todos assentiram. *Sejam discretos. Somos apenas um grupo de comerciantes e artesãos na cidade por alguns dias.* Eles até tinham algumas joias de conchas e fibra que as irmãs de Smee tinham feito para vender na cidade como parte do disfarce. Sua tripulação estava acostumada com essa estratégia, e era o motivo pelo qual ele levara alguns. Ainda assim, um lembrete nunca era demais.

O sol brilhante atravessava o chapéu simples que ele usava, destacando o cheiro de peixe grudado a quase tudo em Rochland. Seu chapéu normal era muito melhor, de couro rígido, porém maleável, decorado com costura vermelha e dourada. *Também dava sorte*. Mas era bonito ao extremo, fácil demais de ser reconhecido, para usar pela cidade. Ele puxou mais a capa à sua volta apesar do calor. O gancho revelava sua identidade, mas ele poderia precisar disso dependendo do humor da bruxa, do dono da pousada, ou de qualquer um que procurasse encrenca naquela cidade abandonada pelos deuses.

— Francis e Davies: peguem nossas coisas e encontrem uma pousada. Tentem a Pérola Dourada primeiro — ele comandou.

O local servia uma boa cerveja. Melhor ainda, ficava a apenas uma quadra das fileiras ordenadas de ruas e casas da antiga cidade, não longe demais do limite da floresta. Isso era perfeito para saírem de fininho se precisassem. Além do mais, eles eram bastante discretos se o cliente pagasse bem.

Os dois homens saíram apressados levando as mochilas.

Bem à frente, havia um sobrado pintado de vermelho-cereja queimado escondido entre as construções ao seu redor. A vitrine da bruxa nunca mudou. O próprio tempo não mexeria com a Bruxa Verde, nem os homens de Gamor cujas patrulhas pulavam aquela rua, e ele achava que era o melhor que podiam fazer.

Gancho os fez parar do lado de fora da fachada frontal. Diferente das outras casas, não havia janelas para dar uma espiada dentro. A loja também não tinha placa, só um pobre e velho esqueleto de um pássaro, asas alongadas em voo, acima da porta.

— Pobre pássaro — Tink murmurou.

— Não pode estar falando do bom e velho Roger Alegre? — Smee respondeu com um sorriso irônico.

Gancho enrijeceu as costas.

— Tipo o barco? — As sobrancelhas claras de Tink se ergueram conforme seu nariz se enrugou.

O barco, ele gesticulou.

— É, sabe, teve uma vez que...

— Smee? — Ele flexionou um dedo para seu primeiro imediato.

— Ãh... — Smee olhou entre eles antes de se aproximar mais de Gancho, que jogou o braço ao redor de seus ombros, deixando o gancho brilhar perto do rosto dele.

Gancho baixou a voz para um sussurro baixo.

— Quando perdi aquela aposta infeliz, você realmente escolheu nomear meu *navio* em homenagem a esse maldito pássaro? — Ele apontou o gancho na direção do esqueleto misterioso, seus ossos esbranquiçados pelo sol.

Sage riu.

— Você não sabia?

Um olhar de canto de olho não fez nada para diminuir o humor dela, nem o de Tink, que mordeu o lábio e desviou o olhar. Qualquer idiota sabia que ela escutava cada palavra.

— É, é, eu sabia.

Gancho prendeu a respiração, tamborilando os dedos nos ombros mais altos de seu amigo. Seu navio, seu orgulho e alegria, foi nomeado em homenagem a um pássaro maldito e morto na porta de uma bruxa.

— Poderia ser pior — Sage sugeriu.

Poderia? Ele se afastou de Smee, a mão boa em punho.

— Vamos falar disso depois. Smee, Tink, comigo. Sage, vigie a rua.

Da primeira vez que tinha passado pela porta preta da bruxa, ele tinha uns fios novos e tímidos no bigode de garoto. Ela havia lhe dito a verdade do que ele queria saber. Não que tenha ajudado. O anel pousado em seu peito ficou quente e pesado de repente. Gancho engoliu os pensamentos sombrios e entrou pelo corredor de entrada pouco iluminado.

Cortinas vermelhas delimitavam o outro cômodo. No instante em que ele passou por elas, a escuridão e o cheiro amadeirado forte o engoliram. Ar quente e denso, pior do que o calor do dia quente, golpeava a pele dele.

— Bem-vindo, bem-vindo — uma voz masculina melodiosa chamou.

Demorou um instante para os olhos dele se adequarem à escuridão. Só havia algumas velas iluminando o cômodo apertado. Prateleiras transbordando garrafas, jarras, papéis e todo tipo de coisas os cercavam. Ervas e cortinas pendiam das paredes. O espaço era menor do que ele se lembrava, menor do que se esperava olhando de fora.

O lojista acendeu um fósforo, acendendo mais velas na mesa alta que ele estivera encarando. Tink se aproximou mais de Gancho, e ele lutou contra o desejo de envolvê-la com o braço bom. Aquela loja o deixava nervoso — quanto mais incomodaria uma fada? Smee protegia o outro lado dela, e Gancho ergueu uma sobrancelha. Toda vez que seu primeiro imediato o deixava nervoso, ele fazia algo para acalmá-lo.

— Como posso ajudá-los? — O interesse brilhava do rosto bronzeado do homem, e faixas de maquiagem verde e dourada pintavam seus olhos.

— Viemos ver a Bruxa Verde.

— Vieram? Talvez eu possa auxiliar? Temos bastante variedade de poções e tônicos aqui para todas suas necessidades. Vocês não parecem doentes. Um encanto de amor, talvez? Algo para ajudar a dama a escolher entre vocês dois?

Tink se enrijeceu ao lado dele.

— Não é...

— Oh, que tolice a minha — ele tagarelou. — Vocês devem ser parentes. Mesma cor e tal. — Ele acenou uma mão delicada na direção de Smee e Tink.

Ridículo. Qualquer um conseguia ver que eles não eram parentes.

— Não viemos aqui para nenhum de seus... — Ele conteve as palavras *lixos inúteis* e apontou para o cômodo. — Precisamos do conhecimento da bruxa.

A expressão alegre do homem se endureceu. Os dedos finos quase cobertos por mangas rendadas tamborilaram no balcão.

— Vejo que é um cliente exigente. Mas a bruxa é bastante seletiva em seus atendimentos.

O punho de Gancho se apertou ao lado do corpo. Aquele estranho maquiado não fazia ideia de com quem ele estava lidando.

Os olhos do homem desceram por cada um deles, o nariz enrugando com desgosto.

— Não tenho certeza de que a ralé de todos os dias possa pagar por tal...

Gancho jogou uma bolsa no balcão. Ela caiu com um baque tilintante diante do homem, silenciando-o. Seu braço homônimo deslizou de debaixo da capa conforme ele avançava, apoiando-se no balcão até o lojista dar um passo para trás, engolindo em seco.

Muito melhor.

— Diga a ela que o Capitão Gancho está preparado para pagar. — Ele deslizou uma moeda da bolsa e ficou girando-a de um lado a outro entre os nós de seus dedos. A luz das velas iluminava o ouro, enviando brilhos de luz nas prateleiras cheias. — Ela não vai achar que esta *ralé de todos os dias* não pode pagar.

— Ah, sim... — O homem tossiu, recompondo-se e tirando os olhos da moeda. — Sim, um instante, por favor.

Com uma reviravolta instantânea, ele se virou e desapareceu pelas cortinas pesadas atrás do balcão. Gancho estreitou os olhos. Então nem tudo ali eram paredes, afinal. Ele tinha desconfiado mesmo.

Olhou por cima do ombro para seus companheiros. Smee estava de braços cruzados, com um sorriso no rosto. Ele assentiu em reconhecimento. *Sim*. As coisas estavam indo melhor do que ele esperava. *Até agora*.

Por outro lado, parecia que Tink poderia correr de volta pela entrada de cortina. Seus braços abraçavam o peito por baixo da capa. Com os ombros curvados, ela lançava o olhar pelo cômodo. De repente, ela se virou para sua direita, uma arfada suave ecoando no silêncio.

— O que... — Gancho se afastou do balcão, atravessando o cômodo até ela antes de entender o que tinha feito.

Ela balançou a cabeça loira.

— Senti uma coisa. E agora sinto um cheiro... — Ela colocou a mão na boca, contendo um espirro repentino.

Lá estava. Um toque de amargura no ar que ele não tinha percebido. Ela se virou e espirrou de novo. Ele ajustou a postura e colocou a mão na faca em seu quadril. Que magia obscura era aquela?

Algo se moveu atrás das prateleiras. Um baque suave sussurrou das cortinas atrás das fileiras coloridas de garrafas e jarras. Ele avançou, tentando ver além da bagunça. Se alguém os estivesse espiando...

— Obrigado por aguardarem.

Gancho voltou para o balcão quando o lojista retornou, o sorriso meloso de volta ao semblante. Ele ajustou o chapéu de veludo azul como se as cortinas o tivessem entortado.

— Ela vai ver você.

A tensão deslizou dos ombros dele. *Já era hora*.

— Amanhã — ele continuou. — Voltem ao meio-dia.

Ele paralisou. Uma fúria quente percorreu suas veias.

— Amanhã? — ele bradou. Eles não tinham tempo para esperar por um dia. — Estamos aqui hoje. Agora. — E a bruxa também estava ali, ele não tinha dúvida disso.

O lojista ergueu a bolsa de moedas como se fosse um animal morto e a soltou na beirada do balcão.

— Amanhã ou nenhum dia.

Maldição. Ele foi até o balcão e pegou as moedas, depois bateu a ponta de seu gancho na madeira polida.

— Amanhã.

Um sorriso forçado o recebeu, acompanhado de um engolir em seco dramático do homem.

Era melhor que a informação da bruxa valesse a pena. Caso contrário, teriam perdido todo esse tempo por nada... Gancho se virou e seguiu para a porta, gesticulando para Smee e Tink, que ainda espirrava, a fazerem igual.

— Tchau-tchau — o homem gritou para eles.

O sol brilhante e a umidade densa nunca tinham sido tão bem-vindos como quando eles voltaram para a rua silenciosa.

Tink espirrou de novo e esfregou a boca.

— Pelos dentes de Merrin, foi horrível!

O sinal de um sorriso ergueu os lábios dele com o xingamento estranho.

— Uma das jarras tinha umas coisas flutuando dentro dela. Pareciam olhos... — Smee empalideceu e se virou.

— Tão ruim assim? — Sage se afastou da parede onde tinha se apoiado na vitrine.

Um arrepio estremeceu a forma esguia de Tink. Gancho lutou contra o desejo repentino de confortá-la. Ela havia deixado abundantemente claro na ilha das sereias, e todos os dias desde então, o quanto ela não o queria. Mas o que tinha acontecido lá dentro, e por que só a tinha afetado?

Sage encarou cada um deles com as sobrancelhas erguidas.

— Capi...

Ele interrompeu Smee com uma mão erguida.

— Temos uma reunião amanhã ao meio-dia.

Ela deu de ombros.

— É uma reunião.

Ninguém ali entendia a urgência de partir? O maldito feitiço poderia colocar uma tempestade sobre eles a qualquer momento. E se o Capitão Barba-Negra soubesse onde eles tinham aportado, uma tempestade seria a menor de suas preocupações.

— Bem, se acabamos aqui, vou ao Mercado de Rua — Smee disse.

— Certo. — Gancho suspirou. Não que eles pudessem fazer mais alguma coisa naquele dia. Além disso, ele precisava investigar o boato sobre o posto da realeza, ver o que conseguia descobrir. Talvez ele até ficasse sabendo de alguns papéis interessantes para embolsar, se houvesse algum mesmo.

— Na verdade, eu gostaria de ir ao mercado. Talvez comprar umas roupas... que caibam. — Tink apontou para si mesma e a camisa grande demais que ela ainda vestia. A camisa dele. Um nó se formou no estômago do capitão. Com aquela capa que ela usava, ele quase se esquecera. — E, já que você me sequestrou praticamente seminua, acho que me deve uma moeda para pagar a compra. — Ela estendeu a mão como uma criança pedindo um doce.

Caramba, aquele olhar de gata pedinte o fazia querer pagar tudo a ela.

— Você roubou de...

— De você primeiro, é, é, mas ainda assim foi um sequestro.

Um transeunte os olhou estranho, mas continuou andando. Sábio da parte dele.

— Você não é inocente.

Ela gemeu.

— É mesmo? Que seja.

— Certo. — Ele enfiou a mão na bolsinha de moedas e deu uma a ela.

O sorriso enorme que ela deu a ele em resposta — será que ele já tinha visto um tão sincero? — fez valer a pena.

— Vamos? — Ela se virou para Smee.

Ele sorriu, oferecendo seu braço como um tipo de cavalheiro, e a levou pelos paralelepípedos.

A nuca de Gancho queimou. Claro que ela preferiria a companhia de seu primeiro imediato. Não era assim com toda mulher? Deuses, como ele amava e odiava aquele homem.

— Cuidado, vai ficar verde de inveja. — Sage sorriu com sarcasmo, uma das mãos na cintura.

— Não é... não estamos.

Ela revirou os olhos e deu um tapa nas costas dele — forte.

— Você sempre foi um péssimo mentiroso. Mas ela é bonita. Talvez seja gentil com ela?

— Eu sou...

A risada alta interrompeu as palavras dele.

— Claro, claro. — Ela balançou a cabeça. — Seminua, hein? Você deixou esse detalhezinho de fora. Deve ter sido uma boa visão.

— Não comece. — Maldito fosse se outra pessoa de sua tripulação tentasse tirá-la dele.

Sage sorriu de novo e ergueu as sobrancelhas.

— Viu? Eu brinco e você fica com esse olhar de que vai me lançar para as profundezas.

— Ela roubou de nós, nos fez ficar enfeitiçados e nos colocou nesta confusão. Não posso querer ela. O certo seria odiar essa ladrazinha... — Ele se calou antes de revelar a identidade dela para as ruas. A última coisa de que ele precisava era que ela causasse mais problema.

— Bom, para ficar registrado, acho que ela sente a mesma coisa por você. — Ela deu uma piscadinha e bateu o quadril no dele, depois foi passear pela rua. Gancho ficou boquiaberto atrás dela, incapaz de estruturar um argumento. Nem uma mísera piada como resposta.

16

Com ouro no bolso e a liberdade de andar pela cidade, as asas de Tink pinicavam com o desejo de voar. Ela conseguiria hoje e, bem, até seus passos estavam mais leves. O que quer que tivesse sido aquele cheiro amargo na loja da bruxa que a fez espirrar, tinha passado sem nenhum efeito colateral assim que eles pisaram do lado de fora. *Graças à Santa Flora por isso.*

— Venham, vejam estas peças trabalhadas com amor e carinho, com certeza para iluminar o dia de qualquer dama — Smee disse em sua melhor voz de vendedor.

Tink sorriu para os clientes que passavam e estendeu o braço, decorado com as pulseiras e os anéis que as irmãs de Smee tinham feito com conchas incrustadas e pediram para vender na cidade. Certo, então ela não estava totalmente livre, mas não se importava de ajudar — por um tempo. Sem contar que, com o marinheiro robusto por perto, nenhuma pessoa sábia iria incomodá-la. Além disso, dava tempo para ela se acostumar àquela... cidade.

Muitos marinheiros tinham contado sobre as belezas de Rochland, mas as casas e vitrines enfeitando suas fachadas acima dos paralelepípedos iam contra a própria natureza dela. As construções de pedra e madeira eram pintadas com cores brilhantes extravagantes e abarrotadas uma em cima da outra, com corredores minúsculos entre suas quadras organizadas e limpas. Raras janelas davam um pouco de ar de natureza, mas até as flores nelas estavam, com frequência, murchas e deploráveis. Fadas eram da natureza, e suas casas não eram diferentes — construídas dentro e em volta de grandes árvores, aproveitando-se do que a floresta tinha a oferecer. A casa da árvore que ela tomara para si era um exemplo perfeito. O mais próximo de um lar que ela conseguiu encontrar. Naquela cidade, os humanos haviam desmantelado a terra, destruindo a beleza e a maravilha da ilha em favor de seu artesanato horroroso.

Seu estômago se revirou, e era uma batalha manter seu sorriso no lugar. Pelo menos na enseada tinha sido melhor, as casas unidas com a vida ao redor — majoritariamente. Ainda assim, não era nada como seu lar no Vale Sylvanna. A mente dela girava com possibilidades enquanto ficava ali, pairando no sol, com as asas amarradas. Ideias para melhorar as casas na enseada se apresentavam uma após a outra.

No entanto, ela não ficaria com aqueles piratas por tempo suficiente para colocar as ideias em prática, mesmo que eles quisessem aproveitar suas habilidades. O sorriso dela vacilou por um instante muito rápido. Talvez ela pudesse deixar alguns projetos para eles implantarem depois que ela fosse embora.

Um bando de damas bem-vestidas apressaram-se na direção dela e de Smee, conversando uma com a outra e abanando leques de renda. Seus vestidos exibiam tantas cores quanto as lojas próximas. Sem dúvida, o sorridente Smee soprando beijos para elas chamava a atenção delas tanto quanto as joias. Tink se obrigou a sorrir mais enquanto exibia os acessórios — bem, por um minuto, até Smee instruí-la para que deixasse as mulheres provarem em si mesmas.

— Você mesmo fez isto? — A mulher com cabelo escuro, claramente a líder do grupo, admirou os anéis em sua mão.

— Não, minhas irmãs fizeram. Mas gosto de ajudá-las, sabe. — Smee deu uma piscadinha.

— Você é muito talentosa! — a mulher exclamou, virando-se para Tink. Smee estava prestes a falar quando ela disse: — Vou querer todo o lote.

— Ah... todas elas? Sim, oh, perfeito, e vão combinar muito bem com você. — Ele recebeu o pagamento da mulher e beijou as costas de sua mão.

— Se sua irmã não se importar, talvez o senhor possa me acompanhar até em casa? Eu adoraria encomendar uma peça para combinar com um vestido... — Ela parou de falar, olhando para a rua com um sorriso malicioso.

— Eu... como a senhora quiser. — Smee não fez muito mais do que soltar um olhar para trás na direção de Tink, que acenou e prometeu vê-lo em casa.

Que flerte ridículo. Uma peça sólida de ouro dizia que não havia encomenda alguma, mas um tipo diferente de pedido especial, um que ele obedeceria com prazer. De qualquer forma, pelo menos ela estava livre de Smee e de sua obrigação para com as irmãs dele.

Ela iria ao alfaiate que tinha visto umas quadras antes.

Ou... correr até lá. Aquela seria a oportunidade dela, provavelmente a única. A moeda que Gancho lhe dera era suficiente para comprar uma passagem. Ela poderia subir em um navio e ir para... Uma risada sem humor se ergueu em seu peito. Onde exatamente? Para as Ilhas Encobertas caçar um tesouro escondido em um lugar conhecido por engolir pessoas sem deixar rastro? Ela havia pesquisado sobre passagem para lá depois de sua visita às sereias. Só levou uns dois segundos para saber que nenhum marinheiro são a levaria nem para perto de lá sem um saco enorme de ouro como pagamento. Para onde mais ela poderia ir? Voltar para Tortuga e para as crianças que tinham tomado sua casa? Provavelmente já a tinham destruído. *Bandidinhos.*

Tink cambaleou quando alguém trombou nela.

— Desculpe, senhorita! — o menino gritou, acenando já quando estava longe, se apressando pela rua.

Ela colocou a mão freneticamente em seus bolsos, então suspirou. Não era um batedor de carteira. Só um pequeno desastrado... Aquele cabelo ruivo. A voz. Tink saiu atrás do menino. Qual era o nome do pivete? Peter? Seu corpo magrelo serpenteava entre corpos na rua, então virou à esquerda. Quando ela virou a esquina, ele não estava em nenhum lugar — se perdera na bagunça de carroças de cavalo, bancas de mercadores e humanos barulhentos.

Mas não poderia ser ele, poderia? Ela semicerrou os olhos para as pessoas próximas. Ele era tão parecido, e só por um breve instante ela teve certeza, por mais impossível que fosse. Não estavam longe de Tortuga. No entanto, o que um menino órfão estaria fazendo pulando de porto em porto, principalmente depois de ter roubado dela uma casa perfeitamente bonita?

E ainda a roubara com a ajuda de Gancho. Ela franziu o cenho. Aquele homem a deixava louca. Com a frequência com que ela pensava nos beijos deles — e, pelas barbas de Durin, era o tempo todo —, ela não poderia esquecer que ele também a tinha sequestrado. Apesar de que, agora que ele a estava ajudando a pegar a escama de Leviatã, embora fosse para seus próprios objetivos, suas transgressões do passado não a incomodavam tanto. Seja o que fosse o pingente que ele usava, não pertencia a alguém dali, ou não parecia. Seria tão errado se satisfazer no prazer que ele tinha a oferecer?

— Com licença, senhorita?

Tink arfou e se virou com a voz que a interpelou bem acima de seu ombro. Ela estivera tão perdida em pensamentos que não havia percebido ninguém se aproximar. A curiosidade brilhou nos olhos pintados de verde e dourado acima de suas pálpebras. A respiração parou na garganta dela.

O lojista da bruxa.

— Você… — Ele usava uma capa com capuz que envolvia totalmente sua cabeça e roupas. Escondendo sua aparência, mas de quem?

— Executus — ele destacou o nome, como se fosse um grande rei reinando por todo o povo de Rochland. — A bruxa quer se encontrar com você, senhorita… — Ele inclinou a cabeça para o lado.

— Pode me chamar de Tink — ela respondeu.

— Tink. — Ele provou o nome dela e apertou os lábios com desgosto. — Bem, srta. Tink, a bruxa vai se encontrar com você. Agora, por favor, venha.

Agora? Ela enrugou o nariz. Algo não cheirava bem.

— Vou ter que encontrar os outros. Pode demorar um pouco.

Um balançar leve da cabeça dele acompanhou um sorrisinho.

— Só você.

Encontrar com a bruxa sozinha? Ela engoliu em seco. Certo, sim, ela sabia vagamente o que Gancho planejava perguntar, como encontrar a escama de Leviatã ou seu local exato nas Ilhas Encobertas. Supostamente, a bruxa conseguia discernir tais coisas com o poder bizarro que possuía. Mas havia um truque nisso? Mais alguma coisa que ele não havia lhe contado?

— Não sei se posso pagar — ela se limitou.

Gancho tinha dado a ela um pouco de dinheiro, mas nem perto do que ele oferecera à bruxa.

— Este encontro é grátis. Se vier agora. Sozinha. — Ele ergueu suas mãos com a palma para a frente. — Exigência dela, não minha.

Tink olhou para cima e para baixo na rua, esperando, rezando, para ver um membro da tripulação, mas não havia ninguém. Suas asas amarradas pinicaram quando um arrepio percorreu sua espinha. *Dane-se.*

— Certo, me leve até ela.

Nem sequer o menor sorriso ou sinal de surpresa tocou o rosto do homem quando ele respondeu:

— Muito bem. Por aqui.

As quadras curtas para a loja da bruxa passaram muito rapidamente. Ela poderia ter jurado que o mercado era mais longe, mas não importava o quanto ela diminuía a velocidade dos passos deliberadamente, Executus se manteve firme ao seu lado e ela não viu um único rosto familiar ao longo do caminho. Por todos os anciãos reverenciados, ela estava desesperada, torcendo para ver o rosto de Gancho. Por tantos dias do passado ela desejara parar de ver o rosto dele, mas, naquele momento, ele era tudo o que ela queria.

A loja estava escura e apertada como antes, apesar de não muito quente, e o cheiro horroroso e amargo que a fizera espirrar tinha sumido — ou estava disfarçado por uma das inúmeras essências pungentes que sufocavam o cômodo. Algumas eram familiares: vinagre, sálvia, raiz de esporo seco. Outras... nem tanto.

— Por aqui, não a deixe esperando — Executus disse, um lampejo de irritação colorindo as palavras dele, conforme a orientava pelas cortinas pesadas atrás do balcão e depois para cima por alguns degraus rangentes e bolorentos. Paredes cobertas com mantos pretos se fechavam em volta dela como um caixão conforme ela subia para o segundo andar. Por que, oh, por que, os humanos preferiam casas tão enclausuradas? Tudo naquele lugar estava morto, errado. Até os montes de ervas pendurados no teto na loja principal estavam secos e se desfazendo.

Tudo isso mudou quando Executus empurrou outras cortinas pesadas e vermelhas. A vida vegetal preenchia o cômodo, subindo pelas paredes, pressionando o teto, montes de potes de argila e tampos de mesa com argila derramada mal visível sob a massa de verdes e marrons, alguns decorados com flores coloridas ou com folhas tingidas de tons incomuns como violeta ou azul-claro. O corpo de Tink cantarolou com a vibração da vida ecoando ali, tão diferente do restante do lugar. Por um instante, ela conseguiu se iludir que tinha voltado para um vale estreito no Vale Sylvanna. Até mesmo alguns pássaros gritavam e chilreavam onde estavam empoleirados na floresta tropical interna.

Um cômodo tão cheio de vida, mas, ainda assim, o sol não o tocava. Apenas lampiões a óleo bem localizados iluminavam a folhagem sombreada. *Como, em nome de...*

— Obrigada, Executus.

Tink soltou um grito e pulou para trás, quase trombando no lojista e perdendo a habilidade de falar. Seu coração martelou no peito ao ver a mulher baixa parada entre as plantas. Mechas de seda, escuras como a meia-noite e revestidas de raras estrelas cadentes prateadas, fluíam pelo corpo dela, quase escondendo um vestido verde-escuro. Mas não era a visão da mulher — como ela não a tinha visto antes? — que prendia as palavras em sua garganta. Uma cobra marrom, mais comprida do que a mulher, estava enrolada nos braços dela e acima de seus ombros.

— Sente-se, minha querida. — Ela gesticulou para uma cadeira simples de madeira de frente para a mesa diante dela. — Isto é tudo. — Com um aceno, ela dispensou Executus. Só uma vibração leve de tecido sinalizou sua partida.

Tudo em Tink se rebelava contra se sentar naquela cadeira. *Não. Não.* Aquilo era um grande erro. Aquela cobra a comeria viva centímetro por centímetro precioso, e ninguém nunca a encontraria. Gancho presumiria que ela tivesse fugido para reaver a escama sozinha apesar da promessa que fizeram para a rainha. Ele a seguiria, determinado a quebrar a maldição, e então encalharia nas Ilhas Encobertas, os canhões do Capitão Barba-Negra martelando o casco, e... Tink parou de pensar nisso. Por que estava preocupada com ele? Não deveria estar preocupada consigo mesma? Com seus pais que, provavelmente, a davam como morta? Lily, que nunca saberia o que aconteceu com sua prima perdida e o quanto ela se importava?

— Você é interessante. — A voz a envolvia, ecoando por sua mente.

Ela se virou na direção de sua fonte.

A bruxa sorriu para ela conforme acariciava a cabeça da cobra com afeição materna.

— Sente-se. Ou não está curiosa por que pedi para vir aqui?

— Por que pediu?

— Não é frequente encontrar outra do meu tipo.

Tink ficou boquiaberta.

— Você é uma... — Sua boca se abriu e fechou, a palavra perdida.

— Uma fada. Sim. — Ela girou os ombros, e as asas lentas antes escondidas flutuaram atrás dela. Eram asas tristes e apagadas, como teias de aranha empoeiradas. — Eu sei — ela disse, franzindo o cenho. — Não são mais o que eram. Mas você... Apostaria que as suas ainda estão bem brilhantes.

— Como faz isso? — Ela foi até a cadeira, atraída pelo conhecimento da bruxa.

— O tempo ensina muitas coisas. — A bruxa se sentou ao lado dela da mesa... perto demais, com a cobra mostrando a língua no ar entre elas. — Sente-se.

Tink engoliu em seco e se sentou, as mãos agarrando a madeira para sobreviver.

— A coisa do espirro.

A bruxa sorriu.

— Muito bem. Sim, a alga draka seca confirmou minha desconfiança depois que vi você entrar na loja com, bem, não diria seus amigos. Não, minha querida, você parecia bastante desconfortável, estou certa?

Era culpa daquela loja. *Principalmente. Talvez.*

— Por que pediu para eu vir aqui?

A bruxa suspirou, fazendo um leve beicinho. Ela era bonita, carregava suas curvas com estilo e elegância. Nem mesmo as marcas reveladoras da idade que tocavam sua pele e seu cabelo diminuiriam isso.

— Tão ansiosa para ir embora. Pensei que pudesse ser legal ter uma companhia. Por que conviver com piratas?

— Eu... — Tink ergueu o braço, deixando a pulseira quebrada deslizar para baixo até sua mão. — Se eu os ajudar, talvez haja um caminho para voltar para casa.

— Entendo que os anciãos ainda tenham a mente fechada. — Ela esfregou o punho, bem onde uma vez deve ter ficado sua pulseira. — Eu poderia ter a ajuda de uma colega fada. Minhas asas estão cada vez mais fracas, e não vou mais conseguir fazer pó de fada em breve. É essencial para meus feitiços, sabe. Mas você, com o toque do Vale Sylvanna ainda sobre você, poderia me ajudar com isso. Com certeza, a famosa Tinker Bell venderia seu pó para uma colega fada.

Tink uniu as sobrancelhas. Pó para mágica. Como? Um toque de casa...

— Espere, como sabe meu nome? — Ela não tinha falado a Executus seu nome completo.

A bruxa deu risada, um som alto e agudo.

— Você ganhou uma reputação e tanto recentemente ao vender pó.

Tão rebelde, diligente e, ainda assim, quer voltar para o vale?

A cadeira poderia muito bem ter caído de debaixo dela. Ela tinha uma reputação? Como? Claro, ela havia vendido pó, mas quase todo foi para o Capitão Barba-Negra para libertar Lily. O resto ela vendera em pequenas porções, principalmente para donos de pousada, e só com o fim de ter dinheiro para comprar uma passagem para ver Titania. Não era o suficiente para ter uma reputação. A menos que os donos de pousada tivessem a língua mais solta do que ela pensava. *Humanos ridículos. Não podia confiar em nenhum deles.*

Mesmo assim...

— Desculpe. Não consigo te vender nenhum. Estou sem pó.

A cabeça da bruxa se inclinou, o nariz enrugando em um movimento familiar demais.

— Pobrezinha, não te ensinaram nada antes de te enviarem para este mundo, não foi?

O fogo percorreu suas bochechas e subiu para a ponta de suas orelhas. Tinham contado pouco a ela — bem, bem pouco. Ela ficou inquieta na cadeira.

— Você consegue fazer mais pó, minha querida. Sinceramente, estou surpresa por não ter feito. — Ela se inclinou por cima da mesa, sua cobra esticando a língua para Tink, perto demais para seu conforto. — Principalmente com aqueles dois homens deliciosos com quem você estava, embora eles sejam piratas... Ou talvez prefira mulheres?

— Eu... — Pelas asas de Beryl, ela precisava sair dali. Rápido.

A bruxa caiu na cadeira, rindo.

— Oh, minha menina. Tudo de que você precisa são pensamentos felizes, prazer, diversão. Esqueça o mundo e se divirta.

Me divertir. Certo. Como se alguém conseguisse fazer isso presa longe de casa, tentando sobreviver sem nada, depois sendo sequestrada por um pirata. Ela tinha *muito* motivo para ficar feliz.

Suas asas estão brilhando, amor. Tink se sentou ereta na cadeira quando as palavras de Gancho ecoaram em sua mente.

Ela tinha brilhado. Por ele. Mais de uma vez.

— Ah, vejo que tem um pouco de experiência no assunto.

— Mas eu não... — As asas de Tink se enrijeceram contra suas amarras. — Ainda não fiz pó.

— Quanto tempo o brilho durou?

— Um segundo? Não muito.

— Não é tempo suficiente para o pó se formar.

Ela conseguia fazer pó de fada. Não era surpresa os anciãos não terem contado. Se uma fada gostasse dos prazeres do mundo humano, poderia fazer bastante pó, usar para si mesma, vendê-lo. Que destruição poderia se suceder se humanos tivessem mais acesso ao pó. Um arrepio repentino despiu o calor de seu corpo. E se as regras não fossem para protegê-las dos humanos, mas os humanos das fadas?

O sorriso serpentino da bruxa respondeu essa pergunta melhor do que qualquer um poderia.

— Abre um mundo de possibilidades, não é? — A cobra deslizou para cima de seu braço. — Eu poderia treinar você. Ensinar coisas que os anciãos nunca acreditariam que seja possível. Por que voltar àquela vida protegida quando pode ter o mundo na ponta de seus dedos?

— Eu vou... Eu vou pensar nisso. — Isso era certeza, embora talvez não da forma que a bruxa esperava.

— Pense. — Ela se levantou. — Executus!

O chamado estridente assustou Tink.

O tempo passou mais devagar do que melaço até o lojista passar pelas cortinhas e se curvar na cintura.

— Acompanhe nossa convidada — a bruxa ordenou. — E, querida, espero mesmo ver você amanhã. Tente aproveitar *tudo* que Rochland tem a oferecer. — O significado por trás de suas palavras estava claro. Ela queria seu pó, imediatamente.

Tink forçou um sorriso falso. Era mais fácil falar do que fazer. Se ela conseguisse fazer um pouco de pó, não seria para a bruxa.

17

Metade de um dia à espreita perto do posto real, e ele ainda não tinha encontrado uma boa maneira de entrar. A estrutura em si tinha sido bem fácil de encontrar — tudo que ele precisou fazer foi seguir os Casacos Verdes. Mas eles tinham ficado mais espertos. Havia menos janelas e sentinelas do lado de fora. Pensou que conseguiria mais informações bebendo uma cerveja no pub mais próximo do que observando o lugar. Os guardas gostavam de beber depois do turno. Naquele dia, porém, todos eles só falaram de suas conquistas românticas mais recentes — ou a falta delas. Precisaria tentar outra estratégia no dia seguinte. As ruas já haviam esvaziado, e ficar sozinho à noite atrairia muitos olhares.

Gancho suspirou e abriu a porta principal da pousada onde passariam a noite, a Pérola Dourada. O cômodo comum estava cheio de vida. O cheiro das carnes gordurosas assadas flutuou até ele, fazendo sua boca aguar. Uma vantagem da terra era a comida variada, e o cozinheiro dali era renomado. Até Gancho não aguentava mais ensopado de peixe e pão velho.

— Ei! Aí vem ele! — A voz familiar de Sage chamou a atenção de Gancho. Ela acenou.

Canecas de cerveja pela metade estavam espalhadas pela mesa. Ele sorriu. Não havia surpresa ali. Pelo menos estavam todos bem. Apesar de Smee já estar sem camisa. Francis tirou uma bota e a colocou na mesa.

— Aí não, seu burro! — Sage a jogou no chão e pegou os dados da mesa.

Ah, jogo de strip.

Ele não jogava há meses. Deslizou mais o braço para debaixo de sua capa. E não jogaria naquela noite. Embora assistir, sim, poderia ser um prazer se eles jogassem mais algumas jogadas até...

Ele paralisou na metade do caminho até a mesa. Ele não a tinha visto, seu corpo pequeno bloqueado pela visão de Smee. A trança loira era inconfundível, mas a expressão dela — bochechas rosadas, olhos levemente vidrados — era a expressão dos pesadelos do pirata.

E, para ser sincero, de seus sonhos.

Tink estava exatamente como na noite em que se conheceram, só que ela ainda estava usando a camisa dele. *Maldição.* Ele passou a mão no rosto.

Gancho se sentou em uma cadeira vazia e se debruçou na mesa.

— O que estão fazendo?

— Jogando — Smee respondeu arrastado, mal dando para ouvir acima do barulho atrás dele. Rostos embriagados piscaram para ele, até Tink.

Graças aos deuses não era apenas sua tripulação que ocupava o cômodo enorme. Muitos outros rodeavam as mesas e estavam próximos do bar, fazendo simplesmente tanto barulho quanto eles. O jogo em si não chamaria muita atenção. Era um dos motivos pelos quais ele adorava a Pérola Dourada. As pessoas não faziam perguntas — era uma regra implícita da pousada. Mas, se Tink tirasse um número baixo e alguém visse suas asas, esse boato nunca ficaria guardado. Eles estariam correndo para a floresta antes do amanhecer. Sem contar que precisariam evitar o porto, talvez até a enseada, até os boatos se acalmarem.

— E vocês deixaram nossa *convidada* jogar? — Ele não se incomodou em manter a irritação longe de sua voz.

— Ela quis — Smee respondeu, dando de ombros.

— Estou bem aqui — Tink soltou.

— E você deveria ser mais esperta.

Tink deu de ombros.

— Estou ganhando. Vai se juntar a nós ou não?

Todo mundo olhou para ele. *Ideia péssima e horrível.*

— Sabe que não vou. — Mesmo ali, mostrar seu gancho era arriscado.

Davies jogou os dois dados na mesa, e o jogo deles continuou como se Gancho não existisse. Ele tirou cinco, fazendo-o escolher alguém para perder uma peça de roupa. Se Davies escolhesse Tink... Seu gancho cravou na mesa.

— Smee.

— Eu de novo? — Mas o sorriso de seu primeiro imediato mostrava que ele não estava irritado. Longe disso. Smee já tinha tirado metade de seu cinto antes de Davies nomeá-lo.

Outro dado e Sage ganhou uma peça de roupa.

Tink pegou os dados e os chacoalhou no copo de madeira antes de jogá-los na mesa.

Um três. Se ela tirasse a capa...

— O que aconteceu com estar ganhando? — Sage deu risada.

Tink mostrou a língua para ela e se levantou, balançando no processo. Ela colocou um pé com bota na cadeira, desamarrando-a com os gritos e torcida da mesa e de alguns outros cliente próximos. Gancho não conseguia desviar o olhar, não conseguia ver nada além de Tink atrapalhada com os cadarços antes de tirar uma bota de seu pé, depois a outra. Ela se segurou em Smee ao tirar a segunda. Não era a primeira vez naquele dia, e ele odiou seu primeiro imediato. Ela deveria confiar nele para buscar equilíbrio. Suas mãos se espalharam pelo peito nu de Smee.

— Calma aí. — Sage olhou para um ponto específico da mesa. Ele tinha feito um buraco fundo com o gancho.

Ele precisava de mais cerveja para aguentar aquilo. As de mais cedo não estavam fazendo seu trabalho. Ele estava muito tenso. Muito... tudo.

— Tem certeza de que não quer jogar? — Os dados chegaram nele.

Ele os ignorou e foi até o bar do lado oposto do salão. Mulheres o encaravam descaradamente enquanto ele esperava sua bebida, sorrisos recatados lançados na direção dele, piscadinhas, promessas silenciosas. Deuses, ele já tinha adorado essas coisas, poder escolher, atraí-las como peixe para a isca. E ele sempre fisgava sua presa. Mas toda mulher parecia igual para ele agora. Ele só enxergava um rosto, independente de para quem olhava.

Titania dissera que não se tratava de uma maldição. Ela não podia mentir, mas podia estar errada.

A cerveja nunca estivera tão boa, e ele virou a caneca, bebendo metade em um gole.

Uma morena deslizou ao lado dele.

— Oi, bonitão.

Gancho recuou quando ela se esticou para o lado dele. *Maldição, o que há de errado comigo?* Aqueles olhos castanhos e acalorados e o sorriso pintado deveriam fazer qualquer homem ficar de joelhos.

Do canto de seu olho, ele teve um vislumbre loiro. Tink se levantou, atrapalhando-se com a capa. O que ela havia tirado desta vez?

— Ei! — a mulher chamou quando ele saiu, esquecido da bebida.

Gancho bateu as mãos na mesa, fazendo sua tripulação pular e olhar para ele. As mãos de Tink deslizaram do nó que ela puxava — mas não era sua capa. Ela havia desamarrado os cadarços de sua calça, revelando um pouco de sua pele branca. E aquela expressão dela... lábios rosados e abertos, um rubor profundo colorindo suas bochechas, mechas de cabelo caídas livremente de sua trança para roçar nas laterais da face.

Com dificuldade, ele tirou seu olhar da mesa. *Snake eyes*. Ela tinha tirado dois número um. As probabilidades eram... *fodam-se as probabilidades.* Ela não podia tirar tudo, principalmente não ali.

— Pare — ele disse, sua voz rouca. — Pare agora mesmo.

— Desculpe, Capitão — ela disse arrastado, enquanto empurrava o cós da calça. — As regras são...

Tink gritou quando ele a levantou do chão e a jogou por cima do ombro. O salão todo se virou para encará-los. *Ótimo. Simplesmente ótimo.* Ele não tinha pensado duas vezes antes de dar a volta na mesa e a pegar no colo com um movimento ágil.

Punhos bateram nas costas dele enquanto ele ajustava o peso dela. Os golpes eram bem leves. Ou ela não queria machucá-lo ou estava bêbada demais para algo mais forte. Ele torcia para que fosse a primeira opção.

— Me. Ponha. No. Chão!

Davies se curvou na mesa na tentativa de não ser atingido pelas pernas agitadas de Tink. Outros pularam, derrubaram cadeiras e derramaram cerveja por todo o maldito lugar. *Que confusão.*

— Peguem as botas dela — ele comandou para ninguém em particular.

Sage pulou para obedecer, ainda sóbria o suficiente para seguir ordens.

— Juro que se você não... — Tink bateu um punho cerrado na lombar dele.

Gancho gemeu. *Certo, esse doeu.* Ele fez uma careta, quase rosnando para as pessoas que iam pulando para longe do caminho dele, criando um corredor estreito na direção do lance de escadas para o qual se dirigia. Mais de um olhou para a mão dele, ou falta dela. *Porra, porra, porra.*

— Briguinha de casal. Não fiquem olhando! — Sage gritou.

— Casal! — Tink gritou, mas, de forma abençoada, ficou parada.

— Sim, amor, você bebeu um pouco demais. — *Muito além de demais.*

— Não me chame... aff — ela gemeu enquanto Gancho subia os degraus de dois em dois. — Que irritante.

— Você vai ficar no fim do corredor. O resto de nós dormirá nos quartos com beliches à direita. — Sage passou por ele, chaves em uma mão, botas de Tink na outra. — Você a quer no...

Porra, sim, eu a quero.

— No meu quarto.

Sage conteve um sorriso e permaneceu em silêncio.

O quarto era pequeno — privativo, mas pequeno. E a cama... estreita, encostada na parede, para apenas uma pessoa. Quando ele iria ter sua cama de volta? Deveria ter expulsado Tink de seu quarto no *Jolly Roger*, deixado que arranjasse um colchonete sobressalente com um dos outros. Mas ele não conseguia fazer isso. Não queria. E, droga, ele a queria ali com ele.

Gancho acomodou a agora quieta demais Tink na cama.

Sage largou as botas de Tink no chão com um baque dramático. Balançou a chave no ar até conseguir a atenção de Gancho, depois a lançou para ele com uma mira surpreendentemente boa.

— Mais alguma coisa, Capitão?

— Dispensada.

Ela inclinou a cabeça para o lado.

— E lá embaixo?

Ele tinha causado uma cena e tanto, talvez pior do que se Tink tivesse exposto as asas amarradas — ou seu belíssimo corpo inteiro.

— Bebidas por conta da casa.

Ele jogou uma bolsa com as últimas moedas que tinha, além das reservadas para a bruxa. Manteria todo mundo feliz, pelo menos. Oferecer cerveja grátis era um código entre marinheiros para mantê-los quietos, e os frequentadores daquela pousada eram marinheiros. O povo dele. Talvez eles mantivessem a boca fechada por mais algumas horas, no mínimo.

— Sim, sim... — Olhando dele para Tink, ela mexeu as sobrancelhas e se despediu: — Capitão.

18

Pouco depois de Sage sair e fechar a porta, Tink gemeu:

— Por que o chão está se mexendo?

— Você está bêbada.

Ela franziu o cenho para ele.

— Não brinca.

— O que estava pensando? — A raiva que ele tinha reprimido voltou à tona. — Jogando aquele jogo? Quase se expondo?

Tink puxou a capa de seus ombros e começou a se balançar.

— Posso me expor para quem eu quiser, quando quiser! Eu estava quase lá. Quase... — Suas mãos cerraram em punho.

— Quase o quê? — *Expondo-se para boatos que poderiam se alastrar por metade da cidade antes do amanhecer?*

— Não importa. — Ela pegou a jarra da mesinha lateral, encheu um copo e o levou à boca, meio que bebendo, meio que derramando tudo. O maldito copo balançava quase tanto quanto ela.

Ela engoliu a água e se atrapalhou para colocar o copo de volta na mesinha. Quando se virou, arfou, encarando Gancho com aquele rosto que ela via em seus sonhos, seus pesadelos.

— Importa. Poderia colocar minha tripulação em perigo. Minha... nossa... missão. — Ele a colocou de costas na parede, seus braços prendendo-a um de cada lado. Tão de perto, ele sentia o cheiro de cerveja na respiração dela. E flores... algo exótico que não era do bar lá embaixo. Um cheiro que era totalmente ela. — Quase o quê? Me conte.

Os lábios de Tink se apertaram.

— Quase esquecendo, tá bom? — Ela tentou, em vão, empurrá-lo batendo o peito contra o dele, mas, maldição, ele adorava quando ela tentava. Ele a soltou. — Eu queria...

Ela segurou a camisa dele, e com a outra mão percorreu seu peito. Os músculos de Gancho se apertaram em resposta. O calor fervilhou sob a pele dele. Uma língua cor-de-rosa lambeu os lábios dela, e ele quase se esqueceu do que ela tinha dito.

— O que você quer? — Ele se inclinou mais para perto, a testa quase encostando na dela.

Ela o encarou. Seu olhar penetrou no dela, saboreando o desejo ardente, o brilho de luxúria pairando bem além do borrão induzido pela cerveja. Será que o gosto dela seria da bebida que ele tinha tomado ou do mel doce e floral que ele sentiu da primeira vez que requisitara os lábios dela?

— Você.

Os lábios dela pressionaram os dele — experimentando, questionando. A respiração parou na garganta dele. O tempo parou. E então tudo voltou rápido como as ondas se quebrando na praia. Lábios macios se esmagaram mais nos dele, exigindo um beijo em troca. Braços ágeis deslizaram para cima no peito dele para se envolver em seu pescoço.

Ele encontrou o beijo dela, ansioso como um garoto. *Mel. Porra. Mel muito doce e delicioso.* Gancho gemeu na sua boca. A mão boa segurou a lombar dela, erguendo-a no ar conforme suas pernas o envolviam. Juntos, eles bateram na parede. Tink jogou a cabeça para o lado com um grito.

Asas. Droga. Tão delicada. As palavras deslizaram para longe quando ela lançou um sorriso cruel e continuou o beijo. Gancho cambaleou para trás, a mulher de seus sonhos pendurada nele. A perna dele bateu em alguma coisa. Não importava. Não com aqueles lábios nos dele, o gosto de Tink na boca dele.

Cama. Eles precisavam... não importava. Aquelas pernas em volta dele, o cabelo pinicando seu rosto, os gemidos suaves que ela soltava. Ela roçou a língua na boca dele, e o mundo girou. Como ele tinha sonhado com isso desde a primavera quente, em senti-la, em prová-la, em tê-la desejando-o de novo. Ele trombou em algo macio e caiu para trás, levando Tink com ele.

Ela gritou quando caíram. A respiração fugiu do peito dele. A cabeça deles bateu uma na outra.

— Ai. — Tink deslizou para trás, apertando-se contra o pau duro e necessitado do pirata. Maldição, por que ainda estavam de roupa?

Como se ela lesse a mente dele, Tink puxou a camisa por cima da cabeça, jogando-a para longe. Sua calça já estava desamarrada desde o bar, expondo o início de sua roupa íntima.

— Está com pressa, amor? — A voz dele estava grossa, rouca. Deuses, ele amava a careta que ela fazia quando ele a chamava assim. Era um motivo pelo qual ele continuava a fazê-lo.

Ela começou a desamarrar suas asas e seus seios. Que prazer seria, para ambos os lados.

— Precisa de ajuda? — Ele se esticou para o tecido com seu gancho, com vontade de rasgá-lo.

Ela afastou o gancho, bufando, e continuou sua tarefa. Ele precisou de toda a força de vontade para ficar parado e observar, principalmente porque ela continuava se mexendo em cima dele. Cada movimento fazia seu pau forçar sua calça. Ele ansiava para se afundar nela, para sentir seu calor úmido em volta dele.

Ele brincava com a beirada da calça dela, massageando o polegar no tecido macio da roupa íntima, saboreando cada deslizar de seus dedos perto do tesouro logo abaixo.

Um suspiro suave saiu dos lábios inchados de Tink quando se libertou do tecido. Os olhos dela se fecharam, e os ombros relaxaram em simples êxtase. Maldição, como ela ficava só com um gostinho do prazer de verdade? Seus seios eram maiores do que ele esperava, enchiam perfeitamente uma mão. *É, maduros para saborear.* E ele iria saborear. As costas de sua mão boa arrastou-se para cima em sua barriga. Ela estremeceu, sem nunca deixar de olhar para ele, que segurava um seio macio com sua mão áspera. *Divino.*

Os olhos vidrados dela quase se fecharam.

— Gostou do que encontrou? — Asas finas flutuaram atrás dela, atraindo a luz do quarto. Não, uma luz própria delas. Ela brilhava de novo.

— Você está brilhando de novo, amor.

Um sorriso sonolento se abriu pelos lábios dela.

— Que bom.

— Por mim?

Tink pegou a mão dele e a tirou do seio.

A dúvida pairou firme no peito dele. Ele não deveria ter mencionado as asas. Sempre que ele fazia isso, ela se afastava.

Mas ela não foi embora, não fugiu. Em vez disso, praticamente caiu em cima dele, seus seios batendo no peito dele conforme a boca procurava a dele de novo. Os dedos deles se entrelaçaram nos lençóis conforme ele a beijava com tudo que tinha.

Gancho a seguiu quando ela recuou, mas ela o empurrou para os lençóis e deslizou para o lado dele na cama.

— Eu que-quero vozê... Você. Eu... — Ela puxou a calça de forma ineficaz.

— Vozê? — *Merda*. Ele havia se esquecido do quanto ela estava bêbada. Ela sequer sabia quem tinha seduzido?

O brilho das asas dela diminuiu.

— Por favor, Capitão, eu...

Ok, pelo jeito ela sabia, talvez. Mas suas palavras foram um balde da água fria. Ele não podia transar com ela, não naquela noite. Seu pau implorava, endurecido. Por todos os mares e praias, ele a queria. Mas ele tinha um pouco de decência sobrando, independente do que os boatos diziam sobre ele.

Ela começou a tirar a calça, quase caindo no chão. Ele não poderia deixar que ela se esforçasse assim.

— Fique parada, amor. — Gancho se ajoelhou. Lentamente, ele desceu a calça dela, revelando uma faixa escura de tecido mal cobrindo seu tesouro e pernas pálidas que desejavam ser beijadas pelo sol. O dele teria que ser suficiente.

Os gemidos que preenchiam o quarto o enlouqueciam conforme ele a beijava da ponta dos dedos dos pés até o topo das coxas. Os dedos dela se enfiaram no cabelo dele, puxando, exigindo, quase machucando. Uma dor muito boa. Ele beijaria a pele delicada dela o dia inteiro para tê-la desejando-o nem que fosse por apenas um minuto.

— Por favor.

Gancho se afastou, tirando apenas a calça com vigor. Mesmo a dele ele desamarrou, dando-lhe espaço precioso. Seu pau lutava uma guerra com seu cérebro enquanto ele agia, quase vencendo, principalmente quando Tink abriu as pernas e começou a se acariciar através da roupa íntima. Ele esfregou a mão no rosto. Deuses, ela estava molhada. Dava para ver. Em todas as vezes que ele se comprometera com a decência... Jamais uma mulher o tinha tentado com metade disso.

— Vai se juntar a mim? — Um dedo delicado se flexionou e se esticou, convocando-o.

Ele pretendia.

Gancho deslizou na cama, provocando, e ele a virou, até suas costas estarem pressionadas no peito dele. As asas delicadas pinicavam a pele dele conforme se dobravam entre eles. O brilho tinha começado de novo, a luz delas ofuscando as velas do quarto. O cheiro de perfume floral de mais cedo os envolveu, abafando a cerveja e o cheiro de bolor do quarto. Vinha de Tink — era o perfume de seu próprio corpo.

Cada carícia que ele fazia na barriga dela testava sua determinação. Cada remexida de sua bunda bem torneada contra o pau dele enevoava a mente de Gancho. E, a cada segundo que se passava, maior o risco de ele a possuir. Um homem menos decente o faria. Mas ele não poderia ser esse homem, não com ela.

Ele deslizou a mão dentro da roupa íntima dela, aventurando-se pela floresta úmida até sua fenda lisa abaixo.

— Isso, isso, por favor — ela gemeu.

Não a tocar? Não a possuir? No que ele estava pensando? Mergulhar os dedos em seu calor convidativo quase o fez gozar na calça como um garoto. Ele nunca tinha desejado tanto uma mulher. Nem quando era menino, quando eram todas sereias tentadoras.

Duas carícias em seu clitóris inchado, e ela choramingou nos braços dele.

Ele queria. Desejava. Precisava.

Não podia.

Ele gemeu baixo em sua garganta.

— Não posso transar com você.

Tink ficou totalmente rígida nos braços dele. Suas pernas prenderam a mão dele. O brilho de suas asas diminuiu na mesma hora.

— Por quê? — A falha na voz dela o esfaqueou no peito. — É porque sou... Sou estragada. Eu...

— Não. — A dor na voz dela o matava. Ele a puxou para mais perto, cauteloso com seu gancho e as asas dela. — Você é perfeita. Mas não quero ser um arrependimento de embriaguez. — Era a última coisa que ele seria.

— James — ela choramingou.

Ele prendeu a respiração. Aquela mulher sabia como agir com ele. Usando o nome dele, o qual ele quase se esquecera de ter revelado para ela. Gancho esfregou o rosto no cabelo dela, saboreando seu cheiro e a forma como ele pinicava sua pele.

— Quando transar com você, o que pretendo fazer, quero você sóbria, ansiosa. — Ele a acariciou de novo, lenta e deliberadamente. — Quando meu pau entrar em você… — Ele mexeu os dedos pelo clitóris dela. — … será porque você o quer ali, porque pediu por isso, e não porque uma bebida fez você pensar que o queria.

— Eu quero mesmo. Tanto que eu… — Um gemido interrompeu as palavras dela.

— Então vai me querer amanhã.

Um carinho dos dedos dele.

— E no dia seguinte.

Outro.

— E no outro.

E outro.

— Porque uma noite nunca será suficiente.

Caramba, ele estava enfeitiçado mesmo, quer fosse por mágica ou não, ele queria aquela mulher como nenhuma outra, e nenhuma transa embriagada o satisfaria.

— Agora. Eu quero… — Ela apertou a mão dele.

Ele mordiscou a ponta da orelha dela antes de sussurrar.

— Você quer gozar?

— S-simmm.

Com o que lhe restou de calma, ele usou o gancho para tirar sua própria roupa íntima, libertando seu pau. O centro úmido dela pressionou os dedos dele conforme ele brincava com a intimidade dela. O ritmo dele acelerou. Gancho se apertou nas costas dela, que se remexiam saboreando o deslizar do algodão molhado contra ele. Não era do jeito que ele desejava, mas, maldição, teria que ser isso.

Tink gritou, apertando a mão dele. Ele se esfregou com força em seu calor ansioso, acentuando seu prazer enquanto ela se arqueava contra ele. As asas dela tremularam, provocando seu pênis e banhando o quarto com uma luz brilhante. Um gemido saiu de seus lábios quando ele gozou, se empurrando em direção a sua carne macia e disposta. Ele espalmou seu monte molhado, puxando-a com força para perto enquanto ambos aproveitavam o que restava de seu êxtase.

Quando o mundo voltou a se solidificar ao redor dele, ele poderia jurar que viu algo voando no ar. Pó, mas mais do que o quarto já tinha. Algo a ver com o cheiro dela? Ele poderia muito bem estar deitado com ela em um campo de flores em vez daquela cama estreita.

— James... — Ela disse seu nome em um sussurro rouco e virou a cabeça para vê-lo.

— Durma, amor. — Ele beijou a bochecha dela, finalmente abandonando seu prêmio para pegar a jarra próxima e um pano para limpá-los.

O brilho das asas foi diminuindo conforme ela dava um suspiro saciado e se acomodava na cama.

Ele não dormiria rápido com o corpo nu dela pressionado no dele. Ao mesmo tempo, não a deixaria. Não naquele momento. Talvez nunca.

19

O quarto girava. Algo tamborilava uma batida suave e regular na têmpora de Tink e se recusava a ir embora, não importava o quanto ela apertasse o travesseiro na cabeça e desejasse que fosse embora.

— Aff! Pare! — Ela tirou o travesseiro, sentando-se na cama.

Erro. Ainda girando. Ela segurou a ponte do nariz e a se arrastou para a mesa lateral, pegando o copo de água que estava ali.

Água boa e abençoada. Nunca tinha sido tão boa, nada nunca tinha sido.

Essências florais fortes preenchiam o quarto. Se ela fechasse os olhos, quase se sentiria em casa, sentada em uma clareira no vale, com pó em suas asas. *Pó!* Suas asas tremeluziam. Ela tinha feito pó! A bruxa não havia mentido. Ela conseguia fazê-lo. Ela pulou de pé, alongando-se, aproveitando o relaxamento de seu corpo.

E congelou.

Pelas barbas de Durin! Ela estava quase totalmente nua e...

— Oh, merda.

O calor percorreu suas bochechas e subiu para a ponta de suas orelhas. Ela agarrou os lençóis, cobrindo-se e procurando Gancho no quarto pequeno, mas ele não estava lá.

Ele tinha... eles tinham... oh, santos anciãos reverenciados, eles tinham quase...

Quando transar com você, o que pretendo fazer, quero você sóbria, ansiosa.

As coxas dela se uniram, mas ela não tinha como escapar da sensação deliciosa dele ali. A carícia de seu polegar em seu clitóris, a investida de seus dedos... Ela se jogou de novo na cama, ignorando a dor de cabeça latejante a favor de mais lembranças prazerosas da noite anterior.

Com hesitação, os dedos dela percorreram suas roupas íntimas, deslizando pela umidade. Ela mordeu o lábio... com força. Gancho poderia voltar a qualquer momento. Será que ele ainda iria querê-la?

Santa Flora, ela o queria. Ela quisera esquecer, fugir. Dados, tudo começou com aqueles dados. E bastante cerveja. Ele a tinha carregado até lá em cima? Uma respiração profunda preencheu seus pulmões. *Tinha.* Então aquele beijo. E, oh... Ela cobriu o rosto com as mãos. Ela havia implorado. *Oh, não. Oh, não, não, não.* Ela havia praticamente implorado para um pirata nojento e maldoso transar com ela.

E ele não o fizera. Pensar nisso melhorou a ansiedade que se retorcia em seu peito.

Sendo bem sincera consigo mesma, ele não era nojento, e talvez nem maldoso, não com tudo que ela vira, tudo que ele fizera. Ou não fizera, no caso deles. Como ela o havia avaliado mal, a todos eles.

Titania os obrigara a se aliar um com o outro, mas não era por causa da rainha sereia que ela queria ajudá-los agora. Ela se sentia em dívida pelo feitiço que colocara neles. E no capitão deles...

Mesmo que fosse apenas por uns dias, só até eles recuperarem a escama de Leviatã e retirarem o feitiço, ela queria estar com ele, independente de quem fosse o anel que ele ainda usava. Hoje, amanhã, no dia seguinte. Ela ficaria com ele o tanto que conseguisse.

Ele tinha que saber que o que acontecera não era apenas a cerveja forte alimentando seu desejo.

Tink se limpou e se vestiu apressadamente. Algumas partículas benignas de pó brilhavam nos lençóis, na mesa, até no chão, mas não eram a parte boa, somente um subproduto de sua criação. O pó de fada de verdade ainda estava grudado em suas asas, como ficaria até ela escolher livrar-se dele. O que ficara no quarto não seria útil para ela nem para mais ninguém, então ela deixou ali. A maioria dos humanos nunca o diferenciaria do pó normal, de qualquer forma, e havia bastante disso por ali.

Ela abriu a porta rapidamente, mas ela bateu em alguma coisa no chão que resmungou. Não alguma coisa — alguém. Ela deslizou para fora da fenda aberta e encontrou Smee sentado no chão do lado de fora do quarto, massageando a cabeça.

— Acordei... acordei.

— O que *você* está fazendo? — Ela colocou as mãos na cintura.

— Só tirando uma sonequinha.

— Do lado de fora da minha porta?

Ele girou o pescoço antes de se levantar.

— Do lado de fora da porta do capitão.

A ponta das orelhas dela queimaram.

— Ele me pediu para garantir que você não fosse perturbada.

Era gentil da parte dele, e de Smee. Dormir na porta não poderia ser confortável.

— Obrigada.

— Sempre feliz em ajudar. — Um sorriso acanhado se abriu no rosto dele.

Ele era, o que era bem óbvio, extremamente leal. Gancho não poderia ter escolhido um primeiro imediato melhor. Tink sorriu.

— Sabe aonde o capitão foi? Quando ele volta?

— Não falou.

Um suspiro se prendeu no peito dela. *Claro que não.*

— Acho que... vou procurá-lo.

Ele alongou os braços acima da cabeça.

— A cama está me chamando de volta. Tão macia. — Ele conteve um bocejo. — Vamos nos encontrar aqui antes de meio-dia.

Ela assentiu.

— Estarei aqui. — Talvez até mais rápido do que isso.

As esperanças que ela tinha de encontrar Gancho no salão comum do andar de baixo desapareceram. Teria sido muito fácil arrastá-lo de volta para cima e abrir seu coração. Ela estava pronta, preparada. Mas nunca era tão fácil assim, não para ela.

As ruas estavam cheias naquela manhã. Uma tempestade estava chegando, ela ouviu alguém dizer. O céu ainda estava claro, mas longe no horizonte nuvens pretas se amontoavam. Tink enrugou o nariz conforme as viu. Gancho queria voltar ao navio assim que possível, mas ficar presa ali com ele mais alguns dias não seria tão ruim.

Compras rápidas no mercado renderam roupas novas, as quais ela guardou na mochila que carregava. Enfim ela teria uma camisa que lhe servisse direito, embora tivesse criado apego à de Gancho. Pelo menos tinha completado a tarefa. Ela havia ficado tão distraída por causa do encontro com a bruxa no dia anterior que as roupas novas tinham sido a última coisa passando por sua mente.

O som de uma flauta chamou sua atenção quando ela voltava na direção da pousada. As pessoas batiam palmas junto com o ritmo alegre, uma pequena plateia se formando na praça de paralelepípedos. O músico era bom, ela tinha conhecimento para avaliar. Fadas amavam música tanto quanto a natureza. Todas elas tinham um instrumento preferido, geralmente vários.

Aplausos soaram quando a música terminou. Alguns cidadãos bem-vestidos gritaram elogios. Tink teve um vislumbre de cabelo ruivo conforme ela se enfiou por entre as pessoas reunidas, com o objetivo de dar uma olhada melhor. Ela passou entre dois homens enormes — Gamorreanos, pelos uniformes — indo até a frente do círculo de observadores. Um menino, em pé em uma caixa, ergueu uma flauta de madeira até os lábios e começou uma música nova.

Tink prendeu a respiração. A música era familiar, um que ela tocava com frequência no Poleiro do Corvo em Tortuga, mas foi o menino que fez seus olhos se arregalarem. Ela não estivera vendo coisas no dia anterior. Peter, o menino que roubara sua casa da árvore e lhe entregou para Gancho estava parado diante dela.

Como ele pode ter chegado até ali? *Por que* ele estava ali?

Ela avaliou a multidão em busca do resto da gangue. Seria bastante típico deles distrair as pessoas com uma música enquanto os pequenos cometiam alguns furtos. Se fosse isso mesmo, os garotos estavam fazendo um ótimo trabalho de se manterem escondidos. A única criança no meio de todo mundo era uma menininha com laços no cabelo que encarava Peter em um transe de alegria.

Se ele tivesse incendiado a casa da árvore dela... O pé dela batia no chão, totalmente fora de ritmo com a música. Não que ela fosse precisar da casa na árvore se a busca deles fosse bem-sucedida. Ela poderia, enfim, ir para casa. *E abandonar o capitão?* Uma voz traidora sussurrou na cabeça dela. Ela engoliu em seco. Bem, haveria tempo para pensar nisso depois.

Tink encarou Peter, esperando que ele a visse. Ela era a única que não estava sorrindo. Não seria difícil demais para ele vê-la.

O olhar dele flutuou pela multidão conforme ele dançava com a melodia. Finalmente, sua atenção recaiu nela.

Então ele seguiu em frente.

Que p...

A música vacilou. O foco dele voltou para ela, depois se desviou.

Oh, sim, ele a viu.

Instantes depois, ele finalizou a música e se curvou para o público.

— Obrigado, obrigado.

Espectadores gritavam por outra, porém ele sorriu e pulou da caixa. Peter pegou a jarrinha em que algumas pessoas jogaram moedas e seguiu para a direção oposta à dela.

Tink foi atrás dele.

— Ei, espere!

Ele nem olhou para trás, só acelerou o passo, seguindo para as construções do lado mais longe da quadra.

— Peter!

Ele parou, ficando totalmente rígido. O menino se virou para encará-la e guardou sua flauta em um cinto na sua cintura.

— O que você quer? — ele exigiu.

— Por que está aqui? — ela perguntou. — O que fez com minha casa na árvore?

— Está tudo certo — ele respondeu. — Bem onde você a deixou.

Ela não pôde evitar revirar os olhos.

— Você pega minha casa, faz uma emboscada para mim, depois me vende para um maldito pirata e depois vai embora?

Ele cruzou os braços. As moedas já tinham desaparecido da jarra agora vazia.

— Sim.

Algo não estava certo. Simplesmente não fazia sentido.

— E o restante dos meninos? Você deixou aqueles menininhos por conta própria?

— Claro que não. Eles estão por aí.

Roubando carteiras, provavelmente. Tink suspirou. Que ótimo modelo ele era para aqueles meninos. Ainda assim…

— Você não podia tocar música em Tortuga?

— Podia. — Ele deu de ombros. — O dinheiro que conseguimos não duraria para sempre, e os garotos precisavam comer. Recebi uma proposta melhor para vir para cá.

Tink apertou a ponte do nariz. Por que ela estava perdendo tempo com aquele menino? Ela olhou na direção do céu. Tinha passado mais tempo do dia do que ela percebera.

— Fique longe da minha casa — ela disse, determinada a ter a última palavra.

Uma sombra caiu sobre eles.

— Algum problema aqui?

Ótimo. Tink semicerrou os olhos para o homem peludo.

— Eu já estava indo.

— Não — Peter disse ao mesmo tempo.

— Contanto que não tenha nada errado acontecendo. — Uma mão enorme pousou no ombro de Peter.

Tink forçou um sorriso.

— Adeus, ent... — As palavras ficaram presas na garganta dela conforme o homem arregalou um olho.

Oh, porra.

Oh, porra. Merda.

Aquele homem era da tripulação do Capitão Barba-Negra. Ela não havia percebido isso de primeira, mas aquele tapa-olho com a caveirinha estampada era inconfundível. Ele a havia *acompanhado* até o deque para encontrar o capitão. Pior, ele também se lembrou dela.

Tink saiu correndo, acelerando pelos paralelepípedos.

— Ei, você! Pare!

As palavras grosseiras apenas aceleraram os passos dela, que corria por uma rua lotada, desviando de carrinhos e pessoas. Um olhar rápido mostrou que o homem estava a alguns carrinhos atrás, empurrando e espalhando seus conteúdos pela rua. Gritos e exclamações continuaram conforme ela acelerou por um beco fedendo a dejetos humanos.

Muitas quadras depois, ela, enfim, diminuiu o ritmo dos passos. Seu peito se arfava enquanto ela inspirava pesadamente. O suor descia pela pele dela, fazendo suas roupas grudarem. Nenhum grito a chamava. Ela não conseguia mais ver o pirata nem Peter, mas estava longe de estar em segurança. Se havia um deles ali, haveria mais, e agora eles sabiam que ela estava ali. O *Kraken* não tinha aportado naquela manhã, mas nem o *Jolly Roger.*

Ela engoliu em seco e entrou por outro beco. Gancho precisava saber. Todos precisavam. Ela olhou para o céu. E, pelos dentes de Merrin, ela precisava encontrar seu caminho de volta para a pousada... rápido.

Gancho e sua tripulação estavam descansando no salão comum da pousada, almoçando cedo, quando Tink entrou de repente pela porta principal. Ela nunca ficara tão feliz de ver piratas em sua vida.

O capitão colocou seu garfo no prato, olhando para ela com uma expressão que ela não conseguia identificar muito bem enquanto seguia direto até ele.

— Preciso conversar com você. Agora.

— Sou todo ouv... — ele começou.

— Lá em cima. Rápido.

Sage quase cuspiu sua sopa.

Tink gemeu.

— Todos vocês. — Ela olhou para eles com lábios apertados. Que os piratas pensassem o que quisessem.

Gancho empurrou o prato e se levantou. Os outros resmungaram, mas Tink não os esperou conforme subiu correndo as escadas.

A porta nem tinha se fechado depois que todos eles estavam reunidos no quarto recentemente limpo de Gancho — *graças aos anciãos* —, e Tink já soltou a novidade.

— Vi um dos homens do Capitão Barba-Negra. Aqui. Na cidade.

Smee quase soltou a tigela que tinha levado com ele para cima.

— Já? — Francis gemeu.

Gancho bateu o punho na mesa.

— Maldição.

A conversa inundou o quarto, enchendo-o com os mesmos pensamentos que a tinham perseguido enquanto voltava para a pousada.

— O *Kraken* está no porto?

— Não que eu tenha visto.

— Onde eles estão escondidos?

— Você tem certeza?

— Absoluta. Reconheci um deles, e... — Ela desviou seu olhar. — Ele também me reconheceu.

— Merda — Sage comentou.

Gancho continuou quieto, exibindo emoções que ela não conseguia identificar oscilando pela expressão dele.

— Isso não é o pior — Tink continuou.

Isso fez todos eles se sentarem mais eretos.

— Peter, o garoto que roubou minha casa da árvore. Sabe, aquele com quem você negociou para me entregar em troca de algumas moedas? — Ela encarou Gancho.

— Como assim? — Sage disse.

Ela poderia ter jurado que ele corou antes de desviar o olhar.

— Bem, ele também está aqui, com os homens do Capitão Barba-Negra. E ele me viu. Se ele contar a eles de nosso encontrinho em Tortuga, então ele vai saber que vocês também estão aqui.

— Nossa casa... — Francis ficou pálido. — Se o *Kraken* não está aqui...

Merda. Ela não tinha pensado nisso. Eles já poderiam estar encrencados.

— Precisamos ir — Smee disse, com os olhos arregalados. Sem dúvida, ele estava preocupado com as irmãs.

— Não podemos. — Gancho baixou a cabeça.

— Capitão?

— Temos que encontrar com a bruxa primeiro.

Sage recuou.

— Mas a Enseada do Coco. O navio, a tripulação, nossas famílias...

— Podem estar totalmente bem — Gancho disse, sua voz assustadoramente calma. — Viemos ver a bruxa, e não vamos embora sem um direcionamento dela. — Ele prendeu a respiração. — Tink, Smee, vamos até a bruxa agora. — A voz dele soou com comando e confiança mais uma vez. Suas costas se endireitaram, a incerteza de instantes antes desaparecendo em um segundo. — O restante de vocês faça as malas e nos espere na cabana azul perto da floresta. Vamos encontrar vocês lá assim que terminarmos.

— Sim, senhor. — A resposta de Sage foi emitida sem seu brilho de sempre.

O peso no quarto recaía em Tink, fazendo-a desejar poder deslizar pelas tábuas do chão e fugir. Era bem diferente de como ela achou que seria aquele dia, mas eles precisavam saber. Era melhor que soubessem, certo?

Hesitando, ela olhou para Gancho, que assentiu para ela. Os pensamentos dela estavam tão óbvios? Ela corou e desviou o olhar.

— Vamos. — Gancho apontou para a porta.

Sair para ver a bruxa. *A bruxa. Oh, pelos dentes de Merrin.* Ela não tinha contado a ele sobre a proposta da bruxa. Não houvera tempo. E agora... A rigidez nos ombros de Gancho e seu maxilar tenso estavam tão hostis quanto um mar turbulento. Sem contar a tempestade se formando detrás dos olhos dele. Ele não precisava de outro fardo, ainda mais que ela não aceitaria a proposta da bruxa, de qualquer forma.

20

Toda pessoa por quem eles passavam era um inimigo. *Olhe para cada um. Não confie nas roupas deles. Não faça contato visual. Se olharem para você, faça com que queiram desviar o olhar. Vigie suas costas. Olhe para longe e também para perto. Mantenha a mão na adaga na sua lateral.*

Aquelas eram as regras que ele seguia enquanto iam até a loja da bruxa. Nuvens pretas assombravam os passos deles. *Maldito feitiço.* Escolhia os piores momentos para mandar uma tempestade na direção dele. Eles não poderiam se dar ao luxo de esperar também. Era melhor a chuva esperar até eles voltarem para a Enseada do Coco.

Barba-Negra estava ali — ou pelo menos a tripulação estava. Bem debaixo do nariz dos Gamorreanos. Qualquer informação que eles poderiam ter sobre o esconderijo do crocodilo teria que esperar.

A loja da bruxa estava tão sufocante e desconfortável quanto no dia anterior. Não, de alguma forma, estava pior. Um cheiro levemente queimado misturado com o perfume horroroso emanava das paredes.

— Ah, exatamente como esperado. — O homem detrás do balcão, o mesmo do dia anterior, abriu um sorriso brilhante demais. Seu rosto estava novamente pintado nos mesmos tons de dourado e verde. Com um floreio dramático, ele apontou para as cortinas às costas dele. — Por aqui.

Gancho olhou para trás, buscando seus companheiros. Tink estava rígida, seu olhar voando para lá e para cá. Ela estava nervosa desde que soubera quem estava na ilha. Se Barba-Negra ou os homens dele tivessem colocado a mão nela... Ele não podia pensar nisso naquele momento. Aquele desgraçado já tinha muitos crimes para responder. Ele havia desgraçado a vida de todo mundo de uma forma ou de outra. Não era surpresa Tink ter ficado tão pálida quando o *Kraken* chegou depois do encontro com Titania.

Balançando a cabeça, ele se virou e seguiu o lojista através das cortinas vermelhas. O corredor estreito além delas estava quase totalmente escuro. Era fácil demais criar uma emboscada naquele lugar. Ele deslizou a mão do pomo de sua adaga, e a estendeu para a mulher atrás dele. Ele quase suspirou quando a mão dela deslizou na dele e apertou. Tink se virou para olhar para um lance de escadas que subia na escuridão enquanto eles caminhavam pelo corredor em direção aos fundos da loja.

A luz sangrou em volta deles quando o lojista passou por outras cortinas pesadas, revelando uma salinha. A bruxa estava sentada sozinha atrás de uma mesa redonda no centro, na qual tinha garrafas, tigelas e frascos como aqueles na vitrine. Um sorriso ergueu os lábios dela, quase totalmente escondidos por uma máscara extravagante em verde e dourado que ela usava para cobrir o rosto. O cabelo escuro com mechas prateadas cascateava acima de seus ombros e do vestido esmeralda brilhante.

— Capitão Gancho, não é? — Ela inclinou a cabeça para o lado. As mãos enfeitadas de dourado e joias bateram na mesa. Se tudo aquilo fosse ouro de verdade, ela estava vestida com uma fortuna em joias. A forma como brilhavam na luz das velas do candelabro não mentia. Ele sabia. — Por favor, sentem-se.

O olhar da bruxa passou rápido por Smee — algo mais raro do que as joias — e pousou em Tink. O sorriso dela se alargou. Tink se endireitou ao lado dele, a mão apertando mais a dele. Com relutância, ele a soltou quando se sentaram nas cadeiras vagas à frente da bruxa, cada uma com um estilo diferente. O lojista arrastou a quarta cadeira sem uso, uma confusão berrante de veludo verde, pelas cortinas pesadas que os envolviam. Cortinas pendiam do teto, cobrindo madeira e pedra. Tantos tecidos extravagantes. Que desperdício.

— Trouxe o pagamento? — a bruxa perguntou.

Gancho jogou uma bolsa de moedas na mesa. Ela caiu com um baque pesado.

— Isso deve ser suficiente.

— Hummm. — Ela desamarrou as cordas segurando a bolsa fechada e deixou as moedas deslizarem entre seus dedos. — Depende do que você precisa me perguntar.

Bruxa gananciosa. Embora ele tivesse pensado em chamá-la de outro nome se ela negasse ajuda. Ele já tinha oferecido a ela uma quantia enorme de ouro. Um comerciante mediano demoraria décadas para ganhar tanto, mas talvez ela cobrasse mais de piratas.

Smee se esticou para uma garrafa próxima.

— Não encoste nisso! — a bruxa gritou, levantando-se.

Ele tirou o braço como o gato escaldado que era.

Os lábios da bruxa se mexeram enquanto ela retomava seu lugar, alisando o tecido de seda em seu colo.

— Desculpe por meu amigo. — Gancho lançou um olhar mordaz para o homem, que baixou o olhar, desculpando-se. — Ele não fará isso de novo.

— Não — ela disse. — Não fará. Fale o que quer ou vá embora.

Smee... Gancho deslizou para a frente, deixando o gancho bater na beirada da mesa.

— Preciso saber a localização da escama de Leviatã. Sua localização precisa e como chegar lá.

Ela arregalou os olhos.

— Nossa, você não quer muito, quer?

— Você já localizou coisas para mim antes. Pode fazer de novo. — Lembranças de outros tempos tentaram rastejar para sua consciência, para apodrecê-la como uma vez fizeram... sua mãe, sua mão. Barba-Negra e seu sorrisinho sarcástico. Ele as jogou para o fundo de sua caixa.

— Eu me lembro. Você usava um nome diferente na época.

— Não estamos aqui para falar sobre o meu passado.

Não neste momento. Não agora.

— Como quiser. — Ela deu de ombros. — Executus!

O lojista correu para o lado dela e se curvou de forma dramática.

— Minha tigela de vidência e a jarra verde de cristal, por favor.

Ele se curvou de novo antes de passar pelas cortinas atrás dela. Gancho se enrijeceu. Outra parede falsa. Smee se agitou no lugar, sem dúvida mantendo uma mão, ou duas, em suas adagas escondidas como sempre fazia. Tink estava pálida, seu peito subindo e descendo. Ele deveria ter lhe dado uma também, um descuido que não aconteceria novamente.

O olhar curioso da bruxa os observava conforme o silêncio se alongava. Ninguém ousou quebrá-lo. Smee mal respirava. A bruxa já sabia demais sobre ele. Ele não lhe daria outra palavra. E ela não fazia nada de graça.

O lojista, Executus — era fácil de decorar o nome dele —, voltou carregando uma panela pesada. Um menino o seguia com um frasco verde brilhante, em formato de lágrima e quase do comprimento de seu braço.

— Cuidado, menino — ela disse enquanto ele colocava o item delicado na mesa ao seu lado. — Ou vai se arrepender.

Gancho pulou quando Tink agarrou sua coxa. Ele olhou para ela, que lhe lançou um olhar arregalado. *O menino*, ela gesticulou. É, ele também não gostou que ela estivesse ameaçando crianças. Nunca pegava bem com ele. Mas eles já tinham arriscado a ira da bruxa depois da escorregada de Smee. Ele precisava saber a localização da escama. Tudo dependia disso. Ele deu um tapinha na mão de Tink. Quando ela cravou os dedos de novo na perna dele, ele os apertou em retorno. Mais tarde, eles poderiam ajudar o menino. Agora não.

Acenando com a mão, a bruxa expulsou seus assistentes.

— Agora vamos começar. Fiquem bem parados. — Dentes brancos e brilhantes preenchiam seu sorriso. — A menos que queiram ficar aqui por um tempo.

Tink soltou a mão dele. Ele quase desejou que ela não o tivesse feito.

Gancho assentiu para a bruxa.

No instante em que ela puxou a tampa de um frasco preto, a luz diminuiu. Um após o outro, a bruxa adicionou ingredientes do acervo na mesa à panela de ferro fundido diante dela: uma flor vermelha, algo que lembrava um osso de galinha, outro que ele tentou não olhar tão de perto, algumas gotas de um líquido vermelho como rubi. Por fim, ela pegou uma jarra verde de cristal. A substância que flutuava na panela era granulosa como areia, mas mais fina, e brilhava com uma luz dourada fraca. O estômago dele se apertou. Como as asas de Tink quando ele a beijou ou... Ele se agitou em sua cadeira. *Não posso pensar nisso agora.*

A rigidez absoluta pairava sobre o cômodo, exceto pela bruxa, que mexia as mãos em um movimento fluido e suave acima do caldeirão. A luz se expandiu, vindo do caldeirão. *Corra. Corra.* Tudo nele o xingava por ficar naquela cadeira. Smee, visivelmente, recuou. Tink estava estranhamente imóvel, paralisada com a visão diante deles.

Os olhos da bruxa se fecharam, e a luz baixou até quase a escuridão engolir o cômodo. Gancho se inclinou para a frente, com a mão na adaga. Uma fumaça escura subiu do caldeirão quando a bruxa começou a falar uma voz melodiosa e lenta que vinha de algum e de nenhum lugar ao mesmo tempo.

— Siga a segunda estrela à esquerda.

Além do véu, o homem barbudo o guiará.

O tridente de madeira marca o caminho.

A névoa confunde. Não confie nela.

Luz à frente. À esquerda. Direita é direita.

Em cima é em cima, ainda mais alto.

Prenda a respiração quando mexer e balançar.

Siga a águia até o chão.

Na água rasa, a escama vocês encontrarão.

Mas só aqueles unidos dois em um,

Podem carregar o presente do dragão.

A bruxa abriu os olhos e inspirou fundo.

— Você deveria ter anotado.

Aquela... A fúria corria sob a pele dele quando bateu a ponta do gancho na mesa.

— Um enigma? — Tink ficou boquiaberta.

— Isso não é... — Smee balançou a cabeça.

— Não é o que combinamos — Gancho esbravejou.

— Não é? — A bruxa inclinou a cabeça para o lado. — Siga a orientação do espírito, e ela vai levar você ao que busca. De que outra forma esperava encontrar alguma coisa em um lugar que ninguém conhece?

A cadeira fez um barulho atrás dele quando ele se levantou.

— Se estiver mentindo... — Ele apontou o gancho para ela.

— Vai saber onde me encontrar. — Ela simplesmente deu de ombros e se recostou na cadeira. — Mas deve saber que minha mágica está sempre correta. — Um sorriso lento se alongou por seus lábios. — James.

O nome dele poderia muito bem ter sido um tapa. Ninguém o chamava assim. Não mais. Ele havia deixado o nome para trás, enterrado com a mãe depois da última vez que ele precisou da bruxa.

Ninguém. Exceto...

Tink segurou o braço dele.

— Vamos. — Ela o puxou na direção da porta.

A rigidez no maxilar dele relaxou quando ele encontrou o olhar determinado dela. *Certo.* Não havia tempo a perder. Eles não conseguiriam mais nada da vadia gananciosa.

Ele olhou de volta para o outro lado da mesa.

— Bruxa — ele disse como forma de despedida.

— Capitão.

Gancho gesticulou para Smee, que caminhou para a entrada

encortinada sem olhar para trás. Gancho deslizou a mão na de Tink e também se virou para sair.

— Oh, Tinker Bell.

Tink congelou, sua mão enrijecendo na dele.

— Pensou na minha proposta, querida?

Proposta dela? A testa dele franziu e ele encarou as mulheres. Tink ainda não havia se voltado para a bruxa, seus olhos arregalados e assustados, implorando para ele em silêncio. Um rubor profundo atingiu as bochechas dela.

Um peso pairou no peito dele.

— Qual proposta? — ele chiou.

— Ah, nossa, sinto muito — a bruxa disse.

Gancho quase rosnou. Ela não estava arrependida. Mas ficaria.

— Você não contou a eles, querida? — a bruxa continuou, sua surpresa tão falsa quanto a máscara em seu rosto.

O estômago dele se revirou. *Me contou o quê? Que proposta?* Ele implorou para Tink em silêncio, mas ela desviou o olhar. O mundo girou em volta dele. Ele soltou a mão dela como se queimasse.

A bruxa sabia o nome dela. Ela não o tinha dado enquanto estavam ali. Gancho as encarou de novo, respirações superficiais e rápidas.

— Vejo que conseguiu fazer um pouco de pó. — As pontas dos dedos dela dançavam pela mesa tão alegres quanto o sorriso dela. — Seguiu meu conselho, hein?

Pó. O brilho dela. Claro... Foi pó de fada que a bruxa tinha usado. E Tink o tinha usado para fazer mais da substância preciosa e perversa. Uma vez trapaceira, sempre trapaceira. Ele não sabia? *Maldição.* Ela o enganou.

Tink olhou por cima do ombro.

— Eu rejeito sua proposta. — A voz dela estava distorcida, mas seu ritmo estava rígido quando saiu do cômodo.

— Que pena — a bruxa disse quando as cortinas se fecharam atrás da fada.

— Se você tiver me enganado... — Ele balançou o gancho para ela.

— Dei a você exatamente o que queria, Capitão.

Unhas gastas se cravaram na palma da mão dele. Ele precisou de toda a força de vontade para não apagar o sorriso serpentino do rosto dela. Mais um segundo e o faria.

Gancho saiu bravo atrás de seus companheiros e passou pelo lojista, que falou alguma coisa em uma voz agradável demais. Uma garoa nublada o recebeu quando saiu pela porta. Um vento feroz varreu a rua, combinando com sua fúria interna.

— Você. — Ele quase tremeu ao encarar Tink.

Smee deu um passo para trás, pego de surpresa.

— Capitão...

Gancho o silenciou com um olhar. Os dentes dele se cerraram assim que se concentrou na fada carrancuda.

— Você se encontrou com ela.

Ela cruzou os braços e ergueu mais o queixo.

— Sem a gente. Nem me contou.

Smee os encarou com olhos arregalados.

— E eu tive tempo para isso? Estava bêbada, aí você... — Suas bochechas coraram. — Quando acordei você tinha sumido! Além do mais, temos problemas maiores. — Como se aproveitasse a deixa, um trovão retumbou.

Eles não tinham tempo para discutir. Por mais que ele detestasse admitir, tinham questões mais importantes, e elas exigiam atenção. Imediatas. Ele não poderia colocar sua tripulação — e sua família — em risco. Já tinham perdido bastante tempo.

— Ali! — Tink arfou, apontando para o fim da rua. Em um segundo, ela estava passando correndo por ele, botas batendo nos paralelepípedos molhados.

Gancho a segurou, quase fazendo-a escorregar no chão quando a fez parar de repente.

— Aonde pensa que...

— O menino! Temos que alcançá-lo!

Ele virou a cabeça para onde ela acenava freneticamente. Um menino estava paralisado, olhando para eles, depois correu por um beco.

— Agora! — ela gritou, puxando-o.

Por que o interesse naquele garoto em particular?

— Ele está bem. Temos maiores preocupações.

— Não! — Ela se libertou e olhou para os dois lados, com olhos arregalados. — Ele é um dos meninos de Peter. Eles estão com o Capitão Barba-Negra.

As palavras bateram nele como uma tempestade gelada.

Porra.

— Se ele ouviu as instruções da bruxa... — O corpo dela tremeu.

Porra.

Smee passou uma mão pelo cabelo molhado.

— Nós precisamos...

O mundo balançou sob os pés dele.

— Não!

Ambos pararam com a ordem dele.

— Continuamos com o plano. O menino já foi. Não podemos nos atrasar.

O *Kraken* não estava ali. Mas poderia estar. Poderia estar a qualquer minuto. E eles tinham que ir embora para longe dali. O Barba-Negra iria querer a escama. Quem não iria? E assim que soubesse as palavras da bruxa, iria atrás dela.

Porra.

Ele saiu correndo na direção da floresta sem se importar se alguém visse.

— Vamos! E não pense que não vamos conversar sobre sua visitinha! — ele gritou por cima do ombro.

Ah, ele chegaria ao fundo disso. *Malandrinha*. Mas ela tinha razão, eles tinham problemas maiores. E ela tinha tentado alertá-lo — a mão na perna dele. Porra, se ao menos ele tivesse percebido…

Eles precisavam encontrar a escama primeiro. Com o poder de Leviatã em sua mão, o Capitão Barba-Negra governaria os mares completamente. Com feitiço ou não, Gancho estaria condenado. Não poderia acontecer. *Nunca aconteceria.*

Ele teria sua vitória sobre Barba-Negra. Nisso e mais.

21

Tempestades eram péssimas. Não existia tempestade no Vale Sylvanna. Não daquele jeito. Pancadas de chuva agradáveis? Claro. Manhãs nubladas? Eram as melhores. Chuva que doía como agulhas e parecia vir de toda direção de uma só vez? *Rá, não.*

— Aaai! — O zumbido do vento e a chuva forte engoliram seu grito quando ela escorregou... mais uma vez. A palma de suas mãos caiu na lama rochosa. Seu joelho bateu em uma raiz.

Se ao menos ela pudesse se afundar na lama e esquecer aquela horrível viagem de volta à Enseada do Coco. Estava tudo molhado. Tudo. E lamacento. Suas pernas doíam, ela tinha quebrado metade de suas unhas, e seu cabelo... *Pelas barbas de Durin, será que um dia desembaraçariam?*

Mas, talvez, tudo aquilo fosse suportável. Eram o silêncio teimoso e os olhares mais ferozes do que um raio de Gancho que formavam a merda toda regada em cima da torta podre daquela porra de dia.

Claro que a bruxa a dedurara. *Vadia.* Todo mundo queria o pó dela. Todo...

— Vamos. — Sage a agarrou, ajudando-a a se levantar. — Quase lá.

Ok, talvez nem todo mundo.

Ela tentou soprar o cabelo para longe do rosto e fracassou. Tink passou a mão enlameada pela testa, tirando as mechas molhadas grudadas em sua pele. O que faria de mal mais um pouco de lama?

— Caminho livre! — Smee gritou, trotando de volta na direção deles. Ele tinha corrido à frente, desesperado para ver como suas irmãs estavam. Ela nunca entenderia como um homem tão grande tinha tanta energia.

— Ainda bem! — Francis exclamou, acelerando o passo enquanto passava por ela. Ou o que tinha sobrado dela.

Barba-Negra não as tinha encontrado. Elas estavam seguras. Por enquanto, pelo menos. O alívio que ela esperava não chegou. Se o pirata ganhasse deles em relação à escama, ele teria mais poder sobre os mares do que nunca. Seu único caminho de voltar para casa sumiria. O feitiço em Gancho e em sua tripulação não sumiria.

Ela cerrou os dentes. Uma tempestade — mágica ou natural — não a impediria de voltar para o Vale Sylvanna.

As casas pontilhando a encosta eram quase impossíveis de ver através da tempestade, principalmente porque a noite havia caído enquanto caminhavam. Com as cortinas fechadas e preparadas para a tempestade, o vento soprando qualquer névoa, e nenhuma luz da lua refletindo na água, as casas eram apenas mais sombras na escuridão. Ela teria tropeçado nelas e caído no mar se alguém não tivesse aberto uma porta e os colocado para dentro.

Tink fez uma trilha até o fogo. *Oh, calor abençoado!* Ela deixou sua mochila deslizar e cair molhada aos seus pés. Se ao menos ela pudesse tirar as roupas também. Entrar debaixo de um cobertor...

— Estamos todos aqui? — A voz de comando de Gancho ecoou pela sala, conquistando até mesmo a tempestade violenta lá fora.

— Sim — um coro de piratas ensopados lhe respondeu.

— Descansem, preparem-se. Na primeira pausa desta maldita tempestade, zarparemos.

Uma resposta mais silenciosa o recebeu. Descansar? Como se alguém conseguisse com aquela tempestade. Ela agachou no chão perto do fogo, as roupas molhadas já formando uma poça.

— Rell, fique de vigia. Venha direto falar comigo se a tempestade cessar antes do amanhecer.

— Sim, sim! — a garota respondeu.

— Para fora! Todos vocês — Gancho exigiu.

Tink gemeu, levantando-se do chão. Ela tinha acabado de se sentar.

— Você não. — Gancho apontou na direção dela.

Alguns piratas lançaram olhares de pena na direção dela antes de saírem para a tempestade. Eles preocupavam-se com ela quando eram eles que voltariam para aquela tempestade, por qualquer que fosse o tempo.

Tink se jogou de volta no chão e encarou o fogo. Ele exigiu que ela ficasse? *Certo*. Pelo menos ela ficaria aquecida enquanto ele gritava com ela sobre a bruxa.

Algo se arrastou pelo chão. Uma cadeira? Um baque pesado seguiu.

Ela enrijeceu os ombros. A qualquer momento agora...

— Desculpe.

— O quê? — Ela piscou para o fogo. Ele estava conversando consigo mesmo, não estava? Pirata ridículo.

— Desculpe por ter gritado com você.

Ela girou no chão para encará-lo. Gancho se debruçou na mesa, com a cabeça na mão.

— Você tentou me alertar sobre o menino. Não teria feito isso se estivesse trabalhando com a bruxa contra nós. O que quer que ela quisesse com você, é da sua conta.

É da sua conta. Ela murmurou em eco. Ele tinha batido a cabeça no galho de uma árvore no caminho de volta? Bebido muita água da chuva?

— E ela pareceu... decepcionada quando você a rejeitou. Isso vai de alguma forma voltar para nos prejudicar? — Ele olhou para cima, todo o fogo que ele mostrara diante de sua tripulação tinha desaparecido dele.

— Não deveria. — Ela cruzou os braços. — Ela queria meu pó. Pensei que eu não pudesse fazer mais fora do meu lar. Parece que posso. — As asas dela tremeluziram, molhadas e miseráveis, ainda amarradas e presas às costas. — Ela me contou como. Deu certo. Mas não vou vender para ela. Nem para ninguém. — *A menos que seja necessário. De novo.* Sua pulseira só poderia quebrar uma vez. Não quebraria quanto mais ela vendesse seu pó, mas por que aumentar seus pecados?

— Que pena. É a droga mais procurada em todos os mares. Poderíamos ganhar um dinheiro.

Ela revirou os olhos. Claro que o pirata falaria em dinheiro. Ele não fazia isso sempre?

— Foi pó que ela usou no feitiço de visão?

Ela arqueou as sobrancelhas. Pirata observador.

— Foi.

Ele coçou a barba por fazer em seu queixo.

— Então você consegue fazer um pouco de mágica.

Tink bufou.

— Não, os feitiços dela não são... naturais. — Não para uma fada, e ela não poderia estar mais distante do vale. O pó é para nutrir a terra, que alimenta as fadas e cuida delas em troca. O grande círculo do equilíbrio. Humanos deturparam esse uso, como muitas outras coisas.

Ele assentiu, porém sua atenção estava em outro lugar.

— E quando suas asas brilham... você faz pó?

Se ele não tivesse desviado o olhar, ele teria visto o rosto dela ficar vermelho. As orelhas dela esquentaram. Toda ela poderia muito bem ter pegado fogo. A tempestade raivosa não conseguiu quebrar o silêncio tenso que pairava entre eles.

— Prazer. — A palavra dela foi um sussurro rouco. — Felicidade.

Quando os cuidados do mundo sumiam e tudo que sobrava era algo divertido, poderia acontecer. Ou quando seu corpo se incendiava, agitado em uma espécie de prazer que ela raramente se dava, embora nem isso tivesse feito suas asas brilharem naquele mundo humano. Acontecia com ele. Um pirata maldito, nojento, ladrão, bonito, leal e delicioso.

Santos anciãos reverenciados, estou encrencada.

Em seu lar no vale, o pó vinha naturalmente. Suas asas estavam carregadas quando ela e Lily entraram nesse mundo. Mas depois que ela se livrou dele ao comando de Barba-Negra, tinha voltado a fazer pouco. Depois, nada. Nada em suas asas funcionava direito fora do vale.

— Eu... hum... é melhor eu encontrar um lugar para dormir. — Ela se levantou e espremeu água do cabelo, deixando-a respingar nas tábuas de madeira.

As irmãs de Smee tinham praticamente a carregado para a casa delas quando eles tinham chegado nas docas — isso tinha sido apenas dois dias antes. Naquela noite, ela ficara muito miserável com a felicidade deles. Foi ótima a forma como elas a receberam, lhe deram um lugar para dormir, comida, bebida. Elas também lhe ofereceram roupas, mas seus vestidos bonitos a destacariam demais em Rochland e não combinariam com a viagem até as Ilhas Encobertas. No entanto, assistir à tripulação e a seus entes queridos comemorarem, o jeito que eles ficavam tão confortáveis um com o outro como uma grande família, a destruíra. Era parecido demais com seu lar, parecido demais com a família e os amigos que ela perdera. Eles até trabalhavam na direção de um bem comum para sua comunidade, compartilhando o trabalho, a comida, os tesouros — exatamente como fadas —, em vez de guardar as posses para si mesmos como muitos dos humanos que ela observara. A alegria de tudo aquilo a sufocou, até que ela fugira para a noite sozinha. Mas até este tipo de tristeza misturada à alegria dos outros seria melhor do que ficar ali com aquele homem que a enfurecia de muitos jeitos.

— Fique comigo. — O olhar dele travou no dela. — Você pode. Há uma cama extra.

Pela primeira vez, ela olhou em volta do cômodo, avistando os móveis escassos: mesa e cadeiras de madeira simples, alguns armários e prateleiras com livros, bugigangas e pequenas pinturas, uma panela de comida descansando em seu lugar perto do fogo. Um lar. Embora sem o luxo que ela esperava de tal homem.

— É sua casa?

Ele massageou o anel em seu pescoço. Quando ele o tinha tirado de debaixo da camisa?

— Era da minha mãe.

Um pensamento a atingiu como um raio.

— Este anel… era dela? — Ela tivera medo demais de perguntar antes, temendo que ele dissesse que pertencia a uma amante da qual ele gostava, uma que talvez o estivesse esperando em algum porto.

— Era. — A atenção dele desceu para a poça se formando no chão de madeira. — Você vai precisar de algo seco. — Sem falar mais nada, ele atravessou o cômodo até as escadas estreitas e desapareceu na escuridão.

Da mãe dele… A informação a atingiu no peito. Ela havia recuado antes porque pensou que ele amasse outra pessoa e carregava uma parte dela por aí. Mas, todo esse tempo, o anel era da mãe dele.

Burra, burra, burra.

Assim como aquela casa. Ela engoliu em seco, de repente envergonhada por estar molhando o chão. Não que ela estivesse ali para ficar chateada com isso, mas, mesmo assim… Ela torceu o fim de sua trança encharcada. Foi embora? Morreu? Ela não tinha coragem de perguntar. Não poderia ser fácil ter um filho pirata, independente do quanto ele cuidava de sua tripulação. A casa de Smee tinha todos os atributos de uma mansão sofisticada — não que ela tivesse visto muitas outras e, mesmo assim, só através das janelas. Não dava para identificar do lado de fora, não com as fachadas simples meio escondidas na floresta. Mas aquela casa… Ela passou o dedo na cornija. Rústica, antiga, eficiente, mas não enorme. Uma réplica distante da cabine de Gancho no *Jolly Roger.*

Uma pintura desbotada olhava para ela de uma moldura pequena, não era maior do que a palma de sua mão. Uma jovem sentada segurando um menininho, seus corpos rígidos e eretos apesar dos sorrisos pintados em seus traços. Ela semicerrou os olhos, aproximando-se mais. Eles tinham o mesmo cabelo escuro, o dela preso em um coque, algumas mechas escapando, o do menino um pouco comprido demais, tocando suas orelhas e simplesmente implorando para ser colocado para trás delas.

Tink pulou para longe do retrato quando os degraus rangeram, alertando-a para a volta de Gancho. Sua boca secou quando viu o homem aquecido pelo brilho do fogo. Ele havia tirado muito de sua roupa, deixando apenas aquele anel brilhando contra o monte de pelo escuro em seu peito nu. De pés descalços, parado ali apenas com sua calça molhada e algumas peças de roupas jogadas por cima do braço, ele poderia ser qualquer homem... se ela ignorasse o gancho. Não que ela se importasse. Só acrescia à sua personalidade, lhe dava aquele toque afiado e feroz que ela não deveria querer e ao mesmo tempo não conseguia deixar de desejar. A língua dela lambeu os lábios. Caramba, ela o queria muito. Não havia nenhuma cerveja para culpar dessa vez.

— Gostando da vista?

Ela corou, pronta para se juntar à poça aos seus pés. Aquele sorriso malicioso no rosto dele era provocador e zombeteiro ao mesmo tempo. Ele tinha descido assim de propósito. *Desgraçado*.

— Realmente estou.

Por que negar? Ele já sabia a resposta.

Ele arregalou os olhos.

— Mas se você me der as coisas que trouxe e apontar para mim o quarto extra... — Ela colocou as mãos na cintura. — Vou desviar o olhar com felicidade.

— Bem — ele arrastou a palavra, deixando-a brincar por sua língua.

Tink o encarou atravessando o cômodo lentamente de propósito, uma leve arrogância em seu passo. Ele não parou até ficar de pé na beirada da poça dela, obrigando-a a levantar o olhar para seu rosto sorridente.

— Se é o que a deixará feliz, o quarto fica atrás daquela porta. — Ele apontou a cabeça para trás.

— Não vou interromper nenhum pai ou irmãos? — Ela arqueou uma sobrancelha cuidadosa.

Gancho balançou a cabeça.

— Meu pai foi chamado pelo mar antes de eu nascer. Era o que minha mãe dizia. Sou só eu.

Só eles, naquela casa. Juntos. Ela enrugou o nariz ao pegar as roupas do braço dele.

Ele tirou o braço rapidamente, quase molhando um pouco de tecido na poça. Ele ficava tão constrangido com as amarras que prendiam o gancho ao seu braço? Ela ficou intrigada, o desejo de investigá-lo por inteiro puxando-a mais um passo para perto.

Uma sobrancelha escura arqueou na direção do teto como se dissesse:

— Você que sabe.

— Obrigada — Tink respondeu, propositalmente encostando nele no caminho para o quarto. Ele a seguiria? Ele a chamaria?

Ela abriu a porta e olhou para trás de si. O olhar ardente na expressão do capitão tirou o ar de seus pulmões e incitou o fogo queimando em seu centro. Era só ele flexionar o dedo e ela seria dele. No entanto, ele ficou parado como uma estátua onde ela o deixara. O peito dele apenas subia e descia.

Ela sorriu.

— Boa noite.

Você que sabe, Capitão.

22

Cada centímetro dela se sentia corado, se era do desejo ou da vergonha, ela não sabia dizer. *Ambos? Definitivamente ambos.*

Tink puxou as amarras do cós da roupa íntima que usava. A roupa íntima *dele*. Seria confortável se conseguisse que ela ficasse no lugar. Mas era *dele*. Ele a tinha usado. Quem saberia quantas vezes? O pau dele tinha descansado no tecido que roçava os cachos dela. Ela mordeu o lábio com a umidade quente se formando entre suas pernas. Como ela conseguiria dormir com aquilo? Como?

Suas asas tremeluziram quando um arrepio percorreu sua pele. A camisa que ele tinha lhe dado também não funcionaria. Bem, funcionaria, mas arruinar outra camisa dele só por uma noite parecia um desperdício. E, com certeza, ela não iria amarrar as asas novamente. *Não, não, não, elas precisavam respirar*. Elas doeram tanto nos últimos dias por estarem constantemente presas. Asas não eram para ficar presas. Ela teria sorte se elas ao menos funcionassem com o jeito que ela as tratava.

Ela precisava dormir. A exaustão a chamava. Seu corpo ainda protestava da caminhada. Achou que encontraria alguns hematomas e arranhões quando se limpasse, mas não tantos quanto encontrara ao tirar, com cuidado, a sujeira do corpo. Raízes de árvore simplesmente amavam se levantar e fazê-la tropeçar. Ela sempre fora meio desastrada, e amarrar as asas só piorava isso.

Enrolada em um cobertor — preso debaixo de suas asas, mas puxado acima de seus seios —, ela levou as últimas roupas molhadas até a sala principal. O resto de seus pertences já estava pendurado no encosto das cadeiras perto do fogo na tentativa de secá-los até o amanhecer. Ela adicionou as últimas poucas roupas que tirara. Chuva e vento batiam na casa. Se a tempestade não desse trégua, as chances de as roupas ficarem secas por algum tempo eram pequenas, na melhor das hipóteses.

Um trovão retumbou, quase chacoalhando a casa. Tink pulou. Suas últimas roupas caíram no chão com um baque molhado. Ela puxou mais o cobertor e voltou para o quarto.

Mas aquelas escadas… *Droga*. Ela não conseguiria sair dali sem olhar para cima na escuridão. Não tinha ouvido nada desde que se retirara para seu quarto emprestado e se demorado desembaraçando os nós de seu cabelo. Será que Gancho estava dormindo? Devia estar. Deveria descansar para a jornada exaustiva e os dias que viriam.

Então vai me querer amanhã. E no dia seguinte. E no outro.

Aquelas palavras a assombravam. Elas deslizaram através de sua névoa bêbada e carregada de luxúria e foram gravadas em seu coração. Aquilo tinha sido mesmo havia apenas um dia? Poderia ter sido uma semana atrás, por tudo que havia acontecido. Caramba, ela o queria muito. Hoje. Amanhã. *Naquele exato minuto.*

Porque uma noite nunca será suficiente.

Ela não tinha inventado isso. Não poderia. Nunca esperara aquelas palavras de um pirata imundo, principalmente não *daquele* pirata imundo. O jeito como ele a tocava… Ela estremeceu. Se fechasse os olhos, conseguiria sentir a mão dele nela, a respiração dele em seu pescoço, a maneira como ele acendia seu fogo.

Suas coxas se apertaram, pressionando o tecido da roupa íntima na pele dela. *Santos anciãos.* Ele dera aquela peça a ela de propósito, só para atormentá-la. Ela bateu os pés, fazendo careta na direção da escada. Aquele era o motivo do sorrisinho dele. Ele sabia o que estava fazendo. Sabia o que ela ia pensar, como isso mexeria com ela. Não queria que ela descansasse?

Depois que ela havia se retirado para o quarto, tinha se limpado com pressa, esperando que ele batesse à porta ou entrasse a qualquer momento, ansioso para continuar de onde tinham parado na noite anterior. Mesmo enquanto ela penteava o cabelo, totalmente nua, meio que ficara prendendo a respiração o tempo todo, aguardando-o ansiosamente.

Mas ele não aparecera.

Ela deslizou uma mão para a frente da roupa íntima emprestada. Uma massagem rápida no clitóris, e ela gemeu pelo quarto pequeno. Suas asas tremeluziram e mexeram. Não demoraria muito, nem um pouco, mas ele tinha começado com aquilo e, pela Santa Flora, ela queria que ele terminasse.

Tink libertou sua mão e subiu a escada batendo os pés. Sua coragem escorregou no primeiro degrau, mas se obrigou a continuar, um passo cuidadoso de cada vez para a escuridão.

As escolhas eram poucas no topo das escadas, ainda bem. Tropeçar no escuro e ganhar mais hematomas não satisfaria suas necessidades. Feixes finos de luz saíam de debaixo de uma porta. Era ali que ela encontraria Gancho.

Tink se aproximou mais, ouvindo intensamente. Bater seria inteligente. Apesar de que, se ele estivesse dormindo, seria grosseiro acordá-lo, mesmo que ele tivesse jogado combustível ao fogo dos desejos dela.

Sons leves e abafados vinham lá de dentro. Ela se aproximou mais, quase encostando na porta. A tempestade tornava os sons indistinguíveis através da madeira. Tink bateu de forma hesitante.

Não veio nenhuma resposta, mas o barulho continuou.

Ela olhou por cima de um ombro, de volta para a escada. Poderia ir embora. Voltar lá para baixo e... não. Ela tinha chegado até ali. Tink abriu um pouco a porta.

O capitão estava deitado em uma cama enorme, coberto com um lençol — um que enrugava e mexia onde ele se remexia debaixo. Um gemido grave deslizou de seus lábios e percorreu o quarto.

Tink se apoiou na porta entreaberta. *O que ele...*

— Is-isso — ele gemeu. Os lençóis se mexeram. — Tink.

Ela entrou no quarto e desabou no chão. O cobertor caiu para longe, se amontoando ao lado dela. *Oh, santos anciãos reverenciados.*

Gancho pulou da cama.

— Que porra...

Ela arriscou olhar para ele. O peito nu subia e descia. O olhar dela desceu um pouco. *Ah, ah, ah, não.* Ele não estava vestindo nada. Seu pau, corado e ereto, saliente entre eles. Um inferno a envolveu. Ele estivera... pensando nela...

A sua boca ficou seca. Pelas asas de Beryl, ele era mais divino do que em sua imaginação. Os músculos esculpidos que ela admirava no peito dele decoravam o restante dele também — panturrilhas marcadas, coxas fortes. Mas ela estaria mentindo se dissesse que sua atenção não estava grudada no anexo impressionante entre eles. Precisou de muito esforço para colocar sua atenção no rosto dele, o qual ele esfregava com a mão.

— Tink. — Ele se sentou na beirada da cama, de pernas abertas.

— Ãh... oi. — Ela acenou do chão.

Oi? Oi! Isso foi o melhor que você pôde pensar?

Ela queria afundar no chão, rastejar para debaixo do cobertor.

— Você me acordou para falar oi? — Ele arqueou uma sobrancelha cuidadosa.

Acordei. Ela piscou. Ele estava dormindo? Dormindo... e sonhando com ela.

— Eu... — Ela se levantou, os seios apontando por entre o cabelo por cima de seus ombros.

Gancho se ajeitou um pouco mais ereto na cama.

Não tem volta.

— Eu... só queria dizer que isto não serve direito. — Ela puxou a corda da roupa íntima emprestada, deixando-a deslizar.

O olhar dele a varreu, rastejando por cada centímetro do corpo dela da forma mais deliciosa e consumidora. Ele não falou nada. Não precisava. O olhar dele dizia que ele tinha acordado de um sonho agradável para um melhor ainda, e ele ainda não conseguia acreditar. Gancho balançou a cabeça e passou a mão no rosto de novo.

— Bem, amor. — A voz dele estava grossa e doce como mel. — Vamos ter que fazer alguma coisa para resolver isso.

Um brilho sutil iluminou o quarto. Suas asas. Ele nem precisava tocá-la e elas se iluminavam por ele. *Coisas cruéis.*

Um brilho de luz no metal chamou sua atenção. O gancho dele estava na mesa de canto, fora do braço. Ela nem tinha percebido. Gancho seguiu a linha de seu olhar e deslizou o braço para trás de si como se quisesse escondê-lo.

Não, não, não podemos deixar isso acontecer. Tink atravessou o quarto até ele. Cada passo era mais difícil e mais fácil ao mesmo tempo. O sorriso convidativo dele a atraía exatamente como retorcia o nó de desejo mais forte dentro dela. Quando as pernas dela quase encostaram nas dele, ela passou as costas da mão no braço sem mão.

— Eu gosto de você exatamente como você é, sabe. Mesmo que seja um pirata.

Ele se apoiou para trás em seu braço bom, como se se recusasse a tocá-la apesar de seu óbvio desejo de o fazer.

— É mesmo, amor?

— É. E devo avisar que estou totalmente sóbria.

Gancho prendeu a respiração quando Tink montou nele, seus joelhos na cama, um de cada lado do quadril dele. Tink arfou quando ele segurou sua bunda, puxando-a para perto até seu pau deslizar contra sua coxa e arriscadamente perto de sua abertura ardente.

As mãos dela exploraram o peito dele, deslizando pelos ombros fortes, subindo pelo pescoço e passando pelo cabelo úmido. Cada centímetro dele era tão maravilhoso quanto ela imaginara. Não... melhor. A pele dela pinicava quando ela colocou uma mão acima do coração acelerado dele e sussurrou:

— Quero que transe comigo, James.

O sorriso lento que se alongou no rosto dele, mesmo com seus olhos baixos, quase a fez gozar. Ele se inclinou. A barba por fazer pinicou sua bochecha antes de ele pegar o lóbulo de sua orelha nos dentes. O centro dela se contraiu, a bunda apertada na mão dele.

— Tem certeza? — ele cantarolou.

Mais do que isso. Nada nunca tinha feito tanto sentido. Ela mergulhou os dedos entre seus lábios inferiores, cobrindo-os com sua umidade.

— Sim — ela sussurrou.

Gancho gemeu quando ela passou os dedos em seu pau, espalhando sua umidade ali.

— E estou mais do que pronta para você.

Ele esmagou sua boca na dela e a puxou mais para dentro da cama. Seus dentes bateram um no outro, mas não importava, não com o gosto dele na sua boca, a mão dele no corpo dela. Ela o queria inteiro, pirata ou não. E estava pronta para dar tudo de si a ele. Hoje. Amanhã. E no dia seguinte.

Uma mão calosa provocou seu seio quando ele interrompeu o beijo. Uma carícia do polegar dele em seu mamilo a fez gritar de prazer.

— Então suba a bordo, amor. Ou prefere que eu seja o capitão de nosso navio?

Tink o empurrou deitado na cama.

— Pirata imundo.

— Sim. — Os olhos dele baixaram. — Mas só há um tesouro que eu desejo.

— Sorte sua. — Ela mexeu as sobrancelhas com um sorriso.

Gancho percorreu a ponta dos dedos no peito dela onde ela estava agachada acima dele, deslizando até a barriga, depois mais baixo... Um calafrio percorreu a pele dela. Um relâmpago brilhou, a luz abrasadora deslizando através das cortinas fechadas. O trovão retumbou, e ele ecoou com um estrondo de desejo profundo na garganta.

— Uma floresta tão linda. — Ele mexeu no clitóris dela, enviando um raio de desejo direto para seu centro. Outro movimento e ela se empurrou na direção dele, incapaz de resistir à provocação.

Tink bateu na mão dele.

— Você me quer ou não?

Ele deslizou a mão para trás da cabeça e olhou significativamente para seu pau entre eles.

— O que acha, amor?

Um brilho dourado suave se espalhou atrás dela. Suas asas tremeluziram enquanto ela tentava pegá-lo na mão. Ele era tão quente. Duro e macio. Tão incrivelmente grosso e ardente. O polegar dela deslizou pela ponta, encontrando uma gota de líquido ali e espalhando-a por seu comprimento para misturar com a umidade dela que passara antes.

Lenta e cuidadosamente, ela se abaixou no comprimento dele.

Ele prendeu a respiração, o pau se mexendo na mão dela, conforme a ponta tocava seus lábios inferiores molhados. *Pela flauta de Nessa, ele é grande.* Ela mordeu o lábio e o colocou para dentro, centímetro por centímetro doloroso e lento. O olhar de gancho travou no dela, claro, estável, cheio de desejo furioso enquanto eles se uniam. E oh, como ele a preenchia, a esticava do jeito mais delicioso.

— James — ela gemeu.

As narinas dele inflaram, e ele se mexeu, um movimento sutil que alojou seu pau profundamente dentro dela. As costas de Tink arquearam. O centro dela se apertou em volta do comprimento dele. O corpo inteiro dela formigou, aquela barragem de prazer já tão perto de explodir. *E, anciãos reverenciados, ele nem sequer tinha se mexido ainda.* Só de senti-lo fundo dentro dela quase a levou ao clímax.

As mãos dela desceram pelo peito dele, saboreando o músculo firme salpicado de pelo escuro. Ele era glorioso, e ela o admirava, saboreando seu maxilar forte e a barba por fazer que o cobria, o nariz levemente pontudo, a boca perversa que mesmo agora se alongava em um sorriso satisfeito, os olhos acinzentados escuros, enevoados com cílios dos quais muitas mulheres teriam inveja. E seu cabelo — como ela amava passar os dedos por aquelas mechas escuras.

— Você é gloriosa, amor. — Não era apenas desejo irradiando do rosto dele enquanto a observava. Não, tinha mais alguma coisa atrás daqueles olhos tempestuosos, algo que a excitava tanto quanto a assustava.

— Sou? — ela provocou, erguendo os quadris depois deslizando de volta em seu comprimento.

Um gemido baixo escapou dos lábios dele conforme ela repetia o movimento, encontrando um ritmo lento e regular.

— Isso e mais. — A mão dele subiu por sua perna e se acomodou na cintura dela. Dedos calosos, porém gentis, provocaram sua pele conforme ela montava nele, saboreando a sensação de seu comprimento duro a preenchendo, deslizando para dentro e para fora de seu calor úmido. Completando-a, levando-a ao limite de algo maravilhoso.

Ele deslizou a mão pela barriga dela, descendo um pouco até seu polegar encontrar o ponto sensível entre as pernas dela. Um escorregar de seu dedo caloso pelo clitóris a fez se apertar ao seu redor.

— Ah! Não! — O suor escorreu nas costas dela e entre suas coxas.

— Não gosta?

— Eu… — Ela adorava, precisava. Mas, santos anciãos, o que aquilo fazia com ela. Ele a enviaria rolando pela colina do prazer rápido demais. Ele provocou de novo. Ela gritou, empurrando-se contra a mão dele, descendo com força em seu pau.

— Goze para mim, amor.

Aquele polegar, oh, deuses. Ainda não, ainda não, mas oh… O pau dele entrava e saía, encontrando o ritmo dela estocando nela de debaixo. Ele acariciava seu clitóris, mais rápido, mais forte, superando-se.

— Goze para…

— James! — O orgasmo a rasgou. Ela revirou os olhos. O quarto ficou embaçado. Tudo era sensação, êxtase, luz branca brilhante que os rodeava até só o que ela sabia era sentir James profundo dentro dela, aumentando seu prazer, alimentando o fogo que ele tinha começado e assistindo a ela queimá-lo. O olhar consumidor dele estava travado nela quando ela retornou, os traços pecaminosos e gentis do rosto dele iluminados pelo brilho dela.

Ele xingou baixinho, seu foco nunca deixando o rosto dela.

— James. — O nome dele foi implorado, um sussurro primitivo e sem ar nos lábios dela. Ela o procurou, inclinando-se na direção dele, os dois ainda unidos, os quadris dela rebolando nos dele como ondas no mar.

Ele se sentou, encontrando-a na metade do caminho, e a puxou contra seu peito até ela estar sentada em seu colo. Os lábios dele se esmagaram nos dela. O beijo era tudo, salvação e condenação ao mesmo tempo. Os braços dela deslizaram pelos ombros dele. Ela passou as mãos no cabelo dele, deslizando-as por ele conforme o beijava com uma intensidade que nunca poderia ter previsto. Pele com pele, a respiração dele nos pulmões dela, sua masculinidade ainda alojada dentro dela — e ainda não era suficiente.

James se afastou de sua boca gulosa, deixando beijos na bochecha dela, a linha de seu maxilar. Sua barba por fazer pinicou sua bochecha quando ela mordeu o lóbulo da orelha dele.

— Tink. — O nome dela foi um sussurro rouco.

Então ele se afundou nela de novo. Tink arfou, seus seios pressionados no peito dele conforme ele estocava, deslizando para dentro e para fora em uma perseguição gentil. Um nó de desejo voltou a se retorcer no centro dela, formando-se para outra explosão de prazer. Ah, como ele lidava com ela, como se conhecesse seu corpo desde sempre e soubesse exatamente como tocá-la, onde passar a língua em seu pescoço, como acariciar aquele ponto nas costas com um carinho de sua mão abaixo das asas, e exatamente como deslizar o pau para encostar no ponto extrassensível dentro dela.

Ela estivera necessitada, ansiosa para extrair o prazer deles, mas tão perto do alívio que ela não conseguia se impedir de cair direto naquele precipício. Mas ele era paciente, diligente, forçando-a a fazer como ele, a relaxar, e se juntar a ele em uma união lenta e sensual que era exatamente o que ela precisava, mas não sabia que queria.

No entanto, embora um pirata adore o balançar dos mares, ele nunca esquece seu objetivo por tempo demais. James acelerou o ritmo, fodendo-a com investidas ansiosas. Ela nunca teria o suficiente dele. O jeito que seu pau grosso a possuía e a alongava na forma mais deliciosa. Cada investida dele dentro dela só aumentava mais seu prazer, levando-a de novo àquele precipício precioso simplesmente fora de alcance. Ela envolveu as pernas nele, mudando o ângulo de sua penetração. Arfou com a nova sensação. Ele gemeu em seu pescoço, mordiscando a pele sensível.

Tink ia de encontro a cada investida, rebolando, incentivando-o a ir mais fundo dentro dela, e o agarrava como se sua vida dependesse disso. As mãos dela se apertaram no cabelo dele quando outro orgasmo a percorreu. James estocou, provocando um grito de prazer que ecoou pelo quarto. Então a mão dele estava na bunda dela, agarrando-a, levantando. Ele gemeu quando seu pau se libertou com um *pop* molhado. Cerrou os dentes, seu corpo empurrando debaixo dela conforme ele atingia seu próprio pico estrondoso.

O centro dela doía com a perda dele conforme o restante de seu orgasmo terminava. Ele arfou, a testa pressionada na dela, os dedos ainda apertando a lombar macia dela conforme a trazia para perto. Respirações ofegantes se misturavam, e cada um voltava devagar, recuperando-se de uma sensação mais forte do que o pó de fada poderia entregar.

James deu beijos delicados ao longo do pescoço e da clavícula dela enquanto a respiração deles se normalizava. Só então ela percebeu que o quarto estava brilhante como o dia, com pequenas partículas de pó flutuando no ar. Suas asas nunca tinham brilhado tanto. Nunca.

Só por ele.

Ele caiu na cama, levando-a junto. Tink deslizou para o lado dele, uma perna ainda enroscada nele.

— Isso foi... — A mão dela desceu pelo peito dele. Não havia palavras.

James colocou uma mecha de cabelo para trás, colocando-a atrás de sua orelha pontuda.

— Perfeição.

Tink sorriu e deu um beijo no peito dele. Perfeição, sim, essa era a palavra. O trovão retumbou do lado de fora, como se ecoasse o sentimento deles.

— Vou ficar perdido por dias depois de respirar... — Ele gesticulou para as partículas de pó em sua luz diminuindo lentamente. — Isto?

— Acho que não. — O pó de verdade, o tipo pelo qual os humanos pagavam uma fortuna, ainda estava grudado nas asas dela. — Isto é... — Os lábios dela se curvaram. Na verdade, ela não sabia como chamar a coisa. — Bem, não é *aquele* tipo de pó.

Gancho passou os nós dos dedos em sua bochecha.

— Que bom. Porque se vou ficar perdido com você, amor, não quero me esquecer de nada.

23

Três dias no mar. Três dias acordando com Tink aconchegada em seu peito.

Possivelmente os três melhores dias da vida dele.

Tempestades se formavam no horizonte, aquele crocodilo do Barba-Negra não poderia estar muito longe e eles só tinham as pistas vagas da bruxa como guia para encontrar a escama de Leviatã. Mesmo assim...

Gancho sorria enquanto espiava Tink trabalhando com sua tripulação no deque, mostrando a eles como usar o novo aparelho que ela tinha construído para recolher as velas com facilidade. Maldição, ele poderia ter esfaqueado um homem quando foi acordado de seu sonho delicioso noites atrás. Mas lá estava ela, quase nua, mais linda e encantadora do que qualquer sonho. Precisou de toda a força de vontade para ficar ali observando-a, esperar e ver o que ela iria fazer.

Valeu a pena. Valeu muito a pena.

Ela *o* queria. Ela o chamara de James, aquele nome que ele tinha enterrado havia tanto tempo. Ela ainda o usava quando estavam sozinhos. Algo se agitou em seu peito. James havia morrido, mas renascera por ela. Só por ela. Ele olhou para Tink de canto de olho. A luz do sol brilhava no cabelo dela, em suas asas. Ela não as tinha amarrado desde que saíram do porto, tinha até voado um pouco para a alegria de todos. Estava livre, feliz como deveria ser. Ela o flagrou olhando e deu um aceno animado. Ele sorriu em resposta. Sua fada sensual.

Quanto mais ele a tinha, mais a desejava. Tinha sido assim desde o início, desde a primeira vez do beijo-cheio-de-pó-de-fada. O rosto dela era o único que ele via, só o que ele queria. Na época, ele pensara que fosse um feitiço. Talvez fosse, mas esse ele não tinha nenhum interesse em quebrar.

Na noite anterior, ele havia se contido, transando com ela apenas uma vez, mesmo quando ela choramingara e pedira mais. Eles precisavam dormir um pouco antes de chegarem às Ilhas Encobertas. Não seria nada bom se estivessem dormindo quando chegasse. Ele desviou o olhar, para o navio parado a muitos metros deles, conforme ajustou a calça. Era um dos poucos navios mercantes que tinham visto, um esperto o suficiente para lhes dar amplo espaço. Não era uma preocupação.

Estavam próximos das Ilhas Encobertas, ele conseguia sentir. Precisavam desembarcar antes de serem tirados do caminho pela tempestade iminente, ou pior. Mesmo com todos os riscos, sua tripulação havia acordado na manhã depois de retornarem à Enseada do Coco sob a garoa que restava da tempestade. Cada homem e cada mulher estava ali, com ele. O orgulho enchia seu peito. Eles poderiam ter ficado na ilha. Ele tinha oferecido a opção. Apesar de que teria sido muito difícil comandar o *Jolly Roger* sem eles.

Aquele navio... Ele se aproximou da beirada, observando o navio mercante navegar na direção das nuvens escuras se formando a oeste. Por que eles iriam...

Um assobio alto soou do cesto da gávea. Botas pisaram no deque. Gancho pegou sua luneta e mirou nas nuvens que se aproximavam do leste. *Não.* Ele se enrijeceu. Névoa. E eles estavam indo rapidamente naquela direção. Tinham que ser as ilhas. Esse era o motivo do navio mercante enfrentar a tempestade iminente.

A segunda estrela à esquerda os tinha levado até lá.

— Icem as velas! — Gancho comandou. Eles precisavam ir mais devagar. A névoa densa era mais perigosa do que uma víbora.

O leme lutou contra ele conforme mudava de direção. O navio gostava de dificultar às vezes, mas ele sempre vencia.

Tink subiu a escada correndo.

— As Ilhas Encobertas?

— Deve ser. — Ele sentia o cheiro no ar, um erro. Ele conhecia o mar desde que se entendia por gente, desde suas margens até navegando em barcos de pesca e navios maiores. Mas aquilo... Ele tinha evitado aquele lugar por toda a sua vida por um bom motivo. O leme resistia em suas mãos. A embarcação não queria navegar naquelas águas.

As velas se agitavam, soltando vento e diminuindo o ritmo deles. A impressão era que a névoa corria na direção deles mais rápido do que deveria ser possível. Antes estava a uma légua de distância, mas agora se alongava na direção deles como magia.

Tink estremeceu visivelmente.

— Por isso que as sereias não gostam daqui. Isto é... errado.

Ele não era o único que sentia isso, então. A tripulação também não estava muito animada — os olhares eram hesitantes, sem piadinhas indecentes.

— O homem barbudo guia você — Tink recitou a frase da visão da bruxa. — Não pode ser um homem de verdade, pode?

Eis o problema. Ele fez uma careta. Até onde ele sabia, ninguém morava ali.

— Alguma ideia?

Ele tinha colocado sua tripulação para trabalhar pensando em soluções possíveis para as pistas que ela tinha lhes dado. As estrelas foram fáceis. Todo marinheiro sabia qual seguir para chegar às Ilhas — para evitar passar por elas, na verdade. O restante... Melhor estar preparado para qualquer coisa. A charada parecia óbvia... um homem barbudo. Mas a proeza seria encontrá-lo. Não dava para enxergar nem uma montanha naquela maldita névoa.

A temperatura caía conforme eles adentravam a neblina, provocando um calafrio na espinha dele.

— Fiquem muito atentos. — A voz dele soou anormalmente alta, carregada pelo silêncio repentino. Bater em uma pedra ou rochedo ali poderia ser fatal. Não chegaria ajuda para eles, mas com certeza Barba-Negra os abordaria.

Todos prenderam a respiração. Membros da tripulação se debruçavam no corrimão, procurando algo além da neblina que os consumia. A garoa leve pintava o deque, molhando a roupa de Gancho.

— Terra! — veio o grito de cima.

Gancho semicerrou os olhos para o horizonte. Como se alguém tivesse subido uma cortina, a neblina desapareceu, cuspindo-os para perto de uma ilha enorme. Picos de montanha arborizados se alongavam na direção do céu, envoltos em seus próprios tufos de névoa. O som das ondas batendo na costa rochosa os chamava para perto. Algumas rochas maiores se lançavam do oceano até perto da costa.

Perigoso, com certeza. Eles precisariam ficar bem longe, ir para terra firme de barco a remo. Mas, primeiro, precisavam de um homem barbudo.

— Mantenham distância. Procurem o homem barbudo ou qualquer sinal de vida. — Ele segurou o leme. Nenhum cais se projetando na costa, nenhuma construção, nenhuma trilha óbvia, embora fosse difícil dizer dada a perspectiva deles.

Ele nunca havia se aventurado para as Ilhas Encobertas — nunca teve um motivo para arriscar —, mas ela fazia jus à reputação. Mais pedra do que areia na praia. O mar, em geral claro e azul nas águas rasas, era escuro e sombreado, como se alguém tivesse derramado nele um pote enorme de tinta que nunca dissolvia. Até as árvores eram estranhas, quase sem cor em vez de os verdes, marrons e beges vibrantes com que ele estava acostumado. Musgo grosso, ou algo parecido, grudado nos troncos e galhos afins, tentando arrastá-los para baixo nas pedras e areia. Além da costa, no entanto... os picos se erguendo na névoa eram verdes e exuberantes — o oposto da terra perto da água.

Era demais esperar encontrar o homem barbudo logo de cara. Mas, depois de uma hora vagando pela ilha, a tripulação estava ficando agitada, Gancho principalmente. Ele andava de um lado a outro, alternando entre sua luneta e a vista natural, procurando alguma coisa, qualquer coisa que tivesse a ver com a pista da bruxa.

Tink deslizou para perto de Gancho, colocando a mão sobre a dele. Imediatamente, ele relaxou. Quase sorriu só de olhar para ele. Ela ficara menos enjoada do mar desta vez. Talvez, finalmente, estivesse se acostumando ao *Jolly Roger*.

— São chamadas de Ilhas Encobertas, certo? — ela perguntou. — Tipo, mais de uma?

Caramba. Ele franziu o cenho. Ela tinha razão.

Ali perto, Smee esfregou a nuca.

— Mas só há uma aqui...

— Através da névoa. — Ele enrijeceu sob o toque de Tink, mesmo quando ela se aproximou mais. — Talvez haja mais. — E talvez eles não tivessem tanta sorte em uma próxima vez. Seria fácil bater em um rochedo, em uma costa rochosa, em enseadas rasas... Centenas de possibilidades terríveis se desenrolaram diante dele. — Vamos nos aventurar um pouco e dar uma volta nesta ilha.

Talvez a Dona Sorte ainda sorrisse para eles.

Dez minutos depois, a sorte deles só tinha piorado. A névoa rastejava pela ilha, deslizando por cima da costa. Ele se apavorava por colocar a tripulação em mais perigo naqueles mares incomuns. Talvez tivesse outro jeito, alguma outra coisa que a rainha Titania desejasse. Se houvesse um tesouro, ele poderia roubá-lo. Mas, naquele lugar, encontrar um tesouro era outra história.

— Nem sequer um peixe — Smee lamentou, se debruçando na beirada do navio. Nenhum que eles tivessem visto, de qualquer forma.

Nenhum canto de passarinho alcançava as orelhas de Gancho. Além das ondas se quebrando na praia e do ranger e gemido reconfortante de seu navio, estava extremamente silencioso, como se nada vivesse ali. Sua tripulação tinha visto alguns pássaros grandes ao longe, sobrevoando perto dos picos arborizados e deslizando para dentro e para fora da neblina, mas nada ali. Nem sequer uma gaivota vagante.

— Aquilo é... — Tink foi para a lateral do navio e apoiou no corrimão. — Fumaça? — Ela olhou por cima de um ombro para ele antes de gesticular para trás para a ilha. — Ali. Na lateral daquela montanha.

Montanha? Com a neblina pairando sobre tudo, era difícil identificar, mas... Ele ergueu a luneta. Uma faixa estreita de fumaça, um pouco mais densa do que o restante, se erguia das árvores. Ele respirou fundo. Deveria ser.

— Nos leve para dentro, Smee! — ele gritou. — Prepare a âncora! — Quase que eles tinham deixado passar, continuado a navegar sem perceber a sutil singularidade que Tink, a Tink dele, tinha avistado. Mas quem viveria em um lugar tão inóspito e impróprio? Mais para o interior, onde as árvores pelo menos pareciam vivas em vez de cobertas por fantasmas de musgos, talvez, mas perto de uma costa sem peixe? Não fazia sentido. Mesmo assim, o sinal era promissor demais para ser ignorado.

— Vamos descer nos barcos a remo — ele disse a Tink, segurando a mão dela depois que ele guardou a luneta na capinha. — Você pode ficar aqui...

Ela tirou a mão e cruzou os braços. O tap, tap, tap de sua bota no deque foi resposta suficiente.

Ele sorriu, embora uma pontada de desconforto o percorresse. Seria bom que ela ficasse em segurança, protegida ali no navio. Mas ele amava seu fogo, o desejo de seguir em frente independente dos obstáculos. Gancho ergueu os braços.

— Ou vá conosco.

— Assim é melhor — ela disse, deixando os braços caírem nas laterais. — Claro que vou junto. Titania desafiou nós dois a encontrarmos, lembra? Não vou perder minha metade da recompensa. — Ela deu uma piscadinha antes de sair andando.

Estava alheia à facada que tinha acabado de dar nele. Tinha deslizado entre suas costelas, cortando fundo, talvez pior do que uma lâmina de verdade. Ela ainda queria voltar para casa. Eles encontrariam a escama para Titania, retirariam o feitiço dele e consertariam a pulseira dela. Então ela iria embora. Voltaria para sua terra natal. Ele cambaleou — ele nunca cambaleava no deque. Não importava como ela o consumia, ela não era dele. O maior tesouro que ele encontrara… Mas se ele a roubasse de novo e a trancasse, ele a perderia. E se não o fizesse… também a perderia.

Ao retirar o feitiço que ela havia, inconscientemente, colocado sobre eles, ao salvar seu navio e sua tripulação, ele perderia a única coisa que aprendera a dar valor.

24

Barquinhos eram piores do que barcos grandes. Eles mexiam mais. Subindo, descendo, inclinando para o lado — Tink teve ânsia, colocando a mão sobre a boca enquanto o barco a remo os levava na direção da costa.

Olhos se viraram para ela, embora, felizmente, ninguém olhasse perto demais. Bem, exceto Sage, que a olhava de forma dramática, franzindo a testa, conforme remava.

Piratas com estômago de ferro não enjoavam nos barcos. Mas ela não era pirata. Pelos dentes de Merrin, como ela odiava o mar... na maior parte do tempo. Envolvida nos braços de Gancho, ela quase se esquecia.

Ela inclinou a cabeça para o lado. Pelo menos ela poderia poupá-los da sujeira. Então algo chamou sua atenção nas formações rochosas que se erguiam do mar perto da praia. A ponta de seus dedos se apoiou na lateral do barco enquanto ela esperava que seu estômago se acalmasse o bastante para ela poder falar.

— Ali. — Tink apontou. — Olhem.

O barco balançava e mexia, enviando bile para a garganta dela, e todos os piratas se viraram e se mexeram para dar uma olhada melhor.

— Aquilo...

— Um nariz?

— É, poderia ser um olho... talvez dois.

Ela apertou os lábios fechados, lutando uma guerra com seu estômago. *Ah, estar em terra.*

— O homem barbudo. — Finalmente, Smee chegou à coisa que ela tinha visto.

— É!

— Sim. Quem diria?

Alguém deu um tapa nas costas dela, quase derrubando-a para o lado. Tink gritou, os braços batendo no mar. *Não, oh, não, por favor, não.* O barco inclinou. Água salgada espirrou em seu rosto. Ela fechou os olhos, preparando-se para o pior.

Um braço forte a envolveu, puxando-a para trás.

— Está tudo bem, amor. — James segurou firme, suas costas pressionadas no peito dele.

Ela puxou e soltou o ar algumas vezes, lentamente, até arriscar abrir os olhos. Batida após batida, seu coração acelerado retornou ao normal quando ela se apoiou na segurança de seu amante. De alguma forma, o movimento do barco não era tão horroroso quando ele a abraçava.

— De fora diriam que você nunca esteve na água — Smee disse.

Tink o olhou desafiadoramente. Os dedos dela se apertaram no braço de James, recusando a deixá-lo soltá-la.

— Não sei nadar.

O capitão enrijeceu em volta dela.

— Você não sabe...

— Não — ela soltou. — Não sei. — Ela não sabia nadar e ficava enjoada no mar. Não poderia ser uma adição pior à tripulação, nem se tentasse. E isso nem incluía o feitiço no qual ela os envolvera quando roubou deles. *Ops.*

Quer calar a boca de piratas? Diga a eles que não sabe nadar. Todo mundo ficou encarando. Ninguém falou um pio. Falar cuspindo, de forma atrapalhada e engolir água do mar teria sido melhor. Possivelmente até afundar nas profundezas geladas e molhadas.

James, enfim, quebrou o silêncio.

— Vão deixar as ondas fazerem todo o trabalho? Remem!

A tripulação voltou para a ação, dedicando sua atenção à costa e à tarefa presente. Muitos murmuraram para si mesmos.

— Ignore-os — James sussurrou. Sua respiração quente pinicava a orelha dela, erguendo os pelos finos de seus braços.

Ele se levantou, afastando-se. Com relutância, ela o deixou ir. Ela não iria se mexer. Nem um centímetro até eles pararem na praia. Se vomitasse, eles simplesmente teriam que lavar.

Enfim, após minutos que pareceram dias, membros da tripulação saltaram da lateral do barco e o arrastaram até a costa. Mesmo então, Tink ficou sentada abraçando as pernas... até James estender a mão para ela. Suas asas tremeluziram quando viu seu rosto sorridente.

— Você vem?

Com um suspiro profundo, ela pegou a mão dele. Mesmo com ajuda, ela tropeçou ao tocar na areia molhada e rochosa. Conforme se dirigia para o interior, suas botas afundavam na areia, tentando puxá-la de volta. Que lugar miserável. Uma água escura batia na praia de areia cinzenta que estava mais para pedregulhos do que a coisa fina e açucarada da maioria das costas do Mar Cerúleo. Algumas árvores eram familiares. Palmeiras, figueiras altas, palmitos e outras que ela conhecia, mas eram meio esquisitas... como se a vida tivesse sido sugada delas e, ainda assim, vivessem. E o musgo pendurado de seus galhos com pequenas vinhas serpenteando por ele? Tudo dentro dela se revoltava contra aquela visão. Não estava certo. Não era... natural. Ela estremeceu.

— Então... se aquilo era o homem barbudo — Sage disse, apontando para as rochas. — A quem pertence a fumaça?

Estava mais fácil de ver agora, erguendo-se em uma coluna, misturando-se com a neblina, pairando sobre quase tudo. Árvores densas e vegetação rasteira — sem contar aquele musgo pegajoso e horrível — os separavam da fonte, bloqueando a visão do que quer ou quem quer que estivesse lá.

— Estamos prestes a descobrir — James disse. — Fiquem atentos.

Ele assentiu para Tink, o olhar dele deslizando para a coxa dela e a adaga presa ali. Ela deu um tapinha no local e forçou um sorriso em resposta, deixando sua mão se acomodar no cabo. Ela não seria uma suscetibilidade. *Não, não, não.*

Facões abriam caminho pela vegetação rasteira, cortando galhos e arbustos que, provavelmente, nunca tinham visto uma lâmina. Infelizmente, a ilha não era tão sem vida quanto parecia. Uma cobra grossa e marrom sibilou para eles de uma árvore. Insetos zumbiam e cantarolavam um coro quase tão alto quanto as ondas se quebrando. O braço de Tink já tinha um vergão de uma picada.

Pouco depois, ainda sem terem ido muito longe, James os fez parar. Ele gesticulou para sua tripulação conforme passava a informação para todos.

— Acampamento à frente. Pequeno — ele sussurrou, apenas alto o suficiente para ela ouvir.

Que idiota acamparia ali?

— Tink?

A voz feminina fez seu coração parar. Ela arregalou os olhos. Suas costas se enrijeceram.

— Lily? — Ela se virou, procurando na selva. Tinha que ser fruto da imaginação dela. Um truque da mente.

Mas a tripulação também estava atenta, escaneando a área, lâminas preparadas.

Então ela viu — um movimento por trás de uma árvore grossa, as asas tremeluzindo, uma mecha de cabelo loiro da mesma cor do dela, mas mais curto, preso em um coque. Tink se balançou. Os olhos de Lily se arregalaram enquanto elas se encaravam.

— *É* você — elas disseram ao mesmo tempo.

Lily avançou na direção dela.

Os olhos de Tink lacrimejaram. Como era possível? E ali, de todos os lugares. Ela andou na direção de sua prima, pronta para correr para seu lado e jogar os braços em volta dela, porém Gancho bloqueou seu caminho com um braço esticado.

— Me deixe passar. — Tink o empurrou.

Ele avançou mais diante dela.

— Pode ser um truque. Mágica.

— É Lily!

— Tink. — A prima dela correu para a frente, tropeçando nos arbustos. — Você está aqui. É você mesma!

Smee e os outros se uniram, armas erguidas. Lily parou de repente, quase caindo.

— Parem! — Tink gritou, empurrando Gancho. — Não a machuquem! — Ela correu para dentro da selva, negligente a tudo, menos de sua prima. Era ela. Os olhos azuis, o corpo ágil... — embora a calça apertada e a camisa esvoaçante, assim como as roupas dela mesma, fossem novas. Até as asas, com seu tom levemente verde, eram exatamente como ela se lembrava. Era ela, a prima que estivera ao seu lado desde que aprenderam a voar quando crianças. Tinha que ser ela.

— Oh, Tink! — Lily jogou os braços em volta dela, puxando-a para um abraço esmagador quando elas, enfim, se encontraram entre uns arbustos.

Toques de citrus e jasmim provocaram seus sentidos conforme ela se apoiava no abraço da prima. Era ela. Um soluço de choro irrompeu da garganta de Tink sem aviso. De forma impossível, de algum jeito, era ela. Ela estava viva. Ela estava bem. Mas... Tink recuou.

— Por que você está aqui?

Ela deveria estar em casa. *Segura. Feliz*. Tink tinha dado tudo por isso.

— Por que *você* está aqui? Te procurei em todo lugar. — O olhar de Lily se ergueu antes de ela arfar e pular para trás.

Tink o sentiu antes de vê-lo. James pairou logo atrás dela. Tink se virou, de lábios unidos, braços esticados.

— Não a machuque.

James franziu o cenho. Ela percebeu a ponta dos dedos dele

tamborilando no cabo da espada embainhada em seu quadril.

— Sei que quer que seja ela...

— Não vou ouvir — ela soltou. — É ela. Real quanto qualquer coisa.

— Eu *sou* real — Lily disse.

Tink nem precisava ver o nariz franzido dela ou suas mãos na cintura para saber que sua prima encarava o pirata diante delas.

— E bem aqui, nas Ilhas Encobertas, onde ninguém vem, e bem aqui onde... — Ele parou de falar.

Não queria compartilhar os detalhes de seu objetivo com ela? *Certo*. Mas, com certeza, ela não o deixaria mandá-la embora, amarrá-la ou qualquer outra coisa sem sentido que ela conseguia ver se formando atrás de sua testa enrugada e maxilar rígido.

— Posso explicar — Lily disse. — Se me deixar.

— Claro que ele vai. — Tink olhou além dele para o resto das tripulação. — Todos eles vão. — Algo passou deslizando, erguendo o mato aos pés dela. Tink gritou, pulando na direção de James, que teve a decência de puxá-la para perto.

Lily deu um passo para o lado.

— Talvez no meu acampamento?

25

Outra fada. Prima de Tink. *Na maldita e esquisita floresta. Em uma ilha que todo mundo evita como uma praga.*

Nada daquilo fazia sentido. Oh, ela parecia bem real. Poderia ser irmã de Tink, tal a semelhança de estrutura e cor. Mas havia alguma coisa na expressão dela, uma reviravolta em seu sorriso, um brilho nos olhos, que o repelia. Parecida demais com a mulher que ele desejava e, ainda assim, bem diferente.

A fumaça era de uma fogueira que ela tinha feito, o ponto central em uma pequena clareira que tinha um alpendre áspero e algumas toras meio podres que sua tripulação tentou usar como assento. Tentava era a palavra-chave. Smee caiu no chão no instante em que ele se sentou em uma — metade dela cedeu, derrubando-o nas folhas apodrecidas que cobriam o solo. Quase tudo estava molhado pela névoa. Como ela acendera a fogueira era um mistério.

Lily grudou em Tink, seus dedos entrelaçados. Ela a puxou para se sentar em uma tora boa.

— Estava com tanto medo — Lily disse. — Você com aquele homem enorme e musculoso, então comecei a conversar com um ruivo bonito. Quando vi, tinha bebido demais e estava em um navio. E ali havia todos esses homens...

— Não. — Tink agarrou a mão de Lily. — Eles não... eles fizeram... — O rosto dela corou rapidamente, do jeito que só acontece com uma fada.

— Não, não, eles foram legais, na verdade. — Ela balançou a cabeça.

Gancho quase bufou. *Provavelmente não.* O Barba-Negra que ele conhecia não era um cavalheiro nobre. Nem a tripulação dele. Se ele a tinha levado para seu navio, como Tink dissera, seria por um motivo, e ele não a deixaria partir. Pelo menos... não até ter o que queria. Havia alguma coisa errada naquela história.

— Eles me levaram para terra firme, e voltei ao bar para te encontrar, mas você não estava lá — Lily continuou, suspirando e preocupada, com o tom dramático. — O barman disse que você tinha ido embora. Andei por toda a cidade te procurando, mas não encontrei. Pelas asas de Beryl, Tink! Fiquei tão preocupada. Perturbada. Então ouvi uns homens perto das docas falando que uma fada tinha exigido ver o Capitão Barba-Negra e que tinha saído com ele em seu navio. Só então percebi quem eles eram.

Tink se inclinou, suas asas quase tocando as da prima.

— E aí o que aconteceu? Como chegou aqui?

— É, conte pra gente — Gancho disse. Ambas as mulheres se viraram para encará-lo enquanto ele se sentava ao lado de Tink, fingindo uma postura casual. Cada músculo em seu corpo estava no limite. — Deve ser uma história emocionante. — A perna dele encostou na dela.

Tink repreendeu o tom dele, porém ele não diminuiu o sorriso. Ele iria a fundo naquele pequeno mistério, e a manteria por perto enquanto a interrogava.

Lily olhou em volta para a tripulação dele, os ombros curvando-se bem de leve até ela voltar sua atenção para Tink. Aparentemente, ela tinha garantido seu foco onde o resto deles não percebia.

— Eu não sabia o que pensar. Por que você tinha ido embora? Para onde? Então fui para casa.

Tink se enrijeceu ao lado dele. Gancho deslizou a mão pela coxa dela em uma demonstração de apoio, porém ela não percebeu ou fingiu não perceber.

— Sinto muitíssimo. — Lily a puxou para mais perto, para longe de Gancho. — Não queria te abandonar. Só não sabia mais o que fazer.

Gancho se inclinou ao lado de Tink.

— Se importa de contar como chegou aqui?

Ambas as mulheres se viraram e o repreenderam de novo.

Lily se chacoalhou. Uma capa de sofrimento caiu novamente sobre seus traços, em todo lugar exceto em seus olhos. Ela fazia um beicinho amuado, a postura de seus ombros era triste, mas os olhos de uma pessoa sempre diziam mais do que qualquer outra coisa.

— Todo mundo ficou tão preocupado com você. Os anciãos, eles voltaram para a cidade para procurar... mas... — Ela desviou o olhar.

O gancho dele batia na tora com impaciência.

— Bem, eles ficaram sabendo que uma fada tinha fugido com piratas e que estava vendendo pó de fada.

— Eu fiz... — As asas de Tink baixaram quando ela ergueu a mão, deixando a pulseira quebrada se balançar em seu punho. — Eu fiz isso para salvar você, para que o Capitão Barba-Negra a libertasse.

Lily arfou, sua mão voando para cobrir a boca.

— Você cometeu um pecado imperdoável para me salvar?

Os ombros de Tink caíram de desânimo. Suas asas quase pareceram apagar. Aquela não era a conversa que ele queria que elas tivessem, não ali diante dele e de sua tripulação. Era errado, vulgar. Muitos deles haviam se virado de costas, analisando a selva ao redor. Francis e Davies tinham desaparecido completamente. Melhor assim.

— Tink é uma mulher e tanto. Corajosa. Altruísta. — Gancho pousou a mão no joelho dela, apertando-o. Envolvê-la em seus braços seria melhor. Carregá-la para longe e beijá-la para sumir com seus medos, fazer suas asas brilharem... o que ele não daria por isso? Mas ela o odiaria por mimá-la, por roubá-la. De novo.

— Oh, sem dúvida! — A cabeça de Lily se inclinou para o lado quando ela olhou de volta para Tink. — Mas onde você estava?

Tink se recostou, dobrando as asas até descansar no ombro dele.

— Eles me levaram ao próximo porto. Demorei quase duas semanas para voltar.

E, nesse meio-tempo, seu povo havia se voltado contra ela, depois que souberam que ela vendera pó de fada, e ela perdeu todo valor para eles. Ele queria socar alguma coisa. *Malditas fadas*. Elas não faziam ideia do que ela tinha sofrido, do sacrifício que tinha feito para salvar a prima. Tudo que fizera desde então foi tentar voltar para casa, para o mesmo povo que a exilara. Eles não a mereciam.

— Eu sabia que você não poderia ter feito isso sem motivo — Lily disse. — Então voltei para te encontrar. Para ajudar.

— Obrigada. — Ela se afastou dele, de volta para sua prima. Com relutância, ele a soltou. — Você sempre me apoiou. Tenho certeza de que teria feito o mesmo se a situação fosse ao contrário.

— Claro.

— Não quero interromper este momento cheio de declarações de amor, mas temos *coisas* para fazer. — Gancho olhou para a fogueira, recusando-se a ver outro par de caretas. A cada minuto, Barba-Negra avançava até eles. Ele já poderia estar se aproximando, se preparando para atacar.

Tink se levantou, limpando a calça.

— Ele tem razão, Lily, temos coisas para fazer. Venha conosco.

O quê? Ele voltou a olhar para elas.

— Talvez seja melhor ela aguardar no navio. — Tinha alguma coisa errada. Talvez ela fosse real... a história batia com o que Tink havia contado a ele... mas isso não significava que eles tinham que confiar nela, não com uma coisa tão importante em jogo.

Com as mãos na cintura, lábios apertados, Tink disse:

— Ela deve vir com a gente. Poderia ajudar e...

Gancho tirou Tink do caminho e encarou Lily.

— Como você chegou aqui? Versão curta.

— Ei! — Tink o empurrou, mas ele segurou a mão dela, apertando-a. Alguém precisava chegar ao fundo disso.

Lily enrugou o nariz.

— Uma sereia me contou com quem Tink estava e para onde estavam indo.

— Qual sereia?

A garota bufou.

— Cabelo azul. Cauda verde. Não perguntei o nome.

Um olhar rápido para Smee confirmou que eles tinham pensado a mesma coisa. Poderia ser qualquer uma das sereias que eles conheciam, mas nenhuma dessas era do círculo de Titania. A rainha não seria tão displicente espalhando sobre a busca deles.

Era mentira. Ele poderia quase sentir o gosto amargo no ar. Apesar de ela ter descoberto o paradeiro de Tink, aquela não era a história toda. Não tinha como ela simplesmente aparecer acampada bem ali, na maldita rocha do homem barbudo. Sem contar a fogueira. Ela queria ser encontrada. Ele reconhecia uma armadilha quando via uma.

— Vamos — ele falou para a tripulação. — Vamos dar um momento para essas damas. — Ele se virou para Tink. — *Só* um momento. Espero você na praia.

Punhos cerrados pousaram na cintura dela conforme se endireitou.

— Sim, sim, Capitão.

Ótimo. Ela está brava. Gancho se virou e gesticulou para sua tripulação, flexionando seus dedos. Eles se levantaram e se afastaram sem falar nada.

Até chegarem à praia.

— Ela...

Ele ergueu o gancho no ar, silenciando o que quer que a torrencial Sage planejava falar.

— Eu sei.

Ela andou de um lado a outro, chutando areia úmida.

— A cada minuto que ficamos aqui parados...

— Eu sei. — *Deuses, e eu não sei?*

— Nós deveríamos estar procurando a...

— Eu sei, maldição, está bom! — A mão cerrada estava apoiada no quadril. Ele fez uma careta, lutando contra o desejo de se desculpar. Era uma linha tênue ser o capitão e também um amigo... não, um membro da família.

— Vamos nos dividir — Smee disse. — Eu levo as damas para a praia depois... ãh...

Gancho massageou a testa.

— Não, já estamos bastante divididos.

Ele não gostava de dividir sua tripulação entre terra e mar. Colocava todos em risco. Mas deixar o navio sem ninguém era uma opção ainda pior. Já tinha deixado Barley no comando dos que ficaram a bordo. Eles protegeriam o navio, ficariam preparados para ir embora daquela ilha assim que a busca terminasse. Separar ainda mais? Ele olhou na direção dos picos enevoados. *Não.* Não havia como saber que perigo os aguardava. Ele não poderia arriscar mais para levar uma fada de volta ao navio, e não tinham tempo a perder esperando que retornassem.

— Vamos levá-las conosco.

Ele recebeu gemidos e resmungos como resposta. Seu gancho erguido exigiu silêncio.

— Não falem nada para ela. Ou o menos possível.

Se Tink já não tivesse contado tudo. Ele teria que conversar com ela, a sós, e apelar à sua razão. As pistas da bruxa tiveram um custo muito alto para dá-las de graça, principalmente para alguém em quem ele não confiava.

— Certo. — Smee deu um passo à frente. — Vamos encontrar a segunda pista.

Gancho encontrou o olhar dele, assentindo firmemente. Quando tudo estava uma merda, Smee sempre o apoiava. Um amigo sólido, confiável e resoluto até o fim.

— "O tridente de madeira marca o caminho" — Anne disse. A mulher tinha uma mente que parecia um livro. Era só falar algo para ela uma vez, e ela quase sempre conseguia se lembrar. Jogou a trança ruiva por cima de um ombro. — Pelo menos foi isso que você me falou. Madeira... como uma escultura?

Não faltava madeira em uma ilha daquela, mas quem a construiria?

— Vamos saber quando encontrar — Smee falou, sempre o otimista. — Como o homem barbudo.

Davies tossiu, chamando atenção deles, e inclinou a cabeça na direção das árvores. Tink e Lily apareceram pela trilha... de mãos dadas.

Os lábios de Gancho se franziram. Ele nunca tivera tanto ciúme de uma mulher. Primas ou não, a proximidade delas irritava.

— Então? — Tink perguntou.

A tripulação ficou com a expressão neutra, encarando as fadas se aproximando. Ele tinha que admitir, eles conseguiam ser intimidadores quando queriam. Gancho olhou de um para outro.

— Ela pode vir conosco. Mas... — Ele ergueu o gancho, avançando na recém-chegada. — Eu sou o capitão aqui. Você segue minhas instruções. Responde minhas perguntas. Obedece minha tripulação. Entendeu?

Lily engoliu em seco. Seu foco ia se desviando conforme assentia. Por um instante, ela pareceu muito mais jovem do que realmente era, mas Tink jurava que elas tinham quase a mesma idade.

Certo.

— Agora espalhem-se, mas fiquem à vista um do outro. Sabem o que estamos procurando.

— O que estamos...

Gancho lançou um olhar desafiador para Lily, silenciando sua pergunta. A fada se encolheu.

Tink franziu o cenho, mas ficou de boca fechada. *Ainda bem*.

— Tem um minuto, Capitão?

Foi a vez dele de franzir o cenho. Nada de bom seguia essa frase.

— Certo, venha comigo. — Ele indicou as árvores opostas à costa. — Lily, fique com Sage. — Ele apontou para a maruja para a fada saber de quem se tratava.

Os olhos de Sage brilharam com regozijo. Oh, ela supervisionaria, sim, a garota. Não hesitaria em derrubá-la e amarrá-la se precisasse também, não como um dos homens hesitaria.

— O que está havendo? — Tink disse em um sussurro estridente conforme se aproximavam das árvores se estendendo na direção do sol acima da praia acinzentada.

— Não confio nela.

Tink ficou boquiaberta.

— Eu sei que ela é sua prima. A que você salvou. Mas aqui? — Ele gesticulou ao redor deles. — Não pode me dizer que isso faz algum sentido.

Suas asas tremeluziram no que poderia ser apenas irritação. A cor chegou às suas bochechas. Ela olhou de volta para Lily, que andava com Sage na beira da praia.

— Ela não deveria estar aqui, amor. Não podemos arriscar nossa missão, piorar nossos feitiços, arriscar minha tripulação. Nos dê tempo para ver qual é a dela. — A mão dele se acomodou na cintura de Tink, e ela relaxou… um pouco. — Vamos mantê-la segura, só… vamos nos proteger também.

Tink olhou para ele, seu olhar suavizando.

— Maldito pirata.

Uma risada explodiu do sorriso dele.

— Está começando a soar como eu, amor.

Ela revirou os olhos.

— Nem imagino por quê. Mas ela... — Ela olhou de volta para a prima. — *É* ela. Ela está bem. — Sua voz vacilou, e ela balançou a cabeça. Lutando contra lágrimas?

— Ela está. — Ele a apertou de leve. Mas o que dissera era apenas para agradá-la, pois não acreditava totalmente nisso.

Tink suspirou.

— Vamos só encontrar essa escama e ir para casa.

Casa. A palavra o cortou e obrigou seu sorriso a vacilar. A casa dela... ou a dele?

26

Certo, ele tem razão. Era estranho Lily estar nas Ilhas Encobertas, entre tantos lugares possíveis. Na praia perto do homem barbudo, perto de uma fogueira que ela não estava tentando esconder... E uma sereia contou para ela? Não parecia certo. Mas *era* ela. Ela tinha visto seu rosto todos os dias por praticamente a vida toda. Tink conhecia aquela voz, o jeito como seus olhos se enrugavam, a sombra de suas asas, seu cheiro. Era tudo real demais para ser uma ilusão. E sua história batia também, por mais que doesse acreditar.

O Capitão Barba-Negra e seus homens não a tinham machucado, não fisicamente, mas eles não eram do tipo que a deixariam ir embora quando bem entendesse — não mesmo. Eles eram o epítome de piratas miseráveis. Por que Lily iria com eles? E sem contar a ela? Ela não conseguiu perguntar. Por algum motivo, as palavras simplesmente ficaram presas em sua garganta. Uma sensação pesada em seu peito dizia a ela que não gostaria da resposta. Mas era Lily. Sua Lily.

Tink balançou a cabeça. Depois. Eles pegariam a escama, depois pensariam nisso.

— Onde devemos encontrar esse tridente, afinal? — Tink apontou para as palmeiras pesadas inclinando-se acima da cabeça. A mão dela tirou um pouco do musgo estranho, e ela estremeceu. Limpar a mão na calça não foi suficiente para retirar por completo a sensação suja persistente.

Era para eles encontrarem um tridente de madeira em uma ilha feita de árvores cobertas com aquela coisa nojenta? Poderia estar em qualquer lugar. Ser de qualquer tamanho. Qualquer madeira. Provavelmente estaria escondido atrás de mais... o que quer que fosse aquela coisa horrorosa. A bruxa não tinha sido específica, nem um pouco. O homem barbudo era totalmente diferente do que ela esperava, então fazia sentido o tridente também ser.

— É, aquela maldita bruxa não valeu o ouro que pagamos a ela.

Não, a bruxa não valeu. Tink suspirou. Outra pessoa que queria seu pó. A luz do sol pairou através das folhas da palmeira, lançando sombras dançantes no maxilar forte de James. Engraçado, a única pessoa que inspirava seu pó dizia a ela para guardar para si mesma. Ela o tinha oferecido a ele a caminho das Ilhas — compensação pela joia que roubara. Ele só havia dado risada e dito que ele tinha roubado um tesouro melhor.

Suas bochechas coraram, e ela se virou de costas. Ah, o efeito que ele causava nela.

— Sim, o tridente. Onde em todo... — Ela piscou, atordoada, em silêncio.

— Amor? — Em um segundo James estava ao lado dela.

Na praia, uma palmeira estranha se dividia em três a meio metro do chão. Não poderia ser vista da praia, não com o ângulo dos troncos, mas de onde eles estavam na colina era visível entre as outras palmeiras e a cortina de musgo.

— Olhe ali, na praia. — Ela apontou. — Você acha que...?

Ela correu para a praia o mais rápido que conseguiu no meio da areia granulosa, as pedrinhas e folhas velhas espalhadas pelo chão. James corria alguns passos à frente.

— Tem uma trilha!

Poderia ser? Suas asas tremeluziram, quase erguendo-a do chão. Com certeza havia — o sinal de trilha mais distante ficava na encosta da montanha nebulosa, a uns quinze metros do tridente. Alguns galhos pendiam para baixo ao longo do caminho. Cordas de vinhas cobertas de musgo o ziguezagueavam, quase escondendo-o, e uma árvore inteira estava caída no caminho pouco antes de ele terminar, mas estava ali.

— Acha que deveríamos... — Ela olhou para James.

As nuvens de tempestade que escureceram o rosto dele quando falavam de Lily sumiram. Em vez disso, ele sorriu com esperança e orgulho.

— Só há um jeito de descobrir.

James chamou a tripulação, e eles os seguiram. No começou foram cuidadosos, pisando na pegada um do outro, tentando não deixar muito rastro para alguém seguir. Mas, depois da árvore caída, o caminho se estreitava consideravelmente até não haver nada mais do que uma trilha vaga e fininha como ela. Cada passo levava uma eternidade, já que eles precisavam tirar galhos e mato do caminho. A visão da bruxa não tinha determinado como fariam para voltar, então, se tudo desse certo, eles voltariam por ali mesmo. Se não... bem, não importaria.

A areia cheia de pedrinhas cedia ao solo repleto de folhas ressecadas e arbustos espinhosos. As palmeiras foram rareando, dando lugar a uma variedade de árvores mais largas, muitas carregadas de folhas. Algumas até tinham frutas que ela não sabia nomear. A vegetação era diferente de qualquer coisa que crescia em sua terra natal, e aquele musgo nojento gostava dela tanto quanto das plantas perto da praia. A neblina pairava pesada acima da cabeça deles. Seus tentáculos rastejavam para o chão e se enroscavam nas botas de todos, encobrindo boa parte do solo.

— A neblina — Tink sussurrou. Era a próxima pista.

James embainhou sua adaga e segurou a mão dela.

— Fique perto.

— É assim em todo o lugar — Lily disse, logo atrás dela. — A encosta perto do meu acampamento também. Eu não entraria aí. Parece... impróprio.

Um calafrio percorreu sua espinha. Sem brincadeira. A temperatura tinha caído. Eles ainda não conseguiam ouvir nenhum pássaro cantando, e até o zumbido dos insetos havia se reduzido para um zumbido ocasional e irritante. A terra perto da costa era bastante esquisita — amaldiçoada talvez. A neblina pairando era até pior, como se tivesse uma vida própria tão terrível que até os mosquitos eram sábios o suficiente para evitar.

— Capitão... — Smee apontava para dentro da neblina, pálido.

Tink seguiu o ângulo de seu braço. Ali, entre as árvores, uma pequena chama brilhava. Um arrepio percorreu a pele dela. A neblina girava em volta da chama, mas ela não conseguia ver a tocha nem nada pendurado das árvores. Ela flutuava por contra própria, um espectro misterioso.

— Outra — Sage disse, apontando para a direita, para a direção oposta do caminho tecido.

— Pode ter uma terceira também. — James gesticulou para a esquerda, bem à frente do caminho.

Luz à frente. À esquerda. Direita é direita. As palavras da bruxa ecoaram na cabeça dela.

James olhou para cada um deles.

— Vamos para a direita.

— Direita! — Lily gritou, fazendo Tink pular. — Mas o caminho vai para a esquerda. Não podemos entrar na neblina.

— Quer voltar? — James perguntou.

James... Ela o repreendeu silenciosamente, mas ele ignorou seu olhar bravo. Ele não estava errado. Era voltar ou seguir as palavras da bruxa, não que Lily soubesse.

— Estamos com você. — Smee pousou uma mão pesada no ombro de Lily, fazendo-a enrijecer. — Direita? — Ele sorriu para o duplo sentido.

— Só acho que não... — Lily protestou.

— Nós vamos. — Tink apertou a mão de James e encarou Lily. Não poderia culpar a prima. Cada parte dela queria voltar correndo para a praia, mas eles não desistiriam agora.

Lily suspirou, então assentiu.

Tink prendeu a respiração quando James os encaminhou para dentro da neblina. Não que ela tenha conseguido prender por muito tempo.

Vozes sussurradas provocavam os ouvidos dela, fazendo sua pele ficar pegajosa e seus pelos arrepiados.

Não são eles, não podem ser eles. Mas, oh, pela Santa Flora, parece tão real — como se seus pais fossem sair de detrás de uma árvore a qualquer momento, do jeito que Lily tinha feito. Tudo nela a incentivava a entrar na névoa densa. *Vá até eles. Eles esperam você!*

— Tink? — sua mãe chamou. — Está aí, querida?

Mãe! Ela mordeu o lábio, segurando o choro. Seu coração se despedaçava no peito, deixando-a magoada, solitária e com saudade de casa. Estava sendo igual à vez em que ela havia se perdido na floresta quando era mais nova. Ela tinha caído e ferido as asas de tal forma que não conseguia voar. Lágrimas tinham rolado por seu rosto enquanto ela gritava por ajuda na luz desaparecendo do dia. Era sua floresta, seu lar. Ela estava segura ali, ou mais segura do que solta no mundo; no entanto, sua mente jovem ainda não entendia isso.

A mão de Gancho se apertou na dela, quase dolorosamente. A conexão a trouxe de volta à razão. *Não eram eles. Nenhum deles.*

Tink encarou o homem sólido diante dela. Os ombros dele estavam rígidos, o maxilar firme. Outras vozes o chamavam, sem dúvida. Será que era a mãe dele também?

Um olhar para trás na fila confirmou que os outros temiam tanto quanto eles — olhares assustados, nervosos, mãos unidas como se a vida dependesse disso. Anne sacudiu Davies para que voltasse para o caminho, apesar de sua estatura menor. Lily choramingava. Galhos das árvores e arbustos cheios de espinhos puxavam as roupas de todos tão ferozmente quanto as vozes os chamavam.

— A neblina confunde. Não escutem.

À frente deles, a chama flutuante ainda tremeluzia na névoa. Embora tivessem andado por minutos, não estavam mais perto do que antes, como se aquilo se mexesse com eles ou como se não estivessem indo a lugar nenhum. Não havia caminho, nenhuma marcação, somente um casulo nebuloso encapsulando-os dentro das árvores próximas e da vegetação rasteira.

Ela se encheu de preocupação, fazendo seu peito se apertar. Outra gavinha agarrou seu pescoço e apertou. Eles estavam presos. Não importava o quanto andassem, para onde fossem, eles nunca sairiam. Outras vozes sussurravam para ela agora, umas que ela não conhecia. Diferente das palavras tranquilizadoras de seus pais, essas vozes estavam zombando, provocando, caçoando. Um galho arranhou sua bochecha, outro parecia se esticar para pegá-la.

Tink puxou a mão, tentando tirá-la de James para bater na palmeira acima de suas orelhas. Um grito subiu até a ponta de sua língua.

— Está limpo lá na frente — James disse. — Falta pouco.

A luz cortava a névoa, fatiando um caminho à frente deles. A vegetação rasteira pareceu recuar, criando um caminho de terra batida. Todo o seu corpo pinicava com desejo de correr. Suas asas tremeluziam atrás dela, agitando os últimos traços da névoa. Os sussurros sumiram totalmente.

James suspirou, sua mão relaxando na dela.

E, então, estavam fora, parados em uma clareira com céu pontilhado de nuvens e o sol acima da cabeça. Três picos de montanha se lançavam acima da cobertura. Dois tinham bastante vegetação, o outro era marrom e rochoso. Pássaros coloridos gritavam das árvores. Até o próprio ar os recebeu com um perfume forte de flores dos botões vermelhos pendurados nas videiras das árvores. Essa parte da ilha era tudo que a terra perto da costa não era.

Sage esfregou suas roupas.

— Vamos encontrar um caminho diferente para voltar.

— Aquilo foi... diferente. — Smee estremeceu.

— Aquelas vozes. — Lily empalideceu mais ainda.

— A névoa confunde — Smee ecoou as palavras da bruxa.

Tink olhou para trás. A névoa permanecia densa como sempre, e havia a misteriosa chama flutuando de canto de olho. Um calafrio desceu por sua espinha. Eles nunca passaram dela, nem tinham chegado mais perto.

— Acha que conseguimos segui-la de volta?

— Falei para você, vamos por outro caminho — Sage disse. — Aquilo... — Ela apontou para trás para a névoa. — ... é um grande não.

— Pode ser que não haja escolha. — James esfregou a barba por fazer em seu queixo.

Uma nuvem se mexeu para bloquear o sol, deixando-os na sombra repentina. Não era qualquer nuvem, mas uma escura. *Simplesmente ótimo*. O feitiço deles escolhera aparecer nas Ilhas Encobertas, entre tantos lugares possíveis.

— Claro — Sage suspirou, olhando para o céu.

— Vamos — James disse. — Temos que vencer a tempestade.

O caminho se alargou. Terra batida e clara e pedras lisas os direcionavam para cima pelas montanhas. Alguém construíra aquele caminho. Talvez o mantivesse. De que outra forma explicar que ele estava limpo quando todo o resto não estava? Mas quem? Eles não tinham visto uma alma. Nenhuma prova de uma pessoa vivendo ali exceto Lily. Ela jurava também não ter visto mais ninguém e, nesse ponto, Tink acreditava nela.

— As pessoas evitam as Ilhas Encobertas por um motivo — Anne disse. — Muitos motivos. Mas nenhuma das histórias que ouvi menciona que alguém more aqui... — Ela se ajoelhou e pegou uma pedra lisa. — Fazendo trilhas assim.

— Fantasmas — Sage disse.

— Talvez.

Tink engoliu em seco. Se a cética Anne concordava, poderia ser verdade.

A chuva atingiu a tripulação quando eles subiram o caminho pela montanha até uma clareira. Uma velha e frágil ponte de corda balançava ao vento sobre um desfiladeiro. Se Tink não soubesse de nada, apostaria que o chão havia rachado em dois como um ovo há muito tempo para formar aquelas encostas íngremes e rochosas. Era uma pena que ela tivesse visto teias de aranha mais resistentes do que a pobre ponte que mantinha as laterais unidas.

— Prenda a respiração conforme mexe e balança — Smee disse, um eco do direcionamento da bruxa.

— Não. Não vai acontecer. Não mesmo. — Sage jogou as mãos para cima no ar.

James esfregou a barba por fazer no queixo.

— Que escolha nós temos?

Um relâmpago atingiu a árvore próxima. Tink gritou e se agachou no chão. James apareceu ao lado dela em um segundo. O trovão craquelou e retumbou, mais alto do que um tiro de canhão.

— Não podemos ficar aqui!

Tink olhou por cima de James e viu Lily pendurada em Smee. Não, eles não poderiam ficar ali, mas a ponte... Ela olhou para trás para o enigma apodrecido.

— Eu vou primeiro — James falou.

— Não! — Tink segurou a mão dele.

— Precisamos fazer alguma coisa.

Mas a ponte... não tinha como todos conseguirem atravessá-la.

— Me deixe ir — Anne pediu. — Sou mais leve do que você.

Tink engoliu em seco. Ela ainda era humana, mais alta e mais pesada do que uma fada. Havia duas pessoas mais leves do que Anne, porém Tink não poderia arriscar Lily, de novo não.

— Eu vou. Sou a mais leve.

— Não. — Agora foi a vez de James ficar diante dela. — Ordens do Capitão. Serei eu ou vamos voltar agora mesmo.

A chuva molhava as roupas dela. Suas asas e seu cabelo já estavam ensopados. Até as botas dela estavam encharcadas.

— Poderíamos fazer uma ponte nova — alguém sugeriu.

Mas isso levaria o tempo que eles não tinham. Barba-Negra já poderia estar caçando-os nas Ilhas.

James segurou o ombro de Smee.

— Se o pior acontecer...

— Sim, Capitão.

Tink engoliu em seco.

— James...

Todos olharam para ela. *Merda*.

— Quer dizer... Capitão... — Ela desviou o olhar, suas botas escorregando na lama.

A chuva parou de pinicar a pele dela. James pairava sobre ela, sua expressão ilegível. Então, de repente, ela estava nos braços dele, seus lábios nos dela. A barba por fazer roçava em seu queixo, suas botas escorregavam na lama, mas não importava. O beijo dele consumia totalmente, apaixonado, uma promessa e uma...

Seu peito se apertou quando ele se afastou. Tink cambaleou, mal conseguindo manter o equilíbrio quando James se virou e correu para a ponte.

— Não!

— James!

— Merda!

— Capitão!

O coral das vozes o perseguiu. Suas botas escorregavam na madeira molhada e apodrecida. *Maldição, que péssima ideia.* O vento uivava no desfiladeiro abaixo, fazendo a ponte, e ele, mexer e balançar.

Um olhar por cima do ombro quase despedaçou sua determinação. Tink estava parada na borda da ponte. Smee estava com um braço em seu ombro, provavelmente a única coisa que a impedia de correr atrás dele. Sua voz chorosa, implorando, quase o fizera voltar. Quase.

Mas eles tinham que terminar com a tarefa. As tempestades não parariam enquanto ele não terminasse, e as malditas iriam destruí-lo — todos eles — se continuassem assim.

Gancho agarrou a corda desgastada do corrimão. Ela não aguentaria se ele tropeçasse e caísse. As tábuas lascadas rangiam debaixo dos pés dele.

As duas tábuas seguintes já não existiam mais, desafiando-o a se esticar até a frente. O vento assobiou. Atrás dele, seus amigos se mantinham em um silêncio fatal.

Só mais algumas tábuas.

Um estalo agudo cortou o ar. A corda na mão dele afrouxou.

Ele foi invadido por um frio no estômago e seu coração se lançou para a garganta. *Merda.*

— James! — O grito de Tink quase tirou sua alma.

Ele se lançou para a encosta diante dele enquanto a ponte caía. O ar fugiu de seus pulmões quando seu peito bateu nas tábuas entre ele e a encosta. Seus dedos escorregavam na madeira molhada. O gancho cravou nas fibras macias, retorcendo o braço dele. E seus pés... Somente o penhasco em ruínas encontrava a ponta de suas botas.

Porra.

A chuva o atingia com tudo, arrastando-o para baixo, para a morte certa. Ele nunca conseguiria. Ele iria...

— James! — Mãos delicadas o seguraram por baixo dos braços, puxando-o para cima.

Seu coração quase parou.

— Tink?

— Suba! — As asas dela o atingiam com velocidade frenética.

Merda. Ela tinha voado... com suas pobres asas, naquela chuva. Ela não poderia morrer por causa dele. Nunca. Com uma explosão renovada de força, ele puxou as tábuas e esticou seu gancho para cravar na encosta.

— Isso! — ela arfou. — Só... um pouco...

A mão dele se fechou em volta de uma rocha irregular no topo do desfiladeiro, as beiradas cortando sua pele. Mas ele ia segurar. Deixar que o cortasse, que sangrasse — ele daria sua única mão para os levar até em cima do penhasco.

— Para cima! Agora! — ele berrou para Tink conforme ela o ajudava a subir. Ele precisava dela em segurança, não conseguia se concentrar com ela em perigo.

Outra explosão de esforço levou seu cotovelo por cima da beirada do penhasco. Vantagem. Ele prendeu a respiração.

Com um suspiro áspero, Tink rastejou para o penhasco ao lado dele. Suas asas caíram em suas costas, imóveis como um pano molhado. A bota de Gancho encontrou lugar nos últimos resquícios da ponte, e ele se empurrou para o penhasco.

— Capitão! — O grito de Smee atravessou o desfiladeiro entre eles.

Ele olhou por cima do ombro. Sua tripulação estava parada na beirada do penhasco ao longe. *Todos lá. Seguros.*

Um raio atingiu outra árvore, fazendo-os pular e agachar na chuva torrencial.

Talvez não tão seguros.

— Protejam-se! — ele gritou.

Eles não atravessariam o desfiladeiro naquele tempo, principalmente não sem uma ponte.

Gancho colocou as mãos em volta da boca.

— Me encontrem aqui depois da tempestade!

Independente de quando isso seria. Ele não esperou confirmação. Eles seguiriam suas ordens — então era melhor os ajudarem. A última coisa de que ele precisava era que sua tripulação passasse por mais perigos.

— Tink! — Ele foi cambaleando até a mulher ainda deitada no chão, o coração quase saindo do peito. Se ela estivesse...

— James — ela arfou, empurrando o chão com os braços. A chuva a ensopava como um rato molhado. Lábios vermelhos brilhantes se destacavam contra a pele pálida demais.

A tensão se esvaiu dos membros dele quando a puxou para si.

— No que você estava pensando?

— Eu... Eu precisava... — Um tremor chacoalhou o corpo dela.

Gelada... gelada demais. E ensopada.

Eles precisavam de proteção, de abrigo. Árvores cercavam a clareira estreita. Caminhos estreitos serpenteavam em duas direções.

— Vamos. — Gancho colocou Tink de pé, juntou sua mão à dela e seguiu para a direita.

Direita é direita, a bruxa tinha dito.

Uma pista anterior, mas agora não havia tempo para procurar a próxima. A águia poderia esperar. Um pássaro tão orgulhoso não voaria naquela tempestade, de qualquer forma.

Bem no fim da trilha, uma abertura sombreada apareceu na encosta do penhasco por entre as árvores.

— Por aqui.

Tink seguiu, cambaleando junto dele, a mão ainda gelada demais. Gancho tinha esquecido os próprios ferimentos e arranhões, enterrando-os fundo em favor de sua preocupação.

O braço de Gancho roçou na espada que levava. Ele lutaria com um urso para aquecê-la e lhe dar abrigo. Com um leão-da-montanha, se fosse preciso.

A floresta os cuspiu para a entrada de uma caverna, com apenas algumas pedrinhas pairando entre eles e a segurança. Gancho soltou a mão de Tink para pular uma pedra, então se esticou para trás para ajudá-la.

— Me dê sua mão. Cuidado.

A voz dele ecoou pela caverna enquanto Tink segurava a mão dele e deslizava por cima das pedras. Suas asas ainda estavam grudadas às suas costas, molhadas e imóveis como toda ela.

— Isso é... — Ela olhou para a escuridão atrás dele.

O olhar dele seguiu o dela, porém nada se destacou. Quase nenhuma luz entrava, e logo não haveria nenhuma quando a noite caísse — com tempestades ou não. Galhos secos ocupavam um lado da caverna.

— Precisamos de uma fogueira. Me ajude a reunir estes galhos.

O fogo demorou uma eternidade e nada ao mesmo tempo. Ele nunca ia a nenhum lugar sem uma pedra de sílex — poderia salvar a vida de um homem. Tink se sentou perto das chamas e abraçou os joelhos na altura do peito. Gancho pegou um galho fumegante.

— James, eu... — O cabelo estava grudado em seu rosto quando ela olhou para ele.

— Fique aqui, amor. Vou verificar a caverna.

Bem lentamente, seu coração retornou ao ritmo normal. Ele girou os ombros ao seguir seu caminho para a escuridão. Seus músculos, até seus ossos, gemiam. Bater contra a ponte tinha machucado as costelas dele. A escalada havia desgastado seu braço. Um calafrio percorreu sua pele, mas ele estava vivo. E Tink... Ele passou um braço pelo rosto. Mulher corajosa, negligente e tola. Ele tinha pensado em brigar com ela pelo que fizera. Teria feito se ela não estivesse com tanto frio e fraca, mas parte dele estava grata. Sem a ajuda dela, talvez ele não tivesse conseguido. Ela tinha salvado a vida dele.

Ele faria tudo por ela. Assim que pegassem a escama e saíssem dali, de volta para o mar... Seu peito se contraiu. Sua bota trombou em uma pedra, fazendo-o tropeçar.

Merda. Assim que eles conseguissem a escama, ela receberia a recompensa de Titania. Poderia ir para casa. Para longe dele. De volta para o povo ao qual pertencia. Ele se esquecia disso o tempo todo. Cada sorriso ou toque apagava aquela verdade horrível de sua cabeça.

Ele movimentou a tocha para lá e para cá, fazendo careta para as estalactites. Meio que havia se esquecido de sua busca. Mas sua tripulação... Ele engoliu em seco. Era o capitão. Tinha uma responsabilidade. Não poderia desviar disso, nem mesmo pela mulher que desejava.

Nenhum urso pulou das sombras. Os rosnados altos de um predador que ele esperava não vieram. A caverna era um túnel comprido, como a ponta de um remo socada na montanha. Pingava água de algum lugar acima e formava uma piscina rasa no fundo. Não havia saída — que ele pudesse ver.

Tink estava perto do fogo se abraçando quando ele retornou. Ela tinha tirado metade de suas roupas e as estendido por cima das pedras próximas para secar.

Ela olhou para cima e o observou se aproximar.

— James.

A palavra sussurrada escorregou sob a pele dele, reacendendo toda a emoção que havia esfriado em sua trilha curta.

— Sua... — *Mulher tola, maravilhosa e corajosa.* Se ele já não a desejasse a todo minuto do dia, vê-la com apenas as roupas íntimas encharcadas e grudadas em cada curva o deixaria louco. Ela era sua própria droga especial, uma da qual ele nunca se cansava. E, naquele momento, havia uma única coisa que satisfaria seu desejo.

28

A expressão do capitão era ilegível na luz baixa do fogo. A chuva o ensopara tanto quanto a ela, porém isso apenas intensificara o olhar feroz dele. Ele era o mar, e o mar era ele. Os dois nunca poderiam ser separados. Ela sabia disso, sabia que ele era capitão antes de todo o resto e que nunca poderia ser dela, mas, quando ela o tinha visto cair...

— Eu... — Ela deixou de encarar seu olhar intenso e firme. — Eu precisava. Quando vi você caindo... Não consegui, simplesmente não consegui não o salvar. Precisava tentar.

Que ele ficasse bravo com ela, mas não poderia perdê-lo, não daquele jeito. Se eles não ficassem juntos, seria péssimo — pior do que qualquer coisa —, mas ele estaria vivo, por aí em algum lugar. Talvez um dia eles...

Um dedo caloso traçou a linha do maxilar dela, erguendo seu rosto na direção do pirata ao lado dela.

— James... — Os olhos de Tink se arregalaram instantes antes de os lábios dele esmagarem os dela.

O calor percorreu a pele dela, mais quente e magnificente do que a pequena fogueira, mesmo quando ele a puxou contra seu corpo molhado. Ele a devorou com aquele beijo. Exigiu dela todos os seus pensamentos, suas preocupações, seus medos, até eles desaparecerem na escuridão da caverna. Ela envolveu o pescoço dele com os braços, deslizando os dedos pelo cabelo molhado de James e os músculos firmes da nuca, depois descendo pelo tecido rígido do casaco dele.

Os lábios dele se abriram, um convite e uma exigência. Ela lambeu a língua dele, e ele retribuiu com gosto. As asas de Tink tremeluziram e voltaram à vida, o esforço e a dor de puxar James pela encosta não eram mais importantes. Por ele, elas tremeluziam e brilhavam, doloridas ou não.

Tink deu um gritinho dentro da boca dele conforme James a colocava no colo. Ela envolveu as pernas no corpo dele, pressionando-se mais contra ele até serem uma estátua na caverna rochosa.

Com um gemido misto de prazer e dor, James interrompeu o beijo e cambaleou para deitar no solo rochoso. A pedra lisa e fria beijou a pele dela através de suas roupas íntimas finas enquanto James a acomodava sobre uma rocha. O jeito como ele a olhava roubou a respiração dela e fez todos os pensamentos da caverna sumirem.

— Você me salvou — ele disse.

Ela engoliu em seco, a boca repentinamente seca com as palavras roucas dele.

— Você teria feito o mesmo por mim.

— Sim. — Ele se inclinou, um braço em cada lado dela. — Mas eu preferiria morrer a perder você.

As palavras dele quebravam contra ela como uma onda. Ela cambaleou na pedra. *Ele... ele morreria... por mim?* Mas, então, ela tinha feito quase a mesma coisa por ele, e faria de novo. De alguma forma, o pirata tinha conseguido roubar algo que ela nunca planejou perder — seu coração.

James tirou a jaqueta, jogando-a sobre uma pedra. Depois a camisa, então uma bota. Mas o tempo todo em que ele tirava suas roupas, seu olhar escaldante nunca desviou dela, vagando por ela lenta e intensamente, cada intenção clara em seu rosto.

— Preciso de você. — Uma repreensão densa grudou em suas palavras. Ele esfregou a mão no rosto. — Não é o lugar que eu...

Tink abriu as pernas.

James congelou, a calça nos joelhos.

Mordendo o lábio, Tink desceu os dedos por sua roupa íntima — não mais molhada só da chuva.

— Eu quero você em qualquer lugar.

Ele piscou antes de respirar fundo e de forma trêmula. Tink poderia jurar que o tecido rasgou quando ele tirou a última peça para ficar nu diante dela.

Ela nunca se cansaria daquela visão: o homem orgulhoso, glorioso e confiante por dentro e por fora apesar das cicatrizes e dos hematomas cruzando-o, em corpo e alma.

Tink se acariciou por cima das roupas e abriu mais um pouco as pernas quando ele chegou mais perto. James se ajoelhou entre elas até o rosto deles estar nivelado um com o outro. Ela umedeceu os lábios com a língua, ansiosa para continuar o beijo.

James prendeu a mão dela na pedra ao seu lado. Um sorriso malicioso se abriu no rosto dele para se juntar ao seu olhar enevoado.

Um arrepio a percorreu quando o metal de seu gancho deslizou sob o cós de sua roupa íntima e puxou. Tink arqueou as costas e ergueu os quadris, deixando o tecido cair livremente. Ela jogou a cabeça para trás quando o ar frio pinicou sua pele sensível.

James guiou o tecido para baixo por suas pernas, fazendo nelas uma carícia gentil e leve conforme deslizava. Entre o tamborilar da chuva do lado de fora e o sussurro do toque dele, Tink estava no paraíso. O frio, a pedra, seus hematomas — nada poderia obscurecer o momento. Não poderia ser melhor… até a boca quente de James se pressionar entre suas pernas.

Tink arfou e se empurrou para cima. O capitão se ajoelhou entre as pernas dela, lambendo e devorando. *Santos anciãos reverenciados!*

A barba rala das bochechas dele roçava sua pele sensível, um contraste ao movimento suave e úmido que fazia com a boca. Ele cutucou as pernas dela para abrir mais, e ela obedeceu, afastando-as mais um pouco. Ele não perdeu tempo em aprofundar a conexão deles e lutou contra um gemido de seus lábios abertos.

Cada movimento de sua língua habilidosa fazia cada centímetro dela cantarolar de prazer. Um brilho suave preencheu a caverna atrás deles — suas asas. Partículas de pó de fada benigno flutuavam no ar.

— James. — Ela amassava o cabelo dele, incapaz de ficar parada.

Ele olhou para cima, com olhos vorazes e intensos — um verdadeiro capitão pirata cruel que nunca fracassava em uma conquista e não falharia agora.

Um dedo caloso deslizou fundo no canal dela.

— Oh! — Tink gemeu.

Ele o flexionou internamente, buscando o lugar mágico dentro dela. Cada investida e movimentação a fazia quase cair da pedra. Ela abandonou a mão nele, o foco inteiro em ficar ereta durante o tormento delicioso que ele causava nela.

Um segundo dedo se juntou ao primeiro, e Tink gritou. Sua visão embaçou. Estrelas dançaram diante de seus olhos.

— Sim, amor. — O bigode de James provocava suas coxas conforme seus dedos bombeavam, arrancando o prazer dela, fazendo-o durar até ela estar quase chorando de prazer e não saber mais onde estava.

Tink choramingou quando ele tirou a mão. Ela fechara os olhos durante a tempestade de sensações e, quando os abriu, ele preenchia sua visão.

James lambeu os lábios antes de secar a umidade de seu rosto. Dela.

O fogo derretido escorreu para dentro dela conforme suas coxas se apertaram para abraçar a cintura dele. A ponta de seu pau cutucava sua entrada. Ela mal tinha pressionado os lábios nos dele quando ele entrou nela, uma investida poderosa e totalmente consumidora.

O corpo dela o acolheu como uma peça que faltava. Um tremor a fez estremecer contra ele conforme saboreava a plenitude — completude — que era tê-lo dentro dela.

James puxou os quadris dela para perto até ele estar enterrado tão fundo que quase doía. Então ele se afastou, começando um ritmo sedutor que ela havia começado a conhecer e a aproveitar tão bem. Ele era insaciável — mas ela também era.

O metal arranhava a pedra conforme ele se equilibrava com seu gancho. Seus quadris mexiam, e ele tirou. Tink reclinou na pedra, sua lombar contra a superfície fria — um contraste ao calor de James. Suas asas tremeluziram livremente além da beirada da pedra. A cama perfeita para elas apesar da rigidez.

Nesse ângulo, ele a preenchia de maneiras novas que faziam sua cabeça girar de novo. *Pirata esperto*. As pernas nuas dela o envolveram para se equilibrar e o incitar. Seu calcanhar apertou-se na bunda dura dele, e ele gemeu de prazer.

Tink não fez mais nada a não ser se agarrar nele conforme ele investia em um ritmo feroz porém cuidadoso. Cada movimento exigia submissão dela, e ela dava. Ele capitaneava o navio naquela viagem, e ele não aceitaria ordens de sua parceira.

Gritos ecoaram pela caverna, os quais Tink quase não reconhecia como dela mesma. Eles navegavam juntos em um mar de prazer, extremamente perdidos um no outro.

Naquele instante, ele era tudo, consumia tudo, e ela apreciava. Todo o tempo do mundo com ele nunca seria suficiente. Ela nunca se cansaria de seus lábios nos dela, da sensação dele dentro dela ou do jeito que ele a encarava como se ela fosse o maior tesouro que ele já tinha roubado.

Com uma investida forte, Tink foi arremessada para o limite do prazer mais uma vez. Suas unhas cravaram nos ombros dele. Suas pernas apertaram com força. Ela contraía o pênis dele, implorando para que ficasse alojado profundamente dentro dela apesar do desejo que ele tinha de se movimentar.

James investiu em sua estreiteza, sua respiração quente e rápida contra o pescoço dela.

— Ah, amor, eu...

Ele estremeceu contra ela. Com uma última estocada profunda, ele enrijeceu.

A respiração dela ficou mais lenta, e o som da chuva retornou. Ele

— e toda a caverna, exceto a pedra em que eles se reclinavam — tinha desaparecido completamente enquanto eles faziam amor.

O brilho de suas asas, claro como sempre, iluminava a gota de suor na pele dele. Eles ficaram grudados, unidos como um nas últimas ondas batendo do alívio deles.

Por fim, James os acomodou em uma pedra bem mais lisa perto do fogo. Ele insistiu para Tink ficar mais perto das chamas.

— Acha que vou congelar durante a noite? — ela zombou, traçando uma cicatriz no braço dele.

Ele se aproximou, entrelaçando as pernas nuas nas dela.

— Tenho certeza de que consigo te manter quente, amor. Mas, desse jeito, posso te ver melhor.

— Como se tivesse alguma coisa que não tenha visto. — Ela sorriu apesar da onda de calor rastejando por seu peito.

— Quem se cansaria de tal vista? — Ele deu uma olhada nela inteira para garantir.

Ela revirou os olhos e empurrou o peito dele, ganhando uma risada em resposta.

— Vai dormir com isso? — Tink inclinou a cabeça na direção do gancho.

Ele ergueu o braço na luz, deixando-o dançar pelo tecido e pelas amarras de couro. Devia irritar, por estar tão molhado.

— Não se você ajudar. — Ele abriu um espacinho entre eles. — É difícil quando está molhado assim.

Claro. Independente do quanto fosse bem-feito, com certeza não era para ficar tão molhado. Por que ela nunca tinha pensado nisso? Sua atenção voltou para a pedra que eles tinham ocupado. *Certo, bem, havia motivos, mas ainda...* Ela se sentiu mal por não ter lhe oferecido ajuda.

Lenta e cuidadosamente, ela retirou a engenhoca do braço dele. O coto onde sua mão costumava ficar era enrugado na ponta, irregular, embora o ferimento, claramente, fosse antigo.

Os dedos dela trilharam pela cicatriz, e James tentou tirar. Em vez disso, ela segurou o braço dele e deu um beijo no final. Fazia parte dele, e ela amava tudo.

Amava. Sua respiração parou.

Será? Ela o amava? *Um pirata, um homem dos mares, um humano, pelo amor de Flora! Mas...*

— É tão repulsivo?

As palavras dele a assustaram.

— Não! — Ela se inclinou para mais perto e deu outro beijo para enfatizar. Dessa vez, segurou o olhar dele conforme o fazia, assistindo aos ombros dele relaxarem antes de se aconchegar de volta no peito dele.

— Estava só pensando...

— Sobre?

Ela engoliu em seco. *Amor.* Era grande demais. Demais.

— Você. Eu... — *Merda.* Ela desviou o olhar. — Você nunca me contou como conseguiu seu gancho.

— Ah.

Boa, Tink.

O arrependimento se instalou no peito dela, mas diminuiu quando ele a puxou para perto com os dois braços.

— Essa é uma longa história.

— Acho que temos tempo. — Ela olhou na direção da entrada da caverna onde a chuva ainda caía e o retumbar ocasional de um trovão soava.

— É. — A testa dele pressionou contra a dela. — Temos.

29

O gancho.

Aquela era uma história na qual ele não pensava havia anos. Uma história que ele nunca tinha contado por completo. *Imaginei que ela fosse perguntar sobre isso em algum momento.* O nome dele estava relacionado a isso, afinal.

Ele suspirou e deitou a cabeça na pedra, encarando as estalactites acima. Com o calor suave de Tink aconchegada nele e a satisfação da união deles ainda fluindo nas veias, era uma hora tão boa quanto qualquer outra para encarar antigas lembranças.

— Ah, por onde começar. — Ele deslizou os dedos pelo cabelo dela. — Minha mãe ficou doente. Febre do sal. Seca o corpo lentamente, ao longo de semanas, até a pessoa ficar só a carcaça e se render. Muitas pessoas pegaram a doença naquele ano, e os estoques de raiz de violeta dos médicos acabaram. Era a única cura para a doença lenta que a corroía. Eu ainda era um menino, me virando com o que conseguia ganhar trabalhando nos barcos de pesca. Precisei de tudo que tinha e mais um pouco... meus primeiros passos na pirataria... para conseguir que a bruxa usasse seus feitiços e me direcionasse à raiz de violeta. Crescia em outra ilha, alguns dias de viagem de barco. Não tinha meu próprio navio na época. Pensei em roubar um, mas capitaneá-lo sozinho durante a temporada de tempestade era uma missão burra. Não poderia ajudar minha mãe do fundo do mar.

Tink se ergueu em um cotovelo.

— Pensei que você e Smee fossem amigos desde a infância.

— Sim, nós somos. Mas ele ficou cuidando da minha mãe por mim, junto com a própria família. Um de nós precisava cuidar. A mãe dele estava grávida, e o pai dele era bem mais velho do que a mãe. Mal conseguia andar direito na época e faleceu não muito depois. Smee, por ser o filho mais velho, sempre tinha muito a fazer. Mesmo nessa época ele ficava feliz em ajudar. Leal. Sempre otimista.

Os lábios dele se abriram em um sorriso ao pensar em seu primeiro imediato, seu primeiro amigo, e realmente seu irmão se ele tivesse tido um. Eles se meteram em tanta encrenca quando meninos antes das obrigações com a família encorajá-los a se endireitarem... e antes de procurarem meios para poder sustentar aqueles que amavam. Gancho balançou a cabeça, seu sorriso desaparecendo.

— Enfim, soube que um navio ia na direção da ilha onde a raiz de violeta crescia.

Uma arfada suave sussurrou pela pele dele.

— O *Kraken*?

Gancho assentiu.

— Implorei para aquele desgraçado, implorei para ele de joelhos para me deixar embarcar só até chegarem ao meu destino. Ainda me lembro do sorriso que ele me deu, um dente de ouro brilhando através da barba densa e cheia. Então ele me segurou no ombro com sua mão carnuda e me proclamou como membro de sua tripulação. Não deveria ter sido tão fácil, mas estava bastante aliviado para ser cauteloso. Jovem demais e burro.

"Seria mentira dizer que ele não me assustava. E sua tripulação... De muitas formas, eles me lembravam dos pescadores velhos e robustos que eu conhecia. Gente que pegava no pesado. Corpos desgastados pela natureza. Sempre cantando uma música indecente. Mas havia uma obscuridade neles, um aviso em seus olhos que dizia que não hesitariam em cortar minha garganta e me jogar para o lado se eu ultrapassasse o limite. Então eu trabalhava duro. Esfregando o deque, limpando as cabines. Todas as funções que ninguém queria."

Um fantasma queimou a pele dele, uma lembrança de quando o sol tinha feito bolhas em sua pele nos dias no mar com roupas inadequadas. Os pescadores paravam de trabalhar ao meio-dia, vendendo sua pesca na sombra. Mas não o Capitão Barba-Negra.

— Por fim chegamos à ilha, e segui os direcionamentos da bruxa para encontrar a raiz de violeta. Ela foi mais direta daquela vez. Foi fácil encontrar o campo onde elas cresciam. As coisas estavam finalmente melhorando. Peguei um pouco a mais para vender no porto, planejando comprar a passagem no próximo navio para casa. — Sentiu a mão faltante pinicar, desejando cerrar em punho, embora um gancho agora ocupasse seu lugar. — Não tive a oportunidade. Os homens do Barba-Negra me encontraram e me arrastaram de volta ao navio.

Ele ainda conseguia ver a textura da madeira em que o jogaram diante de Barba-Negra. O cheiro leve de jasmim. As botas polidas de Barba-Negra batendo em sua linha de visão.

— Pensou em escapar, garoto? — Barba-Negra o tinha arrastado até seus pés pela camisa, rasgando-a. — Um ratinho, fugindo.

A face de Gancho ardeu com a lembrança do tapa com as costas da mão que veio em seguida.

— Você vai embora quando eu disser que pode.

Algo macio e quente o trouxe de volta ao momento. Tink segurou a bochecha dele. A luz do fogo tremeluziu pelo rosto dela e refletia em suas asas.

— Não precisa contar.

Não, não precisava, mas, pela primeira vez, ele queria.

— Ainda não respondi sua pergunta. — Ele cobriu a mão dela antes de puxá-la mais para perto na sua lateral.

— Não precisa...

— Eu sei. Nem Smee sabe a história inteira.

Ela se sobressaltou.

— O quê?

O esboço de um sorriso apareceu nos lábios dele.

— Isso mesmo, então ouça bem, porque pode ser que eu nunca mais conte. Onde eu estava? — ele perguntou, para efeito dramático. — Ah, sim. O Capitão Barba-Negra ficou furioso por eu ter tentado fugir, embora só tivéssemos concordado que eu me juntaria a eles naquele trecho. Ele pensou em me ensinar uma lição. — Ele olhou para seu gancho, um nó em sua garganta. — Ele cortou minha mão. — Foi misericórdia ter sido feito com rapidez. Ele mal entendera o que estava prestes a acontecer antes de um dos membros da tripulação esticar o braço dele, e Barba-Negra balançar a lâmina… um cutelo… que puxou de uma bainha de pele de crocodilo.

Tink beijou a bochecha dele. O movimento tranquilizador de suas mãos em sua pele nua o manteve são. Sem ela… *Deuses, sem ela, eu estaria perdido.*

— Ele me jogou em uma cela. Me deixou lá para limpar e costurar minha própria ferida naquele lugar imundo. Todas as lembranças a partir daí são um borrão.

Mentira. Ele nunca se esqueceria daqueles dias, à beira da morte, deitado em sua própria sujeira. Cada instante ficou gravado na parte mais sombria de sua alma, a parte que jurou vingança. Aquela parte de seu corpo havia infeccionado, uma doença que nem o tempo curava. Se ela fazia alguma coisa era ir piorando até que tudo que ele conseguia fazer era focar em vingança. Pelo menos, esse tinha sido o caso até ele conhecer uma certa fada em um bar. Ele passou uma mão no cabelo dela de novo.

— Mas, um dia, Barba-Negra chegou na minha cela. Ele jogou um gancho de metal polido na minha direção. Uma forma que eu poderia usar para acabar comigo mesmo se quisesse.

Aqueles olhos frios e indiferentes ainda assombravam seus pesadelos.

— Garoto pescador — ele tinha dito. O homem nem usava seu nome, embora soubesse qual era. — Estripe-se ou recomponha-se.

Um tremor de raiva o percorreu.

— Eu vivi, e eles me deixaram descer no porto seguinte.

Na verdade, jogaram-no nas docas.

— O garoto talvez se torne um homem, no final das contas — foram as palavras de Barba-Negra entre risadas. Suas sobrancelhas peludas se uniram para encará-lo como se ele fosse um peixe que se virava em suas botas. — Vou ficar te vigiando, garoto.

E Gancho o vigiaria também. Ele tinha feito um juramento. Iria se reerguer, fazer um nome para si mesmo e tirar de Barba-Negra a única coisa que ele amava — os mares. Matá-lo seria fácil demais, rápido demais. Era melhor que ele sofresse ao ver o garoto que ele quase destruiu se levantar e se tornar um pirata melhor do que ele.

— Esse foi o gancho? — Tink olhou para o objeto ofensor.

— Eu o tenho comigo todos os dias desde então. Ele pensou que fosse me derrubar com isso, então o usei para fazer um nome para mim.

Ela beijou o peito dele e sorriu.

— E aqui estava eu sempre pensando que você não tinha criatividade.

Só ela para encontrar um jeito de fazê-lo sorrir.

— Pelo menos é melhor do que ter o nome do que seus pais fazem e a flor preferida deles. — Ela fez beicinho.

Tinker Bell.

— Sempre me perguntei sobre seu nome — ele disse. Porque era bem diferente.

Seu rosto corou, e ela baixou a cabeça.

— É uma tradição de fada. Vocês têm nomes de família, nós temos nomes de trabalho. Nosso nome de trabalho vem primeiro, depois o nome dado.

Interessante.

— Não pode mudar de trabalho?

— Pode, sim. Aí seu nome também muda. Pensei nisso. Gosto de música, mas sou melhor em *consertar e fazer coisas.* Como minha antiga casa na árvore. — Ela suspirou. — Além do mais, os anciãos poderiam ter um ataque se eu tivesse pedido uma mudança formal.

— E Lily? Ela é uma...

— Consertadora. Tinker Lily.

Os lábios dele se curvaram.

— Então por que você não atende por Bell?

— É muito... — Ela acenou a mão no ar.

Ele entendia. Bell era um nome lindo, talvez delicado demais para a natureza selvagem e o coração feroz dela. Por isso que ela tinha escolhido usar Tink. Combinava. Mesmo assim...

— Você pode mudá-lo se o detesta, amor. Humanos não têm essas regras.

Um dedo deslizou pela clavícula dele.

— Vou pensar nisso. — Ela segurou o anel prateado de seu colar entre os dedos. — Acho que ela teria orgulho de você.

Ele olhou para ela de canto de olho.

— Duvido.

— O que... — Ela balançou a cabeça. — Não, deixe pra lá.

Gancho engoliu em seco o nó alojado em sua garganta.

— O que houve com ela?

Ela desviou o olhar.

— Não quero... — Tink soprou a mecha de cabelo caindo em seu rosto. — Bem, acho que já estraguei o clima.

— Você nunca estraga nada. — Ele puxou o rosto dela de volta para perto dele. — Machuca falar dela, não posso negar, mas minha vingança contra Barba-Negra não é só por mim. — Ele colocou uma mecha de cabelo rebelde atrás da orelha pontuda de Tink. — Consegui voltar para casa duas semanas depois. Por acaso, tinha conseguido guardar um pouco de raiz de violeta. Mas não ajudou. Ela tinha falecido dois dias antes de eu voltar.

Ele segurou a mão de Tink na dele, fechando seus dedos delicados no anel contra seu peito.

— Se Barba-Negra não tivesse me impedido, eu teria chegado a tempo. Ela poderia ter melhorado.

Ele não teria perdoado Barba-Negra pelo que fizera com ele. Ainda buscaria vingança, pelo menos por um tempo, mas talvez isso tivesse se esvaído ao longo dos anos. Mas a morte de sua mãe? Isso ele nunca conseguiria perdoar.

Tink chegou impossivelmente mais perto.

— Quando terminarmos aqui, assim que tivermos recuperado a escama e retirado seu feitiço, quero ajudar você a acabar com ele.

Ele prendeu a respiração, virando-se para encará-la por completo.

— E sua casa? Lily?

— Ela pode voltar e contar para todo mundo que estou bem. Sua pulseira ainda está intacta, então só precisamos levá-la de volta a um dos portais. Assim que Barba-Negra for derrotado, posso usar a pérola para consertar a minha e voltar depois.

Então ela ainda o deixaria. Uma dor profunda rasgou o peito dele. *Deveria saber.*

— Isto é... — Ela soltou o anel, seus dedos descendo pela pele dele. — A não ser que você não queira que eu volte — ela divagou, claramente percebendo a mudança nele independente do quanto ele tentasse esconder. — Ele te machucou mais do que a mim, só quero ajudar...

— Você ajuda, sim. Adoraria sua ajuda. — E muito mais. Mas ele não poderia pedir. Ela detestava o mar. *Maldição, ela nem sabe nadar e vomita tudo de seu estômago na metade do tempo.* E ele não poderia abandonar sua tripulação... ou o mar... Eles eram parte dele tanto quanto o ar em seus pulmões. — Vamos acertar isso.

Ela se aninhou ao lado dele com um suspiro suave. Um murmúrio escorregou dos lábios dela, baixo demais para ouvir. Apesar dos problemas que, sem dúvida, os aguardavam, naquele instante ele tinha tudo o que desejava.

30

— Bom dia, meu amor.

Uma pedra cravou em sua perna. Em algum momento, ela tinha rolado sobre uma asa, e doía bastante. Mas, quando abriu suas pálpebras pesadas sonolentas e olhou para o rosto sorridente de James, nada disso importou. Uma perna estava entrelaçada na dele, muito mais quente do que a outra. A cor subiu para suas bochechas quando ela registrou a ereção pressionada em sua coxa. James flexionou o braço em sua cintura conforme a puxava mais para perto.

— Bom dia. — Ela mordeu o lábio, segurando-o em um sorriso tímido. Não importava quantas vezes eles acordassem juntos, toda vez era uma maravilha, uma alegria, um momento que ela queria que durasse para sempre. A caverna úmida devia ser um dos piores lugares em que ela já dormira, ainda assim, não tinha vontade de sair.

Cantos de pássaros provocaram seus ouvidos. A luz entrava na moradia deles, refletindo na umidade de uma parede.

— A tempestade passou?

— Parece que sim. — As pernas dele roçaram nas dela, provocando um gritinho.

Tink olhou para a entrada. A tripulação os estaria procurando. A inundação de luz dizia que tinha passado do amanhecer. Ela suspirou e baixou a bochecha no peito dele.

— Queria poder só ficar aqui.

Dedos calosos traçaram a lateral de seu corpo, deixando arrepios pelo caminho. Eles enrolaram uma mecha de cabelo, traçaram uma orelha.

— Eu também, amor. Eu também.

Lenta e relutantemente, ele deslizou de debaixo dela. O frio se apressou para o espaço vazio.

Tink se virou, assistindo com interesse ousado Gancho analisar suas roupas. Aquela bunda durinha poderia inspirar sonetos. Sem contar os braços fortes, as pernas poderosas e os quadris esguios. As coxas dela se apertaram ao avaliar o homem diante de si. Ela queria arrastá-lo de volta para o chão rochoso e duro e ter seu tempo com ele.

James olhou para ela por cima de um ombro, curvando para cima os lábios inchados pelos beijos.

— Atrevidinha.

Ela sorriu em resposta. Por que negar?

— Ainda estão meio úmidas. — Ele embolou as roupas e as jogou para ela.

Meio úmidas era eufemismo. Elas mal tinham secado.

Tink suspirou e olhou de volta para a abertura da caverna. Pelo menos o sol estaria quente. Ele já rastejava pela parede da caverna...

— James! — Ela pulou de pé. Suas asas tremeluzindo um pouco.

— O que foi? — Ele girou, ainda totalmente nu, procurando um perigo que não existia.

— Veja! — ela quase gritou.

— Sim, está ensolarado hoje.

— Não é isso. — Ela correu na direção da talha que tinha avistado, sem se importar com as pedras duras abaixo de seus pés. — Ali! — Ela jogou o braço na direção da parede da caverna.

— O qu... — Ele arregalou os olhos. — A águia.

Ela ria e saltitava de alegria. A pista. Tinha que ser.

O peito de James subiu e desceu antes de ele girar na direção do fundo da caverna.

— Tem uma piscina lá. — Ele se voltou para ela. — Uma água rasa.

— "Na água rasa, a escama vocês encontrarão" — ela repetiu as palavras da bruxa.

James sorriu como um homem que tinha acabado de ser declarado rei de todos e ele acenou para ela ir até ele.

Tink flutuou pelo solo, os dedos dos pés mal tocando-o. Ele já pegara uma tocha do que sobrara da fogueira. Sua fumaça se curvou para cima na direção da abertura estreita de onde a água da chuva pingava para dentro da caverna.

Ainda nus como o dia em que nasceram, eles correram pelo solo rochoso na direção do fundo da caverna. Para que importavam roupas quando o objeto que procuravam estava ao alcance? Além do mais, a bruxa disse que estaria na água rasa — não fazia sentido molhar tudo ou tirar de novo a roupa.

O ar frio arrepiou os pelos de Tink, mas ela mal percebeu, não com a pitada de empolgação percorrendo suas veias e a alegria que emanava do homem ao seu lado.

Uma piscina de água cristalina se alongava na direção dos limites da caverna no fim do túnel. Faixas estreitas de luz entravam de uma fenda no teto.

— Está mais funda do que antes. — James estranhou ao prender a tocha entre duas pedras próximas.

Culpa da tempestade, sem dúvida. Claro que ela tornaria essa última parte mais difícil também. Não era sempre assim?

Pedrinhas se espalhavam no fundo da piscina cristalina.

— Como vamos encontrar a escama no meio de tudo isto? Você sabe como ela é?

James balançou a cabeça.

— Não faço ideia. — Ele a olhou de cima a baixo. — Mas pode ter sido uma boa ideia não termos nos vestido.

O calor correu para a ponta das orelhas dela. Como se ela precisasse de outro lembrete da nudez dele. Ela tinha topado o dedão do pé duas vezes na caminhada curta até lá porque estivera muito ocupada com sua visão de James. O objetivo deles ao alcance ou não, ele era uma distração enorme. Nem o frio a distraiu disso… era demais.

A água espirrou quando James entrou na piscina.

— Gelada pra caramba! — ele gritou.

Tink suspirou. Eles tinham que entrar na água. *Claro. Por que, oh, por que eu sempre tenho que entrar na água?* Ela tocou a água com um dedão e quase berrou. *Gelada pra caramba mesmo.*

Água calma. Sem ondas. Não muito diferente dos riachos em casa, ela repetiu silenciosamente para si mesma, tentando acalmar seus pensamentos acelerados. Mas os riachos em casa eram quentinhos e bem menos profundos. Piscina rasa, até parece. Talvez tivesse sido, mas antes da chuva.

O pé dela escorregou. Tink gritou quando seus braços se ergueram no ar e suas asas bateram atrás dela, mal mantendo-a em pé.

— Te peguei. — James a segurou pelo braço, equilibrando-a.

Tink arfou, mas não foi só o toque dele que fez seu coração acelerar e o gelo se derreter. Na parte mais funda da piscina algo brilhava em azul-pastel e misterioso.

— Olhe.

Ele seguiu a linha de visão dela. Ele arregalou os olhos e foi para a frente dela.

— A escama? — Ela espiou ao redor dele.

— Não sei. — A voz dele tinha rigidez, como se um inimigo tivesse acabado de descer do teto. — Fique aqui. — Assim que ele a soltou para se aventurar na água mais funda, o brilho desapareceu.

— Maldição…

— Para onde foi? — Tink espirrou água para a frente, sem se importar com as palavras dele ou com a água subindo até suas coxas. Ela encostou em James, e o brilho voltou à vida.

A respiração ficou presa na garganta dela.

— Toda vez que nos tocamos…

James se virou na direção dela.

— Unidos dois em um. — As últimas palavras da bruxa. Ele segurou a mão dela. — Temos que pegá-la juntos.

Tink engoliu em seco com a estreiteza repentina em sua garganta. Ela teria que ir ao fundo da água com ele.

— E mais uma coisa… — Ele olhou para o coto de sua mão onde ele ainda precisava reconectar seu gancho.

O estômago dela se afundou.

— Se você estiver segurando minha mão, não vai conseguir pegar a escama.

— É.

— Posso segurar seu braço… talvez… — Ela desviou o olhar. Caramba, aquela água passaria da sua cabeça.

Ele a puxou para perto em um abraço reconfortante.

— Vou nadar por nós e nos levar lá para baixo. Você só tem que pegá-la.

Era mais fácil falar do que fazer.

Tink praticamente se pendurou em James como um macaco em uma árvore quando andaram para as profundezas. Verdade seja dita, tudo que ela precisava fazer era se segurar. E prender a respiração. James mergulhou com Tink envolvida em seus braços.

A água congelante se fechando por todo seu rosto quase a fez soltar todo o ar que tinha prendido antes de mergulhar.

Água em todo lugar. Não sei nadar. Pulmões queimando.

James lhe deu um puxão de leve.

Escama. Certo. Recomponha-se.

Havia pedrinhas espalhadas pelo fundo da piscina, mas só uma emitia o brilho azulado misterioso que os rodeava. *A escama?*

Tink a agarrou, mas a sensação escorregadia que ela esperava não encontrou seus dedos. Era lisa e reta, como uma pedra em formato de triângulo. Antes de ela poder se perguntar mais, James empurrou o fundo com os pés e os levou para a superfície.

— Perfeito, amor. Não deixe cair.

Ela quase não o ouviu por causa de seu desespero por ar. Eles só ficaram lá embaixo por um instante, mas poderia ter sido uma eternidade.

Quando chegaram na altura da água batendo na cintura dela, James a colocou de pé. Ela chacoalhou a água de suas asas. Tink abriu a mão para revelar o pequeno objeto que ela segurara com toda força.

— Não se parece muito com uma escama. — Não que ela tivesse um monte de experiência com peixes, mas tinha quase certeza de que escamas não eram pedras.

— É, mas combina com as palavras da bruxa.

Tink franziu o cenho.

— A menos que ela tenha nos levado a uma pedra.

— Algo assim... — James pegou a pedra cujo brilho tinha diminuído. Fora da água, Tink conseguiu enxergar marcas finamente esculpidas na superfície. — Deve ser o que Titania quer.

Por favor, por favor, que seja.

— Aí podemos retirar seu feitiço — ela disse, na tentativa de ser otimista.

Um sorriso triste se abriu no rosto dele.

— E você pode ir para casa.

O peito dela doeu.

Casa. Certo.

Ela não conseguiu mais encontrar o olhar dele. James colocou a escama de volta na palma da mão dela e se virou.

— Esper... — Tink tentou segurá-lo, porém ele mergulhou de volta na piscina.

Um minuto depois, ele voltou com uma mão cheia das outras pedras.

— Só no caso de precisar — ele disse, chacoalhando a água de seu cabelo como um cachorro.

Tink ergueu o braço para se proteger dos respingos.

— Precisar para quê?

Ele deu de ombros.

— Bem, nós não sabíamos como ela era. Aposto que ninguém sabe. Não se é cuidadoso demais quando se trata de tesouro.

O sorriso dele fez um monte de sentimentos se revirar dentro dela com os quais ela não sabia lidar, principalmente quando o olhar dele desceu para seu peito, mal escondidos por seu cabelo encharcado, depois mais para baixo. Tink tossiu e se virou. Eles precisavam se vestir. *Imediatamente.*

Deslizar as roupas geladas e molhadas por sua pele foi mais difícil do que mergulhar na piscina. *Bem, quase.*

James deslizou as escamas falsas em seu bolso, mas entregou a verdadeira para ela.

— Quero que você guarde isto.

— Eu? — Tink gritou, balançando-se no calcanhar.

Ele segurou a mão dela e a pressionou em sua palma.

— Gosto de ter as coisas que mais valorizo em um só lugar. — Seus olhar quase a despiu... de novo.

As palavras falharam em chegar à língua dela. Tudo que conseguiu emitir foi um "oh" baixo conforme sua pele se esquentava rapidamente.

A pedra estava estranhamente quente quando ela a deslizou para um dos bolsinhos internos costurados ao cós de sua calça. Ninguém a pegaria ali... exceto, talvez, James. Caramba, ela ansiava por suas tentativas de reaver aquela pedra. Passar muito tempo sem as roupas não havia diminuído seu desejo de vê-lo sem elas de novo — nem um pouco.

Tink piscou de encontro ao brilho da luz do sol e protegeu os olhos quando saíram da caverna. *Sol abençoado, lindo e quente!* A tempestade havia passado totalmente, deixando o céu azul. Uma névoa de fumaça pairava logo abaixo deles na encosta que o dia ainda iria fazer desaparecer — se é que ela sumia naquela ilha enfeitiçada. Pássaros cantavam e chilreavam. Um macaco chiou à esquerda dela. Mas a tripulação não estava em nenhum lugar.

— Talvez eles tenham acampado um pouco mais para baixo — James disse como se lesse os pensamentos dela.

— Talvez — ela ecoou, mas algo parecia errado. O cenário estava muito feliz. Muito... normal. Será que não tinham voltado imediatamente? — Acha que foram pegar ferramentas para consertar a ponte?

— Talvez. Vamos. — As palavras dele estavam secas, mas não era frustração. Ele estava preocupado. A rigidez nos ombros o entregava, mesmo enquanto ele estendia a mão para ela.

Ela a pegou, seguindo-o pelas rochas irregulares até chegarem a uma seção estreita do desfiladeiro na qual ela quase caíra no dia anterior.

— Se encontrarmos uma videira espessa, pode ser que...

— Não, deixa comigo. — As asas dela tremeluziram. Ela alongou e girou os ombros.

Ele queria reprimi-la por causa daquilo. Ela tinha lhe contado o quanto suas asas ficavam fracas fora do vale. No dia anterior, ela precisara de toda a força para erguê-lo pelo desfiladeiro na chuva forte. O pó havia retornado. Muito dele, mais do que ela ousava esperar, e não havia derramado nada dele para usar para outros propósitos. Era por causa dele, do tempo deles juntos. Apesar das dificuldades, ela era feliz nos braços dele, na sua presença. Cada sorriso...

O maxilar dele enrijeceu, e ela se apressou para explicar.

— Eu consigo...

— Eu confio em você.

Ela arregalou os olhos.

— Você...

— Eu confio em você — ele repetiu.

— Tudo bem, vou conseguir — ela adicionou, mais para si mesma do que para ele. — Só vou, hum... — Ela ficou na ponta dos pés, envolvendo os braços no pescoço dele. — Me levante... oh!

James a segurou pela bunda, erguendo-a e apertando-a firme contra ele enquanto ela envolvia as pernas na cintura dele. Ele encostou a testa na dela.

— Você tem minha vida em suas mãos de novo, amor.

Sem pressão nem nada. Uma inspiração funda preencheu os pulmões dela, depois outra.

— De volta ao desfiladeiro.

Um passo cuidadoso após o outro, ele obedeceu.

Asas, não me decepcionem agora.

Erguê-los era fácil. Havia solo firme debaixo de seus pés. Voar pelo desfiladeiro, com a brisa batendo em suas asas, era outra história. Cada batida e vibração doía. A dor percorreu suas costas. James estava parado nos braços dela. Ela não ousava olhar para ele. Nem falar. Seu coração latejava no peito. O suor descia por seu pescoço.

Quase lá. Quase...

Tink gritou em um misto de dor e alívio quando as botas de James tocaram o outro lado. Imediatamente, ele pulou para a beirada e a girou em segurança. Ela cedeu, os pés deslizando para o chão e as asas se dobrando em suas costas. Tinham conseguido. *Graças a todos os santos anciãos*.

James ergueu o rosto de Tink, que ofegava.

— Brilhante, amor.

Ela soltou uma risada sem graça. Ela poderia viver muito bem sem precisar levar seu amante por outro desfiladeiro mortal.

— Vamos. — Ela se virou, relutante a confessar o quanto aquele voo tinha sido difícil. — Eles devem estar perto.

Vinte minutos de tropeços pela descida difícil, e eles não tinham visto nada além de um pedaço de roupa em um galho — que poderia ter acontecido na trilha deles para subir.

Tink parou.

— Talvez seja melhor voltarmos.

— Smee! — Gancho gritou. Apenas os pássaros responderam. — Tem razão, vamos...

Ele se virou, arregalando os olhos.

Uma mão carnuda cobria a boca de Tink.

31

O sangue corria nos ouvidos dela. Ela chutava, batia, gritava conforme o homem — tinha que ser um homem — esmagava suas asas contra o corpo dele.

— Tarde demais, *Capitão* — a voz grossa retumbou de detrás dela.

James puxou sua espada.

— Solte-a.

O homem ergueu a lâmina no pescoço de Tink. Ela parou de se mexer imediatamente, congelada pelo medo.

— Acho que não.

Aquela voz. Ela conhecia aquela voz. Os olhos de James travaram nos dela do outro lado do espaço entre eles. O medo primitivo pairava entre eles.

Capitão Barba-Negra. Seu estômago se revirou, os joelhos tremeram perigosamente. Outros homens saíram da selva densa, com as espadas erguidas.

— O que você quer? — James perguntou, ignorando os outros.

— Levar você até a sua tripulação, claro. — Ele deu risada. O fio da lâmina grossa e curvada quase arranhava a pele dela. Sua visão estava embaçada, mas ela poderia jurar que ele segurava uma lâmina envolvida em um tipo de pele de réptil.

— O que você fez com eles?

— Eles só estão esperando mais à frente.

Lily.

Seu coração quase bateu para fora do peito. *Será que ela tinha escapado? Ele também a pegara?* Uma lágrima escorreu por sua bochecha conforme Barba-Negra a cutucava para a frente. Tudo que ela sacrificara tinha sido para que ela voltasse em segurança para casa, e agora Barba-Negra, provavelmente, a pegara de novo. Ela tinha enfeitiçado James e sua tripulação, colocado-os em perigo, e para quê?

— Baixe a espada — Barba-Negra exigiu, angulando a própria espada contra a garganta dela, para enfatizar.

James não tirava os olhos dela.

— Se a machucar... — Ele jogou a espada para longe.

— Você vai fazer o quê?

Um homem corpulento de cabelo comprido e oleoso chutou a parte de trás das pernas de James, derrubando-o no chão. Ele soltou um grunhido de dor quando caiu na terra. Tink queria correr até ele, porém Barba-Negra a segurava firme. Um movimento, uma investida inoportuna, e ele cortaria sua garganta.

Outro homem, baixo e esguio, socou James no rosto, derrubando-o no chão.

— Isca de peixe — ele cuspiu.

Em segundos, eles amarraram os braços dele atrás de suas costas e o arrastaram para ficar de pé. Escorria sangue de um corte em seu lábio. Ela se doía por ele, machucava mais os ferimentos dele do que suas asas berrando de dor, presas contra o corpo do Capitão Barba-Negra.

Os piratas empurraram James pelo caminho à frente dela. O silêncio mortal reinou até eles entrarem em uma clareira pequena. Até os pássaros e outros animais se dispersaram na presença daqueles monstros. Barba-Negra tirou a mão nojenta da sua boca, mas o que ela poderia dizer? Não havia conversa racional com aquele monstro. Ela sabia que só de tentar seria um desperdício de fôlego. A tripulação de Gancho estava amarrada e amordaçada, unida em pequenos grupos sob supervisão dos homens de Barba-Negra.

Um nó apertado se prendeu em sua garganta quando Tink observou cada um da tripulação, analisando os ferimentos — hematomas, um pouco de sangue, nada fatal que ela pudesse ver. Mas...

Lily. Seu coração parou.

— Cadê ela? — ela soltou, antes de poder pensar melhor.

Smee desviou o olhar. Sage rosnou contra sua mordaça. Por que...?

— Está me procurando?

Lily saiu de detrás de dois homens de Barba-Negra, sem nenhum machucado. Tink franziu as sobrancelhas. Sua mente tentou entender e fracassou.

Barba-Negra baixou a espada e a empurrou para a frente. Tink se atrapalhou como um peixe, de boca aberta, e caiu no chão. Seus joelhos reclamaram de dor mesmo enquanto suas asas suspiravam.

— Tink! — James avançou para ela, mas foi puxado para trás.

— Amarrem-na — Barba-Negra ordenou.

Ela se mexeu para se ajoelhar, piscando para Lily, antes de seus braços serem puxados para trás dela por dois homens musculosos.

— Você está... — A realidade a sufocou. A verdade esfaqueou suas entranhas.

— Com eles? — Um sorriso selvagem se abriu no rosto de sua prima.

Não.

O ácido subiu rastejando por sua garganta.

Não. Não pode ser.

— Eu te amava. Eu te salvei — ela arfou. — Dei tudo que tinha. — Lágrimas queimaram o canto de seus olhos, mas ela se recusava a chorar, não por ela. A corda foi apertando seus punhos conforme o homem atrás dela puxava forte as amarras.

Lily caminhou até ela e se abaixou à sua frente.

— Problema seu.

— Minha... — A respiração a deixou. Ela se curvou como se tivesse levado um chute no estômago. Escorria suor frio por sua pele.

— Eu *quis* ir com eles naquela noite. — Ela sorriu para o único homem que parecia decente da tripulação de Barba-Negra, o qual soprou um beijo para ela. — Eu planejava voltar... em algum momento. — Ela deu de ombros. — Mas aí você tinha que ser toda perfeita e heroína. Tinker Bell, a estrelinha brilhante, pronta para salvar o dia.

Tink recuou com o sarcasmo na voz dela. *Perfeita? Estrela brilhante?*

— Eles me contaram o que você tinha oferecido para eles para me levarem de volta para a costa. E sabe qual foi meu primeiro pensamento? Liberdade. Finalmente. Não seria mais a sombra de Tinker Bell. Sempre negligenciada e desvalorizada.

Cada palavra machucava mais do que um soco.

— Não seria mais comparada à Pequena Srta. Boazinha. Eu poderia, enfim, brilhar. Eu!

— Eu nunca...

— Não, você nunca soube como era ser eu. Não era tão bonita, não era tão inteligente, não era tão habilidosa. Todos os dias, meus pais me comparavam a você. Por que não pode ser mais parecida com Tink? Até os anciãos ficavam comentando sobre você e fingiam que eu nem existia!

Tink teve ânsia. Elas sempre estiveram juntas. Brincavam juntas, estudavam juntas, compartilhavam segredos. Lily era amiga dela. Sua melhor amiga.

— Você me pedia para ir com você. Sempre. Falava que confiava em mim, que me queria com você.

Toda vez que elas fugiam escondido para as terras dos humanos, Lily insistia para ela ir junto. Em quem ela mais poderia confiar senão em sua melhor amiga e prima mais próxima? Quem mais ela poderia querer? Lágrimas escorriam pelas bochechas de Tink.

— Claro. — Lily soprou uma mecha de cabelo loiro para longe dos olhos. — Se fôssemos pegas, você se certificaria de que não ficássemos encrencadas. Eles simplesmente te *amavam* tanto. E... — Ela deu de ombros. — Eu meio que esperava que você gostasse. Talvez ficasse? Se perdesse? Mas você tem que fazer tudo *tão bem*. — Sua risada, antes reconfortante, arranhava como areia grossa.

Lily queria que ela fosse amaldiçoada e banida. Sua própria prima. A quase irmã que ela amara, por quem dera tudo... Tink encarou o chão, incapaz de olhar para ela.

— Você nunca nem voltou.

Por isso que ninguém tinha ido procurá-la. Nunca souberam onde ela estava.

— Ah, mas claro que voltei.

Sua cabeça se ergueu de repente.

— Então... o que você...

— Disse? Sabe, eu te conheço muito bem. Apesar de, pelo jeito, você nunca ter me conhecido, certo? — Ela cerrou os dentes. — Eles ficaram perturbados. "Pobre Tinker Bell", disseram, "precisamos encontrá-la imediatamente". Nenhum dele se importou o mínimo comigo. *Feita refém* por piratas. — Ela arfou, fingindo estar chocada. — Escapei por pouco. Poderia muito bem ter ficado invisível. Então... posso ter dado a localização errada para eles. — Ela revirou os olhos.

— Você...

— Ah, e falei para eles que você vendeu seu pó de propósito e *pediu* para os piratas te levarem.

Seu corpo estremeceu. Eles não acreditariam naquilo, seus pais, os anciãos. Todo mundo que ela sempre amou...

— Eles ficaram em dúvida, claro, mas, como não te encontraram. Bem... — Ela se levantou e virou a palma das mãos para o céu.

O movimentou mudou algo nela. Mudou a maré do sofrimento para a fúria.

— Sua vadia.

Lily se endireitou, o sorriso pretensioso desaparecendo.

— Eu dei tudo. — *Casa. Família. Meu modo de vida.* — Tudo! E você... — As unhas delas cravaram em sua palma. — Você vai pagar por isto!

A outra fada jogou a cabeça para trás e gargalhou.

— Tudo? Você acha que isto é tudo? — ela zombou. Lily arrancou a pulseira de fada de seu braço.

Tink arfou quando as miçangas caíram no chão. *Isso não deveria...* Elas não quebravam com tanta facilidade.

— Falsa. — Lily deu de ombros.

— Então você...

Ela também tinha sido amaldiçoada.

— Claro. Quem quer ficar onde não te querem?

— Foi você que vendeu pó para o barman em Tortuga. — As palavras frias de Gancho cortaram sua névoa de fúria.

Lily sorriu com malícia.

— Para lá e para metade do Mar Cerúleo. Tinha que garantir que minha história batesse para qualquer um que perguntasse.

Tink estremeceu. Foi por isso que James ficou confuso quando ela disse a ele que não vendia pó há meses. Ele tinha cruzado com o de Lily. Isso o levara a ela.

— Chega.

Barba-Negra andou até eles.

— Você já se divertiu — ele disse para Lily.

Lily enrugou o nariz, porém recuou quando Barba-Negra chegou perto. Ele estava exatamente como estivera naquela noite terrível — alto, à espreita. O cabelo preto saía de debaixo de um chapéu preto e chegava à nuca. Mechas prateadas o iluminavam, principalmente em sua barba grande que cobria a metade inferior de seu rosto. Pelo jeito que ele empunhava seu cutelo com habilidade, o homem ainda era musculoso debaixo da jaqueta grossa e preta que o cobria do pescoço até a bota.

— Agora. — Ele girou sua lâmina e foi até James. — Temos algumas coisas para… conversar.

Tink piscou para conter as lágrimas ao olhar para James ajoelhado no chão a alguns metros dela. Seu olhar dizia tudo: fúria com a traição de Lily, coração partido por ela. E uma promessa — ela não tinha perdido todo mundo que se importava com ela.

32

Lily pagaria por magoar Tink. Ele sabia que algo não estava certo desde que ela aparecera. Tudo gritava armadilha. *E era. Era mesmo.* Mas ele nunca imaginou que ela estivesse ligada àquele desgraçado.

Ele tinha pensado em muitas possibilidades quando analisara a fada. Um fantasma criado pela ilha? *Possível.* Espiã da realeza Gamorreana? *Talvez.* Uma idiota agindo para seu próprio bem? *Definitivamente.*

Seu punho cerrou onde estava amarrado atrás de suas costas. Ela pagaria pela traição, mas, principalmente, por magoar sua Tink. Vê-la chorar, o corpo tremer, o coração visivelmente se partindo... era tortura. Se não detestasse tanto o maldito crocodilo que vinha em sua direção, ele o agradeceria por ter feito Lily calar a boca.

Barba-Negra apontou a espada para Gancho, olhando desafiadoramente para seu comprimento.

— Onde está a escama de Leviatã?

— Não encontrei — Gancho respondeu encarando intensamente o monstro pairando acima dele.

Barba-Negra inclinou a cabeça para um de seus homens. O homem magro avançou.

Gancho relaxou o maxilar, inclinou-o, mas então... A dor queimou sua bochecha quando o punho do homem a esmagou. Ele deixou a cabeça pender, cerrando os dentes.

Otário.

Tink gritou:

— Pare!

Barba-Negra a ignorou.

Do canto do olho, Gancho viu sua tripulação se contorcer e se mexer. Um gesto legal, mas não ajudaria. *Estamos bem fodidos.* E era culpa dele. Ele havia colocado sua tripulação naquela confusão, ignorado seu instinto, caçado um maldito tesouro. Não que ele realmente tivesse escolha. Eles precisavam daquilo, mas ele poderia ter ido sozinho, insistindo que ficassem no navio, longe daquela maldita ilha.

Gancho cuspiu sangue na terra perto das botas de Barba-Negra.

— Você agiu rápido demais, seu velho crocodilo.

Barba-Negra deu um passo à frente. A ponta de sua lâmina arranhou a parte de baixo do queixo de Gancho, obrigando-o a erguer a cabeça. A mesma lâmina que ele usara para cortar a mão de Gancho. Todos aqueles anos e ele ainda a tinha, o cabo recém-encapado com pele nova de crocodilo.

— Você nunca aprende, pescador.

A antiga provocação lhe deu arrepios.

— Não posso te dar o que não temos, Croc — ele provocou, imitando a voz do homem.

Barba-Negra voltou sua atenção para Lily, uma dúvida clara em sua expressão.

Ela se encolheu.

— Só encontramos metade das pistas até agora.

A fúria irradiou de Barba-Negra quando ele ficou paralisado de repente, deixando sua lâmina descer bem lentamente. Se olhares pudessem matar, a fada estaria morta.

— Foi a melhor oportunidade, eu juro — Lily argumentou. — Com a tempestade, a neblina, tive a chance de sair de fininho, para te contar.

Como ela puxava o saco dele. *Nojenta.* Tink nem sequer olhava para a prima. Ela parecia não olhar para nada, encarando o chão, o rosto pálido. E suas asas... Ele não tinha percebido até então como uma delas estava dobrada de maneira esquisita. Gancho forçou suas amarras. Se ele conseguisse avançar em Barba-Negra, desviar da lâmina dele, encontrar um jeito de...

— Não, nada disso — Barba-Negra o reprimiu. A ponta da lâmina se enfiou na pele macia abaixo do queixo dele como uma picada afiada. — Você confirmou as pistas? — ele perguntou a Lily.

Ela colocou as mãos na cintura.

— Claro.

O olhar de Barba-Negra pousou nele de novo, frio como aço.

— Homens, levem este grupo para o *Kraken*.

Gancho arriscou um olhar rápido para sua tripulação antes de dois homens o colocarem de pé. *Não façam nenhuma burrice.* Olhares fixos de sua tripulação confirmaram a ordem silenciosa. Ele mudou o foco para Tink... *Maldição.* O medo primitivo e o pânico no olhar dela cortavam mais do que a lâmina de Barba-Negra.

Ele precisava encontrar uma escapatória. Para todos eles. Pelo menos ainda não tinham a escama. *Não dê para eles, amor.* Não os salvaria. Barba-Negra mataria a todos em vez de libertá-los. Assim que ele tivesse o que queria, nada o impediria de fazer exatamente isso. Ele desejava dizer isso a ela. Eles não lhe dariam a oportunidade, e ele não poderia arriscar gesticular para ela. *Por favor, amor.*

Amarrados em uma longa fila de prisioneiros, não havia como escapar. A esperança se esvaía mais a cada passo na direção da praia rochosa. Já dava para ver o *Kraken* parado em alto-mar, perto do *Jolly Roger*. O aperto em seu peito piorava quanto mais se aproximavam. O que acontecera com os homens que ele deixara no navio? Barley com um bebê a caminho, os outros... Se Barba-Negra os machucara...

Não. Gancho parou de pensar no pior. Ele não deixaria suas emoções assumirem. Eles nunca venceriam assim. Ele tinha que esperar o momento perfeito para virar a maré contra ele. As probabilidades já estiveram contra eles no mínimo uma dúzia de outras vezes, e tinham vencido. Ele não perderia desta vez. Não para Barba-Negra nem ninguém. Ele colocaria aquele desgraçado em seu lugar e teria sua vingança. Não havia outra opção.

Algumas pessoas pequenas esperavam perto dos barcos a remo na praia. Gancho quase tropeçou. Crianças? Por que Barba-Negra tinha crianças com ele?

E não eram quaisquer crianças. Gancho estreitou os olhos quando se aproximaram. Ele se lembrava daquele ruivo com quem tinha negociado na casa da árvore de Tink. A fúria quente percorreu sua pele. *Pivete.* E aquele baixinho perto dele, com certeza, era o garoto da loja da bruxa. Ele quase não prestara atenção nele naquele dia, mas o garoto briguento nem sequer tinha trocado de roupa.

Por que trabalhar com esse grupo?

— Você! — Tink gritou à frente dele. Ele mal conseguia vê-la, apenas um vislumbre rápido de cabelo loiro conforme ela lutava contra as cordas que conectavam a todos.

— É aquela fada! — o menino forte exclamou.

— *Por que* você está aqui? Todos vocês?

Boa pergunta, amor.

— Ele paga bem — o ruivo respondeu.

— Peter, seu idiota! Ele é mau — ela gritou enquanto um dos homens de Barba-Negra a obrigava a entrar em um barco. Ela berrou de novo, quase caindo na água.

O menino se endireitou. Pelo menos dois deles tiveram a decência de desviar o olhar, e o menor puxou a camiseta de Peter.

No caminho inteiro até o barco, Gancho esperou uma oportunidade que não apareceu. Ou talvez ele tivesse perdido. Não conseguia tirar os olhos de Tink, que fora forçada a entrar no barco a remo à frente dele — junto com muitos outros da tripulação do desgraçado. Ela vomitou no barco, ouvindo gemidos e resmungos. Eles mereciam muito pior do que botas sujas.

— Acho que ela não combina muito com esta vida. — As palavras de Barba-Negra desceram sobre ele como uma névoa congelada.

Gancho voltou sua atenção ao capitão, que sorria presunçosamente para o barco carregando Tink.

Ele desviou o olhar, mas o dano estava feito. Barba-Negra sabia demais. *Maldito crocodilo.*

— Cadê minha tripulação? — Gancho perguntou enquanto remavam para longe do *Jolly Roger*. Balançava como um barco de brinquedo, a âncora recolhida e rebocado por cabos que saíam do *Kraken*. Alguns rostos desconhecidos... tripulação de Barba-Negra, sem dúvida... se debruçaram no corrimão.

— É melhor se preocupar consigo mesmo, *Capitão* — Barba-Negra zombou.

Uma névoa escura embaçou a visão de Gancho. Sua respiração acelerou. Ele poderia enfrentar Barba-Negra naquele momento, passar os punhos amarrados em seu pescoço e arrastá-lo para baixo. Barba-Negra estava livre, mas Gancho era mais forte. Mais jovem.

Uma forte rajada de vento bateu no rosto dele. Se o fizesse, o mar levaria ambos e, se isso não acontecesse, a tripulação de Barba-Negra terminaria o trabalho. Ele nunca mais veria Tink. Ou Smee. Ou ninguém mais que ele amava. Seria um último recurso. Se todo o resto falhasse...

O *Kraken* surgiu tão feroz quanto seu nome conforme seus barcos a remo se aproximaram. Maior do que o *Jolly Roger* e mesmo assim rápido, com velas extras prontas para serem erguidas em um segundo. O casco requintado brilhava com força — bem reparado depois da batalha dias antes. Onde eles encontraram tempo, ele não sabia. Se não detestasse tanto o homem, poderia até ter ficado impressionado. O velho crocodilo até se importava com pequenos floreios — gravuras em volta das vigias, um mastro do monstro do mar cujos tentáculos se enrolavam nos corrimões dianteiros — e ele apostava que o interior era ainda mais elegante. *Desgraçado.* A coisa toda zombava dele. Apesar de que, se fosse o navio de qualquer outro, ele talvez tentasse comandá-lo. Mas a marca do crocodilo era uma coisa que nunca poderia ser apagada. Não, aquele navio pertencia apenas a um lugar:

as profundezas do mar, como seu homônimo que ninguém via há décadas.

Uma vez a bordo do *Kraken*, Gancho viu o resto de sua tripulação — ferida e amarrada, mas não pior do que o resto deles. *Graças a todos os deuses.*

— Vamos zarpar, amigos. Reboquem aquele bote.

Bote? Gancho fez careta.

— Zarpar? — um marinheiro questionou.

Barba-Negra rosnou para ele e o fez silenciar.

— A escama — Lily choramingou.

— Vamos consegui-la. Mas isto. Ah, esperei muito tempo. Este é um plano para saborear. — As botas de Barba-Negra bateram no deque conforme ele andava de um lado a outro diante dele. — Você deveria ter ficado em terra, garoto.

— Tique-taque, Croc — Gancho zombou. — Seu tempo está acabando.

Ele deu risada.

— Nós temos todo o tempo do mundo.

O mar era seu amigo, seu amor, sua vida. Mas o tinha decepcionado, deixando o *Kraken* navegar sem dificuldade. Nenhuma tempestade veio para impedi-los, não desta vez. Até a neblina pareceu se abrir para Barba-Negra e sua tripulação, cuspindo-os em céu azul e águas brilhantes. Uma faixa próxima de terra, que não valia a pena nomear, pairava logo além do banco de nevoeiro, o último descanso antes das Ilhas Encobertas.

Barba-Negra bloqueou sua vista. O desgraçado aguardava sorridente, parado como uma estátua, até Gancho o encarar.

— O último descanso de *Jolly Roger*. Não poderia ter escolhido um lugar melhor se tentasse — ele berrou, feliz consigo mesmo. — A menos que...

— O que você quer? — Gancho esbravejou.

— Junte-se à minha tripulação.

Ele engoliu o ácido em sua garganta.

— E a minha tripulação?

— Eles também podem vir. Nosso deque precisa de uma limpeza.

Próximo dali, membros da tripulação de Barba-Negra riam em silêncio.

Lembranças de anos antes ameaçaram afogá-lo. Barba-Negra não seria um capitão agradável para sua tripulação. Ele os faria trabalhar demais, assim como tinha feito com ele.

Mas a vida talvez fosse melhor do que a morte. Pelo menos para alguns deles.

— Deixe que façam sua escolha.

33

Barba-Negra estreitou os olhos. O silêncio reinou, pontuado apenas pelo ranger da madeira e o grasnar das gaivotas na ponta rochosa da ilha próxima. Por fim, ele acenou com a mão enluvada.

A tripulação de Barba-Negra os encurralou, arrancando as mordaças com pouco cuidado. Seu olhar estreito nunca deixou o de Gancho.

— Quem vai se juntar a mim? Fale agora.

Gancho se preparou para o inevitável. Eles o serviram bem, fielmente, por anos. Não seria traição. Não mesmo. O legado deles viveria. Alguém precisava proteger as famílias na enseada.

— Façam isso — Gancho soltou, esticando o pescoço para tentar ver sua tripulação. Aqueles que ele conseguia ver o encaravam de volta, expressões duras e determinadas.

— Com você até o fim, Capitão — Smee disse.

Porra. Ele se curvou, forçando-se contra as amarras.

— Um pouco de persuasão? — Barba-Negra marchou para a lateral do navio. — Preparem os canhões. Preparem as flechas. Vamos dar a volta. Encostem o *Jolly Roger*... ali. — Ele apontou na direção das ilhas rochosas antes de se voltar para Gancho. — Que todos que virem seus destroços saibam o que acontece com quem se mete com o *Kraken*. — Barba-Negra deu risada conforme se afastou para dar seus comandos.

— Seus idiotas — Gancho repreendeu sua tripulação.

— Não vou te abandonar — Barley disse, encolhendo-se, conforme girava seu ombro ferido.

— Sua esposa, seu filho! — Gancho protestou.

Barley enrijeceu o maxilar e permaneceu em silêncio.

— Juntos até o fim — Sage disse.

Ele se contorceu freneticamente, tentando encarar cada um deles.

— Vocês têm famílias!

Anne desviou o olhar, pálida de repente. Ela não abandonaria seu filho. O menino só tinha três anos. Ela não poderia.

— Nós sabíamos onde estávamos nos metendo. — Lentamente, ela ergueu o rosto na direção dele. — Você já nos tirou da morte. Este não será o fim.

Idiotas, todos eles. Ele lutou contra as cordas. Os fios grossos cortavam sua pele já em carne viva e sangrando. Se ao menos ele pudesse virar um pouco mais seu gancho.

Um barulho grave e o gemido da madeira o atingiu como uma bota no peito. Seu navio, encalhado. Ele não suportava olhar. *Desgraçado.* Mais estrondos e pancadas chegaram aos seus ouvidos quando as ondas batiam no navio, provavelmente levando-o para as pedras. Precisaria de uma eternidade para consertar.

Mas era um navio. Seu bebê, mas reparável, substituível. Sua garganta se fechou. Sua tripulação, seu amor... eles não eram.

— Tink.

O chamado dele a tirou de qualquer véu de sombra sob o qual ela caíra. Ela olhou para ele, de olhos vermelhos, faces coradas, cabelo úmido grudado no rosto.

— Fique com Lily.

Ela arregalou os olhos. Sua boca enrugou com desgosto.

— Não. Não vou abandonar você. — Ela olhou para a tripulação, depois de volta para ele. — Nenhum de vocês.

A fúria o percorreu, misturando-se ao orgulho. Ele não sabia se gritava com ela ou se alegrava-se. *Fada maluquinha e linda.*

— Comecem! — Barba-Negra gritou.

O *Kraken* gemeu e balançou quando um canhão enorme lançou seu conteúdo direto no casco do *Jolly Roger*. A madeira despedaçou. Outro canhão foi ativado, o som alto nos ouvidos dele. Fragmentos caíam no deque, perto deles. Desta vez, Gancho não conseguiu desviar o olhar. Flechas em chamas cortavam o ar, atingindo as velas, caindo no deque. Eles devem ter espalhado óleo ou alcatrão. O fogo se espalhou rápido, lambendo as lonas, deixando-o preto como a noite. *Desgraçado*. Estava tudo planejado sem depender da resposta da tripulação de Gancho. Ele nunca tivera a intenção de poupar o navio, independente do que eles dissessem. A fumaça acre flutuando no ar confirmava suas suspeitas. A explosão dos canhões continuou ecoando por seu corpo, rangendo seus dentes onde ele os cerrava com o horror que se desenrolava.

Seu navio era um caso perdido. Não haveria volta. O ataque tinha sido exagerado — uma punição para ele. De todas as coisas que ele roubara, seu navio não tinha sido uma delas. Foram anos e anos para Smee e ele economizarem e roubarem o suficiente para comprá-lo. Construído sob medida, só para ele. A casa deles no mar.

As ondas já entravam pelo lado lascado. A proa mergulhou, acomodando-se no mar rochoso. Pedaços queimados da lona se desprendiam e mergulhavam no mar.

— Então é isso. — As palavras rastejaram pela coluna de Gancho conforme Barba-Negra se aproximou. — Algum voluntário? — Ele observou a tripulação, circulando-os como um açougueiro escolhendo uma cabra para matar. A tripulação do crocodilo era ainda pior... ria e olhava maliciosamente. Se ele estivesse livre, teria arrancado os olhos de um deles só pelo jeito que olhou para Tink.

Os canhões cessaram fogo. A tripulação de Barba-Negra encarou a dele, assistindo, esperando.

Nada. Eles não o trairiam, nem sequer para salvarem a si mesmos. *Merda*. Ele tinha que fazer alguma coisa. Qualquer coisa.

— Deixe minha tripulação no próximo porto, e me junto a você. — Ele poderia fazer isso por eles.

— Não! — Tink gritou.

Ele teve um vislumbre de sua trança loira quando ela avançou nele.

— Patética — Lily zombou, tendo ressurgido de algum lugar. Sua bota atingiu as pernas de Tink, derrubando-a no chão. Tink gritou de dor.

— Sua vadia! — Gancho berrou.

Lily se virou para ele.

— Chega! — Barba-Negra rugiu. Ele rosnou, irritado. — Leve os mais novos para baixo.

— Mas... — ela gaguejou.

— Agora.

Talvez aquele fosse o único ato de misericórdia que ele tinha oferecido.

O mais jovem choramingou ao ver o navio afundando e inclinando-se para as pedras. *Entendo você, garoto.* A angústia cortava profundamente, o suficiente para ele desejar afundar abaixo das ondas com seu navio. Seria melhor do que se submeter aos planos de Barba-Negra. Mas ele não poderia, não até salvar Tink e sua tripulação.

Assim que os mais novos desceram, Gancho repetiu sua proposta.

— Me leve. Vou servir. Mas solte-os.

— Capitão... — Sage começou.

Gancho rosnou, exigindo silêncio.

Barba-Negra brincava com uma parte de sua barba oleosa, passando a mão nos laços pretos amarrados nela. Lentamente, sua expressão insensível se abriu em um sorriso. Dentes de ouro brilharam entre seus irmãos apodrecidos.

— É uma boa adição. Vamos soltá-los.

Ele cedeu de alívio. A adrenalina diminuiu, fazendo com que reconhecesse seus punhos em carne viva e sangrando e seu rosto ferido.

— Agora vejamos. — Barba-Negra desembainhou sua lâmina curvada e foi na direção de Tink.

— Não! — Gancho rugiu. — Pare! O que está fazendo?

Tink ficou pálida e paralisada, esticando as mãos atadas diante de si.

— Não! — A corda rasgava os punhos dele, queimando mais do que fogo.

Barba-Negra balançou a lâmina.

Tink gritou.

A corda amarrando Tink aos outros caiu.

Ela arfou para respirar quando abriu os olhos.

Certo. Ela está bem. Ele não a machucou. Gancho repetia para si mesmo. Seu navio ele poderia perder. Machucava pior do que as dores de seu corpo, mas um navio poderia ser reconstruído. Perder Tink?

Impossível.

Ele preferiria perder sua outra mão. Sua própria cabeça. Qualquer coisa.

Barba-Negra colocou a lâmina de volta em sua bainha.

— Milady. — Ele estendeu a mão para ela como o cavalheiro que não era.

O medo se agarrou na garganta de Gancho. Se ele fizesse qualquer coisa para ela...

Tink o encarou, com olhos arregalados.

Ele assentiu bem de leve. Seria do melhor interesse dela não o deixar bravo. Com relutância, Tink esticou as mãos atadas na direção de Barba-Negra. Ele segurou as cordas que as amarravam em vez de as mãos e a puxou para a frente.

— Tragam a prancha!

Não. Ele estremeceu. Um grito se alojou na garganta dele.

Tink olhou para ele, confusa. Ela não sabia. *Maldição.* Ela não fazia ideia.

— Você falou que os soltaria! — Gancho gritou.

— Isso — Barba-Negra respondeu. — Vou soltá-los.

Ele puxou Tink pelo deque até o local em que seus homens preparavam a prancha.

Ela viu. Ela entendeu. Seus calcanhares se apertaram no chão. Ela se puxou para trás, sem nenhuma eficácia. Ele forçou, a corda cortando mais fundo.

— O que você quer? — Gancho gritou. — Te dou qualquer coisa.

A tripulação dele se intrometeu, mas ele mal os ouviu. Ele mal conseguia se ouvir acima do sangue correndo para seus ouvidos e do latejar de seu coração.

Barba-Negra deu risada.

— Parece que escolhi a certa para começar.

Dois homens a seguraram pelos braços, arrastando-a para a prancha. Lágrimas escorriam por seu rosto. Seu corpo tremia. Com sua asa dobrada, ela não conseguiria voar, não longe o suficiente.

— O que você quer?

Dentes de ouro brilharam através da barba do capitão.

— Eu tenho tudo.

— A escama de Leviatã! — Tink soltou.

Barba-Negra congelou. Toda a tripulação olhou para Tink como se tivesse brotado mais uma mão nela.

— Vocês estão com a escama — ele disse em menos do que um sussurro.

— Se soltar a todos nós te daremos a escama — ela falou de novo.

Garota esperta. Garota corajosa.

— Isso mesmo, deixe minha tripulação sair em segurança, e vou te entregar.

Ele foi até Gancho.

— Por quê? Eu tenho as pistas.

Gancho ergueu mais seu queixo.

— Não está lá.

— Com você? — Barba-Negra inclinou a cabeça para o lado.

Gancho franziu os lábios. Ele olhou para Tink, implorando a ela, pedindo, em silêncio, para não falar. Ela não poderia lhe dar a escama verdadeira. Independente de qualquer coisa. Ele poderia lhe dar uma falsa. Teria que torcer para funcionar, e isso os faria ganhar tempo.

Ele brincou com os laços em sua barba.

— Por ela? Por quê?

Gancho olhou para Tink.

— Porque eu a amo.

Maldição, eu amo. Foda-se tudo, eu amo essa fada ladrazinha.

Os lábios dela se abriram. Ela fungou.

— Muito bem — Barba-Negra disse, perambulando até a prancha. — Não é interessante?

Ele bateu na prancha com a bota preta pesada. A prancha balançou. Tink balançou. O tempo pareceu ficar lento conforme seu equilíbrio vacilava. Um berro alto e grave preencheu o ar. O de Gancho. Ela arregalou os olhos, fixando-os nos dele.

E então ela caiu.

Seu grito cortou o ar, arrancando o coração dele, despedaçando sua alma.

A água fez barulho.

Barba-Negra olhou por sobre a amurada antes de se virar e sorrir.

— Quem é o próximo?

34

O mar a arrastou em um esquecimento gelado e escuro. A água invadiu sua boca, consumiu seu grito. O sal queimava suas feridas. Tink resistiu e se debateu, mas tudo era igual. Em cima era embaixo, e embaixo era em cima.

Era isso. O fim.

Ele a amava, e ela não conseguira dizer o mesmo para ele. Ah, como ela queria. Estivera na ponta de sua língua na noite anterior, demorando-se bem ali. Por que ela não tinha falado para ele? *Eu amo aquele pirata idiota e imundo.*

As lágrimas não vinham, ou talvez viessem. A água queimava seus olhos e sufocava seus pulmões. A dor a esfaqueava por todo lado.

Uma luz? O sol?

Algo encostou nela. *Talvez.* Algo duro pressionou seu peito e suas costas.

A água corria em volta dela.

E, então, ela viu James. Ele sorriu e tocou seu rosto. Ela não estava mais com dor. Tudo estava quente, feliz. Ele pressionou os lábios nos dela.

A escuridão a invadiu, mas ela não estava mais com medo.

Eu amo você.

35

Lembranças, sonhos, pensamentos... Tudo e nada percorria a mente dela. Cada imagem escapava antes de ela conseguir prestar atenção. Seu corpo chacoalhava. Água espirrava de sua boca. Ela ofegava, sugando o ar pela garganta dolorida e sensível.

Tudo doía. *Tu-do.*

Se aquilo era a vida após a morte, era péssimo.

O suspiro retornou lentamente, tudo à sua volta embaçava e girava.

— ... viva. Calma.

Ela contemplou o rosa-claro contra o cinza-escuro iluminado por um brilho azul.

Ela puxou o ar novamente, tão doloroso quanto a primeira vez.

— Já volto. — Um barulho de água seguiu a voz musical.

Tink se mexeu. Ela conseguia... de alguma forma. Ela tentou se sentar e fracassou, caindo no solo rochoso em uma sequência de tosse. Pedras pontudas incomodavam suas costas, só mais uma dor para se somar à queimação ardente em suas asas, a dor de cabeça latejante e seu estado geral de merda.

Uma caverna? Sua visão foi clareando conforme ela observava de sua posição no chão.

A realidade, enfim, bateu em seu rosto. Ela tinha se afogado. Estava morta, e aquilo era um tipo de vida após a morte de merda. Os anciãos sempre disseram que a vida seguinte refletia as ações da anterior. Será que ela tinha sido tão horrível para merecer aquilo? Cometera seus erros, mas a maioria deles era bobagem: sair mais cedo da aula, passar trote nos amigos. Ou o mau hábito que ganhou desde a infância de roubar bala de orvalho do armazém. Será que era porque ela foi amaldiçoada? Tudo isso por vender pó de fada?

Um barulho de mergulho ecoou pela caverna, seguido de um gorgolejar e um barulho pesado.

Tink se sentou com sucesso desta vez.

— Smee?

Ele estava deitado no solo rochoso ao lado dela, metade do corpo ainda na água. Uma mulher nua e de cabelo cor-de-rosa estava debruçada sobre ele. Um brilho azul suave os iluminava na escuridão.

Não, não uma mulher... Uma cauda azul-marinho bateu na água abaixo dela. Ela cortou as cordas em volta dos punhos de Smee com suas garras — veloz e cuidadosa ao mesmo tempo. Ela se virou para Tink.

— Levantou. Que bom. Cuide dele. — Ela mergulhou de costas de volta para a água e desapareceu nas profundezas.

— Tink — ele bufou.

— Você está aqui. — Uma coisa tão idiota de falar, mas era tudo que ela conseguia pensar. Ele estava ali. Aquela era uma sereia, que ela já tinha visto. Eles não estavam mortos. Ela os tinha salvado. *Puta merda dos anciãos reverenciados, eu estou viva.*

Por isso estava tão dolorida.

Tink observou as pedras ao redor. Eles estavam em uma praia pequena e rochosa escondida dentro de uma caverna. Algum tipo de coral azul crescia nas paredes e dentro da água, fornecendo iluminação — como a lua em uma noite escura. Era esplêndido, na verdade. Aquilo poderia ter chamado toda a sua atenção se não fosse por sua revelação instantes antes.

Smee se livrou das cordas em seus punhos quando puxou o que tinha sobrado delas.

— Não estamos mortos. — Tink simplesmente não conseguia parar de encará-lo. *De verdade, ele é de verdade.* E está vivo, exatamente como ela.

— Não — ele disse. — O capitão... — Ele balançou a cabeça. — Nunca o vi assim. Ele pensou que você...

James! Ele ainda estava lá fora. Ela tinha que encontrá-lo. Precisava salvá-lo. Tink tentou se erguer e cambaleou, caindo na água. Seus dedos agarraram a pedra. Suas botas chutaram na água profunda.

— Te peguei! — Smee segurou os braços dela, puxando-a com ele para a segurança da terra.

Ela se repreendeu. Um movimento em falso, e o mar quase a tinha levado de novo.

— Shh, está tudo bem. — Ele envolveu os braços nela como se estivesse ninando uma criança... o tamanho ela tinha, comparado a ele. — Estou tão feliz. Você não subiu à superfície, então... — Ele balançou a cabeça.

Outra sereia emergiu com um Barley chacoalhante. Smee a soltou e cambaleou até seu amigo. Outro amigo conseguiu, mas quantos mais?

— Me leve de volta — Tink exigiu, a voz rouca.

A sereia girou para ela.

— Não.

Não era uma sereia, era um tritão de rosto anguloso e um cabelo que cobria seu corpo como algas escuras.

Antes de ela conseguir falar outra palavra, ele sumiu, desaparecendo na água profunda na qual tinha quase se afogado uma segunda vez.

Um por um, os membros da tripulação foram levados pelo povo das sereias à caverna, se debatendo ou inconscientes. Toda vez, Tink implorava pela ajuda deles, pedia para ser levada de volta para o *Kraken*. Como ela poderia abandonar James?

Toda vez que um deles aparecia na superfície, ela esperava ver um rosto. Mas ele nunca vinha, e eles se negavam a levá-la de volta com eles.

— Onde ele está? — Tink exigiu. Ela andava de um lado a outro pelas pedras, quase histérica.

A sereia de cabelo cor-de-rosa — Adella, como Smee a chamava — tinha reaparecido na piscina e, desta vez, não voltara para buscar outro marinheiro. Não havia mais ninguém para salvar. Todos os membros da tripulação de *Jolly Roger* estavam ali — exceto o capitão.

— *Ele* não estava na água. — O cabelo dela flutuava à sua volta como uma nuvem brilhante, refletindo a luz do coral bioluminescente.

As mãos de Tink seguraram seu próprio cabelo, quase arrancando-o pelas raízes.

Barley envolveu os braços nela para fazê-la parar de andar.

— O Capitão é forte. Ele ficará bem.

— Bem? — Uma risada irônica cortou o ar quando ela se afastou. — Ele está amarrado sob as garras do Capitão Barba-Negra, no navio dele! Ele acabou de tentar afogar a todos nós. Ele queimou o *Jolly Roger*!

— Eu sei — Barley disse, sempre sensato.

— Todos nós sabemos — Smee falou. Ele se sentou com o braço em volta de Anne, que parecia mais pálida do que o normal.

Ela soltou um soluço, lutando contra as lágrimas que ameaçavam cair. Nunca havia gritado tanto na vida. Barley a pegou nos braços de novo. Sage se juntou a eles.

— Vamos pensar em um plano. Assim que sairmos daqui — ela prometeu.

— Falando nisso... — Barley olhou para o macho que tinha se juntado a eles.

Ele se balançou relaxadamente na água.

— Ela chegou — sua voz grossa ecoou pela caverna.

— Ela? — Tink perguntou.

A água pareceu subir e expandir. Um instante depois, uma cabeça pálida coberta com cabelo violeta apareceu na superfície. A coroa branca de osso de Titania tinha um toque de algas verdes. Colares de minúsculas pérolas cor-de-rosa pendiam em seu pescoço nu.

— Nossa, vocês todos estão um caco. — Ela os avaliou um por um com seu olhar bastante intenso.

— Obrigado por nos salvar. — Smee se levantou antes de se curvar para a rainha. Ele realmente era o primeiro imediato naquele instante, assumindo o manto da liderança.

— Agradeça ao meu cônjuge e à irmã dele. — Ela apontou para os outros dois.

Cônjuge? Tink ergueu as sobrancelhas antes de curvar um cumprimento respeitoso para o macho de cabelo verde e sua irmã alegre.

— Rainha Titania — Tink disparou antes de ter erguido totalmente a cabeça. — O Capitão Barba-Negra está com James, ãh, Capitão Gancho. Temos que buscá-lo.

A rainha ergueu uma sobrancelha cor de lavanda.

— Pedindo outro favor meu?

— Sim. — Ela sentiria a mentira se Tink tentasse negar.

Titania piscou.

— Você o ama.

Não era uma pergunta. Mesmo assim, ela respondeu:

— Sim.

Ali parada em sua verdade, sua alma nua, ela nunca se sentira mais confortável. Ela o amava. A tripulação dele poderia saber — eles tinham ouvido a confissão dele, afinal.

Titania assentiu, pensativa. O cabelo altivo que caía sobre ela se apagou até ela parecer quase normal, identificável, amigável. Não era uma mudança verdadeira, mais uma suavidade de seus traços.

— Não posso arriscar meu povo. Nem mesmo por amor.

O estômago de Tink se afundou. Era isso, a chance de eles salvarem

James. Unhas pontudas cravaram na palma de suas mãos. Titania poderia salvá-lo. Ela não falou que não poderia, só que não iria.

— Ele foi pego por sua causa! — Ela apontou um dedo acusador para a rainha, sua voz ficando aguda. — Estamos aqui porque você queria a maldita escama de Leviatã!

A temperatura baixou na caverna.

— Tink. — Sage segurou seu braço, em alerta.

Titania estreitou os olhos. Seu rabo provocava ondas.

— Você está aqui porque queria uma coisa de mim. — Ela mostrou suas presas. — Meu povo salvou sua vida!

As palavras foram como um tapa na cara. Tink emudeceu. A rainha tinha razão, é claro. Não era culpa da rainha. Eles tinham pedido um jeito de retirar seus feitiços. Tink tinha enfeitiçado James e seus homens quando roubou deles, depois de Barba-Negra ter pegado as joias, para começo de conversa. Foram os homens de Barba-Negra que seduziram Lily, que aceitaram o pó de Tink em troca dela, mesmo sabendo que estava lá por sua própria vontade.

Barba-Negra. Tudo voltava para ele. Ele era a fonte de toda a dor deles, e agora tinha a vida de James em suas mãos — depois de tentar acabar com a todos.

— Desculpe — Tink resmungou, contendo um soluço.

— Ela está chateada — Smee disse ao lado dela. — Não falou sério. Não mesmo.

A cauda de Titania bateu na água.

— Eu sei. — Ela cruzou os braços. — Acredito que você tem algo para mim.

Tink fungou e secou o rosto.

— Como sabe?

Ela sorriu, revelando suas presas afiadas.

— Uma mágica dessa... Consigo sentir. — Titania deslizou pela água, aproximando-se da beirada da praia rochosa. Ela abriu a mão cheia de garras para revelar uma pérola negra.

Tink prendeu a respiração. Seu foco todo se resumia àquele objeto cintilante. *Finalmente*. Seu caminho de volta para casa.

Mas a alegria que ela achou que sentiria não aconteceu. Seria um alívio avisar sua família e seus amigos de que estava bem. Dormir em uma rede, comer as frutas doces que eles produziam... seria como um sonho depois de tanto tempo longe. Mas essas alegrias eram transitórias. Elas satisfaziam o corpo, mas não a alma.

— Você não parece feliz — a rainha observou. — Foi o que combinamos.

— Sim, sim, é. — Tink enfiou a mão no bolso e puxou a escama.

— Você encontrou — Barley arfou.

— Pensei que o Capitão estivesse mentindo — Smee adicionou.

Tink balançou a cabeça.

— Ele não estava. Nós a encontramos na caverna quando fugimos da chuva. — Ela olhou em volta para a tripulação. As pessoas que tinham se tornado amigas, companheiras, se reuniram para olhar a escama de pedra na mão dela.

Ir embora não significaria apenas abandonar James. Significaria abandonar todos eles também.

Os olhos da rainha se arregalaram quando Tink estendeu a escama. Elas se encontraram na beirada, Titania erguendo o tronco para fora da água conforme Tink ficava no limite, tentando esquecer que estava a um passo de cair nas profundezas.

A troca foi simples — normal. Um item pequeno e precioso por outro.

Titania olhou além de Tink.

— O pedido de seu capitão está cumprido. As tempestades não vão mais perseguir vocês.

— Obrigado, alteza — Smee disse, como se ele fosse um cortesão real e nobre, e não um pirata.

Ele deve ter feito alguma coisa, porque os olhos de Titania brilharam com alegria.

— Eu gosto de vocês todos. Têm sido amigos do meu povo.

Anne ficou de pé e deu um passo à frente.

— Então por que um de vocês contou ao Barba-Negra onde estávamos?

Titania congelou. A temperatura caiu de novo na caverna. As outras sereias arfaram.

— Eles... — A rainha estremeceu, e a temperatura voltou ao normal. — Sinto sua verdade. — Sua cauda espirrou água, molhando-os com respingos. — Sempre tem alguém querendo minha coroa... Sinto muito por terem sofrido por isto.

Um dedo com garra tamborilou em sua bochecha.

A esperança inflou no peito de Tink. Talvez a rainha ajudasse agora. Alguém tinha dado uma pista para a tripulação de Barba-Negra, dado a Lily a chance de chegar lá antes deles e preparado uma armadilha. Tink balançava na ponta dos pés, depois recuou da beirada.

— Mesmo assim, não vou atacar o Capitão Barba-Negra por vocês. É arriscar demais o meu povo, principalmente se algum dos meus se aliar a ele. — A maré alta de esperança baixou. — Mas... — Ela olhou para seu cônjuge e sua irmã. — Temos alguns amigos por perto?

Uma afirmação confirmou sua pergunta.

Titania voltou sua atenção para Tink e os outros.

— Descansem aqui. Meu povo vai trazer comida. Quando o Capitão Barba-Negra for embora, eles os levarão à superfície.

— Amigos? — Barley perguntou.

A rainha somente sorriu.

— Vocês vão ver. Não salvamos vocês para deixá-los aqui. — A rigidez desapareceu da expressão da rainha... uma breve abertura de sua cortina arrogante... e ela piscou. Um segundo depois, ela sumiu.

36

A última vez que Gancho ficara na cela do *Kraken*, ele jurou vingança. Repetidamente, havia visualizado o dia em que se vingaria daquele maldito crocodilo Barba-Negra por extirpar sua mão e atrasar sua viagem para casa. Ele tinha lutado o duelo centenas de vezes em sua mente, visto a si mesmo enfiar uma espada no peito de Barba-Negra, jogá-lo de um desfiladeiro, afogá-lo no mar. Por algumas semanas, suas fantasias de vingança tinham envolvido o uso criativo de um canhão.

Por anos ele trabalhara para formar uma tripulação, aprimorar suas próprias habilidades, criar uma reputação. Qualquer coisa para destronar o Capitão Barba-Negra como o pirata mais famoso dos mares. Ele pegaria o título dele, o venceria em seu próprio jogo. E então, só então, ele o desafiaria para o duelo fatídico.

Mas agora...

Agora...

Qual era a importância da vingança se ele tinha perdido todos que já amou?

O vazio o consumia. O último grito de Tink o assombrava, ecoando em seus ouvidos como se fosse continuar para sempre. Smee olhara para ele antes de ser empurrado da prancha, dando-lhe um último sorriso largo.

Um por um, repetidamente, ele foi obrigado a assistir aqueles que amava terem mãos e pés amarrados e serem jogados para as profundezas — lançados para descansar com o *Jolly Roger*.

Ele encarou seu gancho, não mais amarrado atrás dele. Quem precisava de amarras quando se estava trancado atrás de barras de ferro? Mas, mais do que isso, era uma zombaria que remetia à primeira vez que ele estivera ali. Pessoal. Íntima. Barba-Negra lhe dera aquele gancho para acabar com sua vida. Era tentador. Talvez fosse isso que ele queria — por isso o tinha desamarrado. Gancho pressionou o polegar contra a ponta e observou o sangue escorrer por sua mão. Tantos anos trabalhando na direção de sua vingança, para acabar onde tudo começara.

Talvez esse fosse o fim.

Mesmo que ele conseguisse se vingar, de que importava?

Uma porta se abriu.

A luz da lanterna inundou o cômodo escuro, iluminando o feno sujo e os dejetos das outras celas — e da dele.

— O Capitão quer te ver — um dos homens disse através da boca banguela. — É para você vir com a gente.

Ele estreitou os olhos.

— Ou o quê?

O que mais poderiam fazer com ele?

Os dois homens olharam um para o outro.

— Ãh... bem...

Idiotas. Gancho olhou para a tinta vermelha na ponta de seu gancho. Ele avançaria no pescoço de Barba-Negra antes de a noite terminar. Mesmo que custasse sua própria vida — e parte dele rezava para isso —, aquele desgraçado teria o que merecia.

Ele ergueu as sobrancelhas e estendeu as mãos diante deles.

— É melhor irmos, então.

Eles olharam um para o outro de novo, como se tivessem uma discussão silenciosa sobre quem se aventuraria para dentro da cela primeiro. Eles tinham altura e cor parecidas. Irmãos? Primos? Não que importasse.

O perdedor do desafio silencioso colocou algemas de ferro no punho de Gancho e o levou, esmagado entre ele mesmo e seu provável familiar, para a cabine de Barba-Negra.

O cômodo era um caso espalhafatoso de vermelho, preto e dourado. Veludo, joias e mogno esculpido decoravam o espaço. Era tudo meio parecido com o dele, se fosse falar a verdade, não que admitiria. Outro motivo para o desgraçado merecer morrer.

Barba-Negra estava sentado com as pernas por cima da mesa e brincava com uma parte trançada de sua barba. Com um aceno de mão, ele dispensou os homens, que deixaram Gancho algemado no meio do cômodo.

Ele deslizou as botas de cima de sua mesa e se levantou. O crocodilo tinha uma mochila em sua mão — era de Gancho. Eles não tinham desperdiçado tempo procurando nas coisas de sua tripulação, aqueles que eles despiram quando foram levados a bordo, ou os que tinham ficado no *Jolly Roger*. Gancho mordeu o interior de sua boca quando viu um relógio maravilhosamente esculpido que costumava ficar em sua cabine... bem ao lado da cama que ele compartilhava com Tink. A faca invisível alojada em seu peito girou.

Barba-Negra virou a mochila e espalhou o conteúdo pela mesa. Pedrinhas lisas caíram em montes.

— Qual destas é a escama?

Ele quase deu risada. Ele tinha caído em sua estratégia, presumindo que uma daquelas pedras fosse a escama, não que importasse agora.

— Nenhuma delas.

O outro capitão ergueu uma sobrancelha escura e peluda.

— A fada mentiu?

— Não. — Ele engoliu o aperto na garganta. — Você a mandou para as profundezas com ela — ele ralhou, mal emitindo as palavras.

— Ah. — Barba-Negra deu a volta na mesa. — Você a amava.

Gancho rosnou.

— Ou está mentindo? — Barba-Negra tamborilou a bainha de sua lâmina.

Sempre com os insultos.

— Pergunte à bruxa.

Barba-Negra estreitou o olhar.

— Parece que vocês dois estão se dando bem. Um daqueles meninos estava trabalhando para ela. — Ou ele não sabia?

Dentes de ouro brilhavam no espaço de sua barba.

— Aquela bruxa... — Ele pode muito bem ter dito uma palavra diferente. — ... cobra caro.

— Com medo da verdade? — ele provocou, qualquer coisa para fazê-lo dar uns passos mais para perto.

Infelizmente, Barba-Negra ficou parado.

— Nunca. Talvez eu vá... James.

Seu maxilar se fechou conforme ele endireitou os ombros. Como ele ousava dizer seu nome verdadeiro?

— Crocodilo — Gancho lançou de volta.

— Rá! — Sua mão dedilhou o cabo de crocodilo de sua lâmina. — Ainda chateado por causa da mão, hein?

Um rosnado saiu de entre seus dentes cerrados. Com todas as coisas horríveis que ele fizera só naquele dia, pensava que era a mão que o incomodava?

Barba-Negra se aproximou um pouco.

— Eu fiz você, garoto. Seu nome. — Ele apontou para seu gancho. — Sua reputação. Você não teria isso sem mim.

Não. Ele não ficaria com o crédito disso. Não tiraria a última coisa que ele tinha.

— Você me deu esse gancho para acabar com minha vida. Eu o usei para forjar uma nova.

— Foi mesmo o que fiz? — Sua bota deslizou pelos tapetes caros.

Mais alguns passos e Gancho talvez conseguisse alcançá-lo. Ele relaxou sua postura e mudou o peso de uma perna a outra, por mais difícil que fosse se concentrar com a fúria vibrando por suas veias.

— Eu chamaria isso de misericórdia. Te dei uma saída. Você era um menino fraco. Sorridente. Mole. Sabia que não tiraria a própria vida. É parecido demais com seu pai.

— Meu pa... — Ele cambaleou. Como ele saberia? O pai dele fora um simples pescador. Tinha morrido no mar antes de ele nascer.

— Ela nunca te contou? — Ele coçou a barba. — Imaginei.

A boca de seu estômago se afundou totalmente. De repente, ele estava se afundando na terra. Não conseguia ter ar suficiente.

Barba-Negra sorriu.

Os joelhos dele cederam, fazendo-o cair no chão.

— Marianna nunca conseguiu aceitar a vida de pirata.

— Não! — Sua respiração se tornou irregular e difícil. — Você não pode falar dela.

Ele se aproximou, se agachando fora do alcance.

— Ela era uma beleza. Você tem os olhos dela. Mas o sangue de pirata que corre em suas veias puxou tudo de mim.

Tudo se tornou frio e quente ao mesmo tempo. Arrepios e suor percorriam sua pele. Sua visão embaçou.

— Você não é meu... Eu nunca poderia ser igual a você!

Barba-Negra estalou a língua.

— Mas é.

Não. Porra. Não era verdade.

— Que prova você tem? — Como se aquele desgraçado conseguisse inventar alguma coisa para fazê-lo acreditar em suas mentiras sujas.

— Esse anel no seu pescoço. Era de Marianna?

Gancho desejava segurá-lo, para sentir a prata reconfortante deslizar sob a ponta de seus dedos, como fizera milhões de vezes.

— Eu que dei para ela. Há uma gravação...

O sangue se transformou em gelo em suas veias. O anel de sua mãe, o que ela sempre usava. Não era do maldito Barba-Negra. Não poderia ter sido dele. Mas havia uma gravação, tão desgastada que mal dava para identificar.

— Eterno como os mares.

Gancho sussurrou as palavras em silêncio conforme Barba-Negra as disse em voz alta. Que piada. Como se Barba-Negra pudesse amar alguém além de si mesmo.

— Viu só? E você é exatamente como eu. Orgulhoso. Impiedoso. Habilidoso nos mares. Nasceu líder. Quase tão bom quanto eu. — Ele se levantou. — Quase.

— Você cortou a minha mão. — Ele ergueu a cabeça, encarando o homem diante de si com todo o ódio que ele conseguia reunir. — Quase me matou!

— Eu matei o pescador que choramingava — ele zombou. — Aquela criança fraca não poderia fazer parte da minha tripulação. Meu herdeiro.

Ele arregalou os olhos.

— Seu...

— Por que acha que deixei você viver? Acha que eu não conseguiria rastrear você, ter apagado sua *tripulaçãozinha* antes de você se tornar uma ameaça? Sério, filho, eu esperava mais.

— Nunca me chame de filho.

— Mas você é. Eu estava lá no dia em que nasceu. — Ele desviou o olhar. O leve brilho em seu olho revirou mais o estômago de Gancho do que o mar em uma tempestade. — Planejava eu mesmo criar você. Faria aqueles ratos da realeza se acovardarem nos mares, me tornaria um rei de todas as ondas, e passaria a coroa para meu herdeiro. Eles não nos menosprezariam.

Nunca mais. Mas não, Marianna não concordou. — Ele olhou de volta para Gancho. — Pensei que tinha te perdido, até você aparecer naquela doca. Soube imediatamente quem você era. Bem parecido com o rosto que eu via toda vez que fechava os olhos.

O sangue escorria de seu punho. Ele nem sentia a dor.

— Ela morreu.

— Sim.

— Por culpa sua — Gancho rosnou.

Ele teve a ousadia de parecer chocado, dando um passo para trás como se estivesse surpreso. *Era bom ator também.*

— Nunca mais a vi depois que ela foi embora. Voltei para procurar vocês dois depois de um ano ou mais após nosso pequeno encontro. Pensei que você tivesse morrido.

A ponta do gancho dele bateu nas tábuas do chão.

— Quando subi a bordo do seu navio, estava caçando raiz de violeta. Para ela! Para curá-la!

Barba-Negra não respondeu, então Gancho continuou.

— Você me deixou naquela doca remota, e demorei semanas para voltar. Ela morreu dois dias antes que eu chegasse com o remédio. *Dois. Malditos. Dias*! — Ele bateu o gancho no chão mais uma vez. — Ela morreu por sua causa!

Barba-Negra não o olhava direito. Ficava encarando bem além de sua cabeça.

— Achou mesmo que eu me juntaria a você? Você destruiu tudo que eu amava! Primeiro minha mãe, agora minha tripulação, meu navio, minha...
— Sua Tink.

As lágrimas não chegaram. Não as derramara quando seu navio queimava. Nem quando a vira cair, ou assistira à sua tripulação, sua família, encontrar seu destino. Ele não tinha dado isso a Barba-Negra quando ele tirou tudo o que ele tinha. Mas agora. Agora... Elas pinicavam a beirada de seus olhos, forçando-se a se libertar.

O silêncio fumegante pairou no ar entre eles. Em certo momento, Barba-Negra o quebrou.

— Ainda bem que fiz um extra. Ele já é forte. Mais firme do que você era anos mais velho.

Ele... *Um irmão.*

Quando ele tinha pensado que a última chicotada tinha sido dada, sempre havia outra. Mais uma para aumentar a dor lancinante das outras que rugiam de volta à vida.

— Quem?

Ele tinha mais alguém. A família que poderia não estar morta ou morta para ele. Ele poderia encontrá-lo, salvá-lo...

O sorriso de resposta disse a ele tudo que precisava saber.

O formato de seu rosto. O brilho calculado nos olhos dele.

O menino.

— Peter.

Uma meia afirmação confirmou seus medos.

— Acabei de pegá-lo. Ele e sua... *tripulação.* Difíceis de encontrar, vou te contar.

Era por isso que eles estavam ali, naquele navio, a serviço dele. Barba-Negra tinha encontrado outro filho. Será que ele havia abandonado esse ou a mãe de Peter também havia fugido com ele? O que quer que tenha acontecido, o menino estava por conta própria com seu grupo de amigos. Ou estivera.

— Ele sabe? — Será que tinha doído em Peter do jeito que doeu nele?

— Ainda não. Preciso avaliá-lo.

O que ele não disse era gritante. Se não gostasse do que visse, ele o abandonaria nas docas de algum lugar, talvez sem uma mão ou duas ou algum outro lembrete sombrio. E seus amigos... Gancho estremeceu. Aqueles garotos não mereciam isso.

— Liberte os garotos. Em segurança. Na terra. Em um porto. — Ele não tinha conseguido salvar o restante de sua família... nunca deixaria seu pedido ser mal interpretado de novo.

— Você os privaria de uma cama? Comida na barriga? Moeda nos bolsos?

— Eles tinham tudo isso. — A lembrança foi como um coice. Eles tiveram a casa da árvore de Tink... por um tempo. A comida que ela, sem dúvida, estocara. O dinheiro que ele lhes dera.

Barba-Negra deu risada.

— Eram mendigos. Mas se você concordar em navegar comigo... — Ele torceu a barba.

Pensar naquilo queimou sua garganta como ácido.

Ele se aproximou. Muito perto. Outro passo e Gancho talvez conseguisse prendê-lo.

— Então?

Gancho o encarou, desafiando-o a chegar mais perto para exigir suas respostas. Mas Barba-Negra recuou, bufando. Um segundo depois passava por ele, seguindo para a porta de sua cabine. *Porra.*

A porta se abriu com um ruído.

— Levem o pescadorzinho para a cela dele.

Gancho se virou, olhando os irmãos retornarem para pegá-lo.

Barba-Negra deu risada.

— Em alguns dias, talvez ele seja o Capitão *Ganchos*.

37

As sereias achavam que peixe era o alimento perfeito para humanos. A tripulação concordava. Mas Tink, não importava o tanto que seu estômago resmungava naquela caverna úmida, não conseguia se obrigar a comer. Certamente não cru e se movimentando do jeito que as sereias preferiam.

O cônjuge da rainha, Neres, levou ostras para ela. De alguma forma, elas eram ainda piores. *Bolas viscosas e pegajosas de... gosma*. Mas Smee as adorava, sorvia uma atrás da outra como se fossem a melhor coisa que existia.

Alga não era comida, Adella insistira quando Tink pediu um pouco, e as poucas que ela trouxe, de alguma forma, pareciam ainda mais repugnantes do que os peixes. Não importava, de qualquer forma. Como ela poderia comer quando James era prisioneiro — ou pior? Sentada na costa rochosa, ela enfiou a cabeça entre as mãos.

Eles estavam lá havia horas. Provavelmente mais de um dia, Barley achava. Não tinham fogo. Ficaram com medo de se sufocar com a fumaça. *Espertos*, Tink pensou. Ela não teria pensado nisso. Sozinha, ela poderia ter se matado depois do resgate ousado das sereias.

Pelo menos eles tinham o coral brilhante, e era de tirar o fôlego. Muitos da tripulação apostavam que valeria uma fortuna, se o brilho se mantivesse. Davies tentou quebrar um pedaço, mas imediatamente foi xingado e levou um golpe de garras afiadas. Não era permitido estragar a caverna das sereias.

Tink havia tentado entrar em uma fenda pequena no fundo, uma que, sem dúvida, deixava entrar ar fresco suficiente para mantê-los vivos, mas não conseguiu passar com seu corpo fino. De que importava, de qualquer forma? Por dentro e por fora, eles estavam presos.

A maioria da tripulação estava se sentindo melhor fisicamente, graças à medicina impressionante das sereias. Até sua asa doía menos, apesar de ainda ter uma dobra nela que começava a se acomodar. Mas, mentalmente... eles estavam com tanta dificuldade quanto ela.

Um tritão surgiu na superfície, um dos muitos que tinham se reunido com os outros ao longo das horas.

— Eles chegaram.

— Excelente! — Adella uniu as mãos, suas garras clicando.

Eles ainda não tinham falado quem ou o que haviam atraído para a pequena caverna.

Adella girou.

— Vamos levá-los até eles. Quem vai primeiro? — Ela piscou inocentemente.

Água. Oh, não.

Os pulmões de Tink queimaram com a lembrança deles cheios de água do mar. O pânico a envolveu como a escuridão molhada que a tinha engolido. Ela cambaleou para trás em transe, mesmo enquanto a tripulação se movimentava na direção das sereias que apareciam na piscina. Seu calcanhar encontrou uma pedra, fazendo-a tropeçar para trás.

Braços fortes a seguraram. Pelo instante mais breve, ela se iludiu em acreditar que fosse James. Ele estava seguro, ali com ela.

— Te peguei. — A voz de Smee a tirou de seu sonho acordada.

Um soluço se transformou em choro. Sua visão embaçou. Tudo ao mesmo tempo, as lágrimas que ela segurara tão bem se libertaram.

— Shh, calma. — Smee a puxou mais para perto, colocando sua bochecha contra seu peito e segurando a cabeça dela com aquelas mãos enormes. — Vamos levar você para casa.

Casa? Ela estava com uma terrível saudade da sua família. Aquela dor nunca iria embora, porém pensar em deixá-los, deixar James? Impossível. Eles tinham passado por tanta coisa, e ali estava Smee ninando-a como uma criança de novo. Ela fungou, erguendo a cabeça para encarar seu rosto enorme. Ele forçou um sorriso, que não alcançou seus olhos. O primeiro imediato amável estava sofrendo profundamente logo atrás de seus olhos azuis da cor do mar. Ele conhecia James desde sempre e ainda assim, estava se contendo. Tink recuou e esfregou os olhos. Smee a soltou.

— Não posso ir para casa. Tenho que buscar James.

— Sim. Nós vamos salvá-lo ou vamos morrer tentando.

— Sim! — a tripulação ecoou, concordando.

Tink se virou e viu que todos olhavam para ela, muitos já com água até o joelho. Ninguém julgava suas lágrimas. Pelo contrário, ela estava recebendo encorajamento e sorrisos fracos: Sage e Barley de mãos dadas; Anne com as mãos na cintura; Francis e seu sorriso torto e aberto. E todo o restante também. Até as sereias pareciam um pouco intrigadas.

Ela se endireitou mais e se voltou para Smee.

— Ou morrer tentando.

Tink cuspiu e arfou conforme se arrastava pela areia. Uma onda quebrou nas costas dela, girando suas asas e derrubando-a de cara na areia. O mar a puxava, tentando arrastá-la de volta. Água salgada invadiu seu nariz — de novo.

De repente, ela foi tirada do mar.

— Ainda bem que você é pequena — Sage brincou ao jogá-la por cima de um ombro, tirando ar e água de seus pulmões. — Juro que... — Ela se sentou com cuidado na areia seca. — Assim que tudo acabar, vou te ensinar a nadar.

— Nunca mais — Tink tossiu — vou entrar na água.

Sage deu um tapa nas suas costas, fazendo-a tossir de novo.

— Veremos.

— Vocês são mesmo um grupo de dar pena. — A Capitã Cressida estava parada na praia, mãos na cintura e meia dúzia de suas integrantes da tripulação atrás de si.

Tink piscou, protegendo os olhos do sol brilhante. Foram a elas que as sereias pediram ajuda?

Smee emergiu da água ondulante, chacoalhando a água do corpo como um cachorro.

— Cressida! — ele chamou, sua voz jovial demais para a situação. Ele fora o último a sair da caverna. O capitão, ou capitão temporário, não poderia ir antes de sua tripulação.

Ela ergueu o olhar para ele.

— É Capitã Cressida. E, pelo que fiquei sabendo, você é o Capitão Smee?

Isso o deixou sério. Tudo na expressão dele ficou duro, seus ombros rígidos enquanto andava até a costa.

— Temporariamente.

— Como sabe que ele está vivo?

— Eles jogariam o corpo dele no mar — Smee disse solenemente.

Cressida assentiu de forma discreta.

— As sereias procuraram. Não o encontraram — ele adicionou.

— Bem... — O olhar dela deslizou para Tink e os outros reunidos na praia. — Tenham mais sorte tentando recuperá-lo assim que eu deixar vocês no porto.

No porto? Deixá-los? *Mais longe de James.* A conversa se tornou um zumbido inaudível em seus ouvidos. O quanto Barba-Negra estaria longe quando eles chegassem ao porto? Então precisariam de um novo navio e teriam que rastrear o desgraçado. Ele poderia fazer coisas horríveis com ele até lá. Provavelmente já tinha feito. Se chegassem lá tarde demais...

— Não! — Tink se levantou, chutando a areia fina.

Cressida ergueu as sobrancelhas e olhou para Tink por sobre o ombro de Smee.

— Você vai nos ajudar a buscá-lo. Agora. Agora mesmo!

— Tink. — Sage tentou segurá-la, mas ela se afastou, indo em direção à Cressida.

— Por que eu faria isso, fadinha? — Cressida cruzou os braços e inclinou a cabeça para o lado. — Interessante você ter escondido sua identidade antes.

Ela olhou para Smee, que deu de ombros em resposta.

Tink ignorou a pergunta e parou perto de Smee.

— Se deixar Barba-Negra escapar, de quem acha que ele vai atrás em seguida? Você também o atacou, lembra? E talvez não estejamos lá para ajudar. Com certeza, não estaremos, se acontecer alguma coisa a James, *ãh*, Capitão Gancho, por sua causa.

O olhar de Cressida se escureceu na sombra do chapéu largo acima de sua cabeça.

— Ela fala por você? — ela perguntou para Smee.

Smee pendurou um braço no ombro de Tink.

— Sim. Apoio as palavras da minha tripulação.

Tripulação dele. O coração dela inchou. Seu queixo se ergueu mais.

Uma das mulheres atrás de Cressida se inclinou para a frente e sussurrou alguma coisa em seu ouvido. Do canto de seu olho, Tink flagrou as outras integrantes de sua tripulação se aproximando. Estava se tornando um impasse, a tripulação de Cressida *versus Jolly Roger*. Eles eram numerosos, mas a tripulação dela estava saudável, descansada e, mais importante, armada. Todas as armas de *Jolly Roger* tinham sido tiradas deles a bordo do *Kraken*.

— Você tem razão — ela disse. — Mas o *Siren* não consegue aguentar o *Kraken* sozinho, e presumo que vocês não tenham um navio sobressalente flutuando em algum lugar por aqui.

— Não. — Smee esfregou a nuca. — Mas nós...

Tink respirou fundo, fortalecendo a respiração.

— Sim.

Todos os olhos se viraram para Tink. *Não tinha mais volta.* Cressida tinha razão. Só um navio não poderia derrotar o *Kraken*, mesmo que eles fossem pegos de surpresa. Mas dois... eles poderiam ter alguma chance. Ela enfiou a mão no bolso e pegou a pérola negra.

— Não. — Smee fechou a mão dela de volta no tesouro. — O Capitão não iria querer isso.

Ela o subestimara, pensava que ele fosse meio lento. Talvez fosse, às vezes, ou somente distraído. Mas ele sabia exatamente o que ela planejava quando viu aquela pérola em sua mão.

— Ele entenderia — Tink disse. — Até a morte, certo? Além do mais, uma pessoa pode ter mais de um lar.

O peito dele inchou. Pelo instante mais breve, ela pensou ter visto um brilho de umidade nos olhos dele.

— É.

— Pode explicar para o resto de nós? — Cressida perguntou, sua bota batendo impaciente na areia.

Tink olhou para o capitão.

— Observem.

A água bateu nas panturrilhas dela conforme entrou no mar e, pela primeira vez, ela não o temeu. Ele lhe daria uma coisa hoje, não tiraria. *Sereias nunca mentiam, certo?* Ela ergueu a pérola, observando-a brilhar no sol. Bem, ela colocaria o tesouro que tinha em mãos à prova.

Por favor, conserte o Jolly Roger. *Tão bom como novo. Nos deixe salvar James.*

Primeiro, nada aconteceu. Uma bola dura de dúvida começou a se formar dentro de seu peito antes de o ar em volta dela pulsar, ondulando para o mar. Tink arfou, quase derrubando a pérola. Exclamações se ergueram atrás dela, porém ela não ousou desviar o olhar. As sereias que ainda estavam na beira do mar saíram em disparada. A pérola começou a brilhar, brilhando em dourado e prateado, mais cintilante do que qualquer moeda nova brilhante.

O solo fez um estrondo. O mar borbulhou como uma panela de água fervente. Então, a água do mar inflou como uma grande onda que lavaria a todos.

Xingamentos e acusações preencheram o ar, no entanto, ela os ignorou. De repente, um mastro perfurou a onda, acompanhado de velas que incharam e ondularam como se estivessem secas. Segundos depois, a carcaça de um navio emergiu, cuspido pelo mar. Bloqueava o sol, balançando nas ondas suaves.

— O *Jolly Roger*! — Smee exclamou, entrando na água ao lado dela.

Um navio pirata nunca parecera tão lindo. Tinha mais alguma coisa? Lágrimas de alegria escorriam pelas bochechas dela descontroladamente. O navio de James tinha renascido. Eles poderiam salvá-lo.

— Caramba — Barley assobiou.

— Olhem para isso — alguém disse. — Nenhum remendo no casco!

— Como se fosse novinho em folha — Smee sussurrou, admirado. Ele se voltou para a praia. — Então? — ele perguntou a Cressida. — Essa ajuda vai servir?

Tink olhou para trás por cima do ombro.

Cressida assentiu, um sorriso fácil no rosto, acompanhado por algo talvez como admiração. Sua atenção deslizou para Tink.

— Sim. Vai servir.

38

A escuridão o encarava de volta, sua única companhia no *Kraken*. Ele esfregou o anel de sua mãe, o anel de Barba-Negra, entre seus dedos.

Eterno como os mares.

Quanto tempo até Barba-Negra o despedaçar por completo? Um dia? Uma semana? Eternidade? Ele sentia mais dor do que quando o desgraçado tinha arrancado sua mão. Deitado ali, sangrando na cela, teria sido melhor. Pelo menos, assim, ele poderia ceder ao seu tempo. Mas não. Ainda não. Ele ainda tinha uma coisa para fazer, um brilho de vingança que ele mantinha queimando nas ruínas de seu coração.

Ele não navegaria para aquele desgraçado. O mínimo que poderia fazer era livrar o mundo dele ou morrer tentando. Finalizar aquela linhagem sanguínea amaldiçoada para sempre.

Exceto seu irmão, seus pensamentos o provocaram.

Mas o garoto nunca precisaria saber. Se ele arrastasse Barba-Negra com ele para as profundezas, o segredo também morreria. Ele tinha desperdiçado sua oportunidade de enganchar o homem tolo na cabine dele, se é que ele teve alguma.

A porta se abriu.

Talvez sua chance estivesse mais próxima do que ele pensava.

Deitado no chão, Gancho aguardava por um brilho da luz da lanterna, a risada zombeteira, o barulho das botas, qualquer coisa.

Ele imaginou. Exatamente como imaginava o rosto de Tink. Seu espírito já tinha voltado do baú de Davy Jones[1] para assombrá-lo, assim

1 O Baú de Davy Jones é uma lenda que faz referência ao fundo dos mares, onde estão os marinheiros que morreram ou se afogaram. Pode se referir também ao purgatório, o inferno e o céu, onde as pessoas enfrentam seus medos mais profundos. (N.E.)

como fizera em vida. Ele via o rosto dela em cada sombra, ouvia o sussurro de sua voz em cada balançar do navio. E a cada vez abria um corte novo nele. Ela estava morta por culpa dele. Nunca mais vê-la, beijar seus lábios...

Alguém acendeu um fósforo.

Gancho se sentou quando uma lanterna de óleo acendeu para a vida. Ele protegeu os olhos e piscou contra o brilho intenso.

Um Barba-Negra jovem, ruivo e sem barba o encarava pelas barras de ferro — Peter. O nariz do menino se enrugou ao analisar Gancho sentado no chão.

— Você está péssimo.

Gancho gemeu. Por que o garoto tinha que lembrá-lo de si mesmo também?

— Por que está aqui?

— Tootles e Curly estão preocupados com você.

Tootles e Curly. Ele mal conteve um revirar de olho. Dois dos outros garotos, sem dúvida. Nenhum pirata usaria aqueles nomes.

— Ok, mas por quê?

Peter deu de ombros e jogou um frasco através das barras.

— Pega isso.

Com um olhar desconfiado, Gancho deslizou para a frente e pegou o item oferecido. Sua boca estava seca. Eles mal tinham lhe dado comida ou água, e ele ainda não poderia morrer, não sem sua vingança.

— Sabe o que aconteceu com minha tripulação? — Se Peter sabia, ele era tão sem coração quanto Barba-Negra, parado ali todo sério e com a expressão neutra. Ele tinha entregado o presente. Por que se demorar?

— Estão em uma ilha — ele disse, rápido demais para ser alguma coisa além do que ele pensava ser a verdade. — Foi o que Tinker Bell falou.

Imediatamente ele ficou sem ar. Como se Peter tivesse lhe dado um soco no peito. Algo deslizou e arranhou nas sombras, fazendo Peter pular e sua lanterna balançar. Ele mal percebeu, não se importava. Provavelmente um rato.

— Quem? — ele arfou.

— A fada. Tinker Bell.

Ele a tinha visto cair. Ouvira o barulho. A menos que...

— Descreva-a.

— Asas. Loira. — Ele desviou o olhar, um toque de cor em suas bochechas. — Bonita.

— Como ela o prende? Quero dizer, o cabelo — ele perguntou em tom de urgência.

Peter olhou de volta para ele, recuperando a razão.

— Como uma bola atrás da cabeça.

Os ombros de Gancho relaxaram. Seu peito afrouxou. Alívio e sofrimento guerreavam dentro dele. Lily. Ela estava usando o nome de Tink. Mas ele não sabia por quê. Será que aquela vadia não sabia o que tinha acontecido com a prima? Depois de tudo que ela tinha feito, provavelmente não se importava.

O rato, talvez mais do que um pelo som, bateu em alguma coisa. Só um presunçoso como Barba-Negra para deixar seu navio ser infestado.

— Por que ficaram com você?

Gancho abriu a tampa do frasco. O caramelo doce e familiar de rum de boa qualidade pinicou seu nariz.

— Rum? — Ele ergueu a sobrancelha para o garoto.

Ele deu de ombros de novo, olhando na direção do som.

— Foi o que os homens estavam bebendo antes de desmaiarem.

Claro. Ele grunhiu. Ainda comemorando o fim do *Jolly Roger* e de sua tripulação. Uma onda de enjoo o lavou e ele tentou, apressadamente, bloqueá-la. Ele deveria engolir o rum e rezar para que fosse forte o suficiente para ele desmaiar. Olhou bem para o frasco. Mas precisaria de mais do que aquela dose.

— Acha que consegue pegar mais um para mim? — ele perguntou.

Peter o ignorou.

— Por que ficaram com você? — ele repetiu.

Ele se inclinou para a frente, deixando seu gancho clicar contra cada barra em resposta conforme ele ia de um lado a outro.

— Tortura — ele disse.

Peter recuou.

— Sabe como consegui este gancho?

O garoto balançou a cabeça.

Gancho formou o sorriso mais ameaçador que conseguiu.

— É como eles iniciam garotos ao navio. Talvez também deem um para você. — A lanterna tremeu. — Ou tirem sua perna. Talvez um olho...

— V-você está brincando. — Ele colocou a lanterna no chão com um ruído. — Tentando me assustar.

Seu braço de gancho deslizou por entre as barras, fisgando o garoto pela frente de sua camiseta verde surrada. O garoto merecia o crédito por não ter gritado.

— Nada disso, estou tentando te assustar mesmo. Saia deste navio, Peter. — Ele quase o chacoalhou o menino, que o encarava com olhos arregalados. — Na primeira oportunidade que tiver, pegue seus amigos e fuja.

Peter se afastou dele.

— Este é o melhor lugar em que já estivemos. Bastante comida. Camas macias. Dinheiro para gastar.

Gancho recuou.

— Não vale a pena. Grave minhas palavras, garoto, você e seus meninos ficam melhor o mais longe possível desta tripulação. — Ele esperava que o menino corresse, se virasse e saísse. Em vez disso, o encarou de volta como um quebra-cabeça bizarro que estava tentando solucionar.

Foi a vez de Gancho dar de ombros. Ele franziu o cenho com o respingo de rum que escapou do frasco para cair em sua mão. *Que desperdício.* Ele colocou o resto na boca, pronto para desaparecer.

— Pare! — O sussurro urgente o esfaqueou direto no coração.

Ela já tinha voltado para assombrá-lo. Seu fantasma nem o deixaria se afogar em rum e fugir. Ele não merecia. Que capitão deixava todo mundo que ele amava morrer?

Peter cambaleou para trás quando uma mão cobriu sua boca.

— Não ouse gritar.

A luz da lanterna iluminou o cabelo loiro, os traços suaves do rosto, os braços magricelos e a adaga brilhante que ela apontava para o rosto de Peter. *Tão perfeita. Tão...*

— James. — O toque de um soluço flagrado na voz dela.

Algo se acendeu dentro dele como o vento de uma tempestade.

— Tink. — O frasco caiu no chão quando ele avançou para as barras, jogando seu corpo ferido contra elas como se fosse atravessá-las até Tink. Ela estava viva. Sua Tink. *Claro que os deuses não iriam me foder tanto assim.* — Você está... — *De verdade. Está aqui. Eu amo você.* — Como? — Ele nunca ficara tão sem palavras.

— Longa história. Precisamos ir.

O olhar de Peter alternava entre eles, pelo menos o quanto ele conseguia sem se mexer. O menino mal respirava na mão de Tink. *Caramba.* Ela ficava bem segurando uma adaga.

— Jura não se mexer nem gritar? — Tink perguntou ao menino, colocando a ponta da adaga mais perto, só para garantir.

A leve e discreta afirmação foi a única resposta dele.

— Que bom. — Ela baixou os braços. Um instante depois, sua mão vazia estava de volta, mas desta vez segurando algo que ele não conseguiu ver, algo que ela jogou no rosto de Peter. Ele arregalou os olhos antes de fechá-los. Seu corpo amolecido caiu no chão, batendo na lanterna. Tink a endireitou.

O pânico inesperado por seu meio-irmão o percorreu.

— O que você...

— Pó de fada. — Tink sorriu para ele. — Ele vai ficar bem.

O coração dele inchou.

— Garota esperta.

Claro que ela não machucaria uma criança. Ela pulou o corpo do garoto e se jogou contra as barras, abraçando-o com muita força da melhor forma que podia com o metal entre eles. A brisa do tremeluzir de suas asas atingiu o rosto dele antes de seus lábios se esmagarem nos dele através de uma fenda.

O toque da pele dela lhe dava vida, iluminava a escuridão que o tinha quase engolido por inteiro. Se ele tinha alguma dúvida, seu beijo a apagou. Parecia impossível, mas ela estava lá, com ele. Se as barras não estivessem entre eles, ele a teria despido pela metade e já se pressionado nela, mesmo com seu irmão dormindo ali perto. Rápido demais, ela se afastou.

— Eu também te amo.

Ele piscou, mal conseguindo processar a confissão.

— Você me diz isso em um momento que não posso fazer nada para retribuir. — Ele sorriu. Deuses, o que ele não daria para tê-la em seus braços naquele exato instante.

O olhar dela se enevoou, como se pudesse ler os pensamentos dele. Então ela ergueu uma sobrancelha perfeita.

— Pirata imundo. Agora... — Ela se balançou. — Temos que ir. Temos que levar você de volta para o navio. — Ela se atrapalhou com um molho de chaves pesadas.

— Navio?

— O *Jolly Roger*. — Ela tentou uma chave, bufou de frustração e tentou a próxima. — Está de volta. A tripulação está segura.

Ele quase deu risada. Talvez ele tivesse morrido na cela. Não tinha como aquilo ser real. Era bom demais, muita coisa.

— Como...

Tink se atrapalhou com as chaves, testando mais uma na fechadura.

— Como falei, é uma longa história. As sereias nos salvaram. Eu usei a pérola para consertar o navio. As sereias podem ter nos contado em qual direção o *Kraken* foi. Ah, e o *Siren* também está aqui.

De todas as coisas que ela contou, uma se destacou dentre as outras.

— Você usou a pérola.

Ela parou e o encarou.

— Sim.

— Era seu caminho para casa.

Um sorriso triste tocou os lábios dela.

— Casa não é só um lugar, são as pessoas, e eu nunca estaria verdadeiramente em casa sem você.

A chave clicou na fechadura. Assim que a porta se abriu, ele puxou Tink em seus braços, saboreando a sensação de tê-la bem perto, do toque macio de seus lábios, do tremeluzir de suas asas — sensações maravilhosas e mágicas que ele nunca mais esperava sentir na vida.

— Temos que ser rápidos e silenciosos — Tink disse quando se afastou um pouco.

Com relutância, ele a soltou, sua mão descendo pelo braço dela.

— Como você chegou aqui?

Ela desviou o olhar.

— Eu voei.

O coração dele parou.

— Acima da água?

Ela não sabia nadar. Uma rajada forte de vento, uma cãibra na asa, uma flecha lançada pelos homens de Barba-Negra... tantas coisas poderiam ter impedido seu voo.

— Sim. Smee se voluntariou, mas alguém tinha que comandar o *Jolly Roger*. Além do mais — ela disse, colocando as mãos na cintura. — Você consegue imaginar Smee tentando entrar de fininho neste navio?

Ele conteve uma risada. Não conseguia, não. Smee chamaria a atenção de todo mundo do navio no instante em que colocasse o pé no deque, senão antes. Falando nisso...

— Como passou pela tripulação?

Suas asas tremeluziram, um leve brilho iluminando o cômodo.

— Oh, só um pouco de pó de fada... no rum.

— Por isso que me falou para não tomar.

— Deu certo. Alguns goles, e eles mal conseguiam ficar em pé. Foi fácil pegar as chaves e descer aqui, Além do mais, eu não poderia deixar que você caísse de bêbado como aqueles idiotas enquanto nós incendiamos esta coisa.

Ele ficou boquiaberto.

— Nós?

— Esse é o sinal. Eles estão ancorados aqui há um tempo, ou foi o que nossa amiga sereia disse. Deve estar bem seco. E há bastante lanternas a óleo por aqui. — Ela girou a ponta de seu cabelo. — Eu pego você, roubamos um barco, ateio fogo na vela quando sairmos e, alguns minutos depois, o *Jolly Roger* e o *Siren* surgem da neblina e tocam o terror.

— E se você for pega?

— Eles vão tocar o terror daqui a pouco, de qualquer forma, então precisamos nos mexer. — Ela segurou o braço dele, puxando-o na direção da porta.

— Espere. — Gancho olhou para Peter onde estava deitado no chão. — Temos que salvar as crianças.

39

Pelas asas de Meryl. Em sua euforia para se reunir com James, ela tinha se esquecido totalmente do garoto no chão. Ladrão irritante e duas caras ou não, ninguém merecia ficar preso em um navio afundando, principalmente sendo criança.

— Vamos levá-lo para o deque e colocá-lo em um barco a remo — ela disse.

James já estava com o garoto no colo.

— Precisamos pegar os outros meninos também, amor. — Ele cerrou os dentes. Um ferimento grave ainda marcava parte do rosto dele. Malditas crostas da corda em seus punhos.

Tink engoliu o aperto em sua garganta e focou na tarefa presente. Eles tinham se esquecido totalmente das crianças quando fizeram o plano. Com certeza, a tripulação as salvaria quando a luta começasse..., mas não, aquele era Barba-Negra. Provavelmente, ele as usaria como peões em vez de garantir sua segurança. Tink assentiu. Eles precisavam pegar as crianças.

— Não sei onde estão.

Mas o que eu estava pensando quando o coloquei para dormir. Muito bem pra mim. A única pessoa que poderia ajudá-los dormiria por horas com a quantidade de pó de fada que ela jogara na cara dele.

— Em algum lugar abaixo do deque — ela continuou. — Mas teremos que ser rápidos e silenciosos.

— Vá na frente, amor.

A porta da sorte número três se abriu para uma pequena cabine iluminada por uma lanterna fraca. Formas pequeninas de criança dormiam em camas estreitas. Um dos meninos se levantou, esfregando os olhos.

— Peter?

Oh, Santa Flora. E agora?

Os outros meninos bocejaram e se mexeram.

James passou na frente dela.

— Venham com a gente, rápido.

— Peter? O que aconteceu com ele? — outro menino perguntou, a voz alta demais.

— Ele está dormindo — Tink respondeu em um sussurro urgente. — Ele quer que vocês venham com a gente, agora.

— Por que confiaríamos em vocês? — o maior indagou.

James mexeu Peter com um gemido suave.

— Porque ele é meu irmão.

Tink ficou boquiaberta. *Não pode ser. Por que ele não me contou antes?*

Ele lançou um olhar para ela que prometia contar tudo depois.

Certo. Tudo bem. Mas, santa flauta de Nessa, James tem um irmão!

Os meninos se entreolharam e iniciaram uma conversa silenciosa cheia de ombros contraídos e balançar de cabeças. O maior deu um passo à frente.

— O irmão de Peter também é nosso irmão.

James e o menino assentiram ao mesmo tempo.

Confiança demais, garotos, Tink queria dizer, mas a falha de julgamento funcionaria a favor deles — daquela vez.

Os garotos pegaram suas mochilas e os seguiram para cima pelos degraus rangentes que davam no deque. Dois piratas dormiam ali perto, provavelmente vítimas de seu pó.

Graças a Flora.

— Peguem as lanternas — Tink sussurrou ao apontar para os objetos brilhando no deque. — Apaguem as chamas, espalhem o óleo. Sejam rápidos com isso.

Os meninos se apressaram a obedecer, obviamente mais acostumados a seguir ordens do que a questioná-las.

— Por ali. — Tink apontou para um pequeno barco a remo pronto para ser baixado onde eles estavam ancorados perto da Rocha da Caveira. Uma neblina pesada, tão ruim quanto as que ficavam próximas às Ilhas Encobertas, pairava em volta deles, cobrindo os navios que felizmente ainda os aguardava.

Eles rastejaram pelo deque. James depositou Peter no fundo do barco e ajudou os meninos e Tink com as lanternas. Ela não deixou de perceber o jeito como ele se encolheu, a rigidez de seu maxilar ou o leve brilho de suor simplesmente visível em sua pele. Cada marca nele cortava seu coração. Em breve, muito em breve, eles estariam longe dali. Ele estava vivo. As feridas iriam se curar, ela lembrou a si mesma.

Espalhar o óleo demorou um pouco, mas cada segundo estava mais próximo do perigo. Cada um passava como um sino tocando no fundo da cabeça dela.

Pouco depois eles estavam ajudando os outros garotos a entrar no barco.

— Você é a próxima, amor. — James estendeu a mão para ela.

Tink balançou a cabeça.

— Você primeiro, tenho que seguir o plano.

James segurou seu punho e a puxou para perto.

— Não posso te perder. — A voz dele falhou. — De novo, não. Não posso.

Algo partiu no peito dela antes de se curar ainda mais forte do que antes.

— Não vai. — Ela cobriu a mão dele com a dela e encarou o rosto do homem... *o maldito pirata*... que ela amava. — Abaixe o barco. Já encontro vocês.

Tink se afastou e correu pelo deque com os pés leves. Então pegou uma tocha acesa de seu suporte. Droga, eles não poderiam ter escolhido uma madeira mais leve, poderiam? Talvez se tivessem guardado uma lanterna. Ela a ergueu acima da cabeça, deixando a chama lamber a vela principal que tinha sido retraída enquanto estavam ancorados.

— Droga de nevoeiro embaçado — ela murmurou.

Suas asas tremeluziram, tirando seus pés do chão e ajudando o fogo a subir mais. Enfim, a região que ela tentara encher de óleo pegou fogo. A alegria subiu por ela conforme o fogo rastejava pela vela e acendia no cordame. Ela sorriu.

Alguém trombou nela, tirando o ar de seus pulmões e fazendo com que ela derrubasse a tocha. Tink gritou, suas asas berrando de dor mais alto do que sua voz. Ela caiu no deque, o rosto batendo na madeira dura com força suficiente para chacoalhar seus dentes.

— Tink! — James saltou do barco, se esgueirando de volta para o deque.

Outras vozes chegaram até ela. O cabelo quase foi arrancado de sua cabeça quando a puxaram pelo deque.

— Você simplesmente não consegue ir embora, consegue?

— Lily? — Tink chiou. Lily... Não era suficiente Barba-Negra tentar matá-la. Ela girou, dando um chute de lado na prima.

A outra fada gritou e a soltou. Antes, ela teria contido seus golpes. Não mais. A prima tentara matá-la e aos seus amigos, e deixara seu James para apodrecer ou pior.

Berros a insultavam enquanto a tripulação se conscientizava da briga no deque ou do fogo. *Provavelmente do fogo*. Exclamações arrastadas percorriam o ar.

Tink puxou a adaga embainhada em sua perna e apontou para Lily.

Os olhos de Lily se arregalaram quando ela seguiu o ângulo da arma de Tink na direção dela.

— Você não...

— Sim.

Lily pulou como se tivesse levado um tapa.

— Seu *capitão* tentou me matar e àqueles que amo, então afaste-se, vadia.

— Te matar... — Lily cambaleou um passo para trás.

— Ah, não ficou sabendo? — Tink afastou as mechas de cabelo que a brisa soprou em seu rosto.

— Vá para o barco! — James gritou.

Tink se virou na direção dele. Ele havia pegado uma espada de algum lugar... ou de alguém. Um pirata cambaleava na direção dele, e ele bateu no homem.

Ela iria para o barco, mas não sem ele. Tink correu pelo deque, manchas de fogo ardente flutuando ao seu redor. Outros emergiram de debaixo, mal percebendo a luta conforme o fogo chamava sua atenção.

— James! — Ela mal se conteve de pular nos braços dele enquanto ele recuava para o corrimão. Ele dava golpes com a espada, protegendo-se dos piratas que avançavam.

— Você vai ter que pular. Voe.

Tink se virou, dando um olhar rápido na escuridão, onde só dava para identificar o pequeno barco a remo na água. Os meninos seguravam os remos, empurrando-os para o lado. Ela se voltou para os piratas, ajustando a adaga em seu punho.

— Não sem você.

Uma figura imponente correu pelo deque, a lâmina já em punho. Tink prendeu a respiração vendo que Barba-Negra vinha na direção deles.

— Cuidem do navio, meninos — ordenou para sua tripulação.

Então Barba-Negra apontou a lâmina para James.

— Deste aqui cuido eu.

40

A tripulação corria para apagar o fogo, e Barba-Negra andava na direção de Gancho com passos lentos e determinados.

— Vá, Tink. Agora! Voe! — Ele precisava tirá-la dali. *Naquele momento. Imediatamente.*

— Não. Sem. Você! — Ela puxou o braço dele.

Ele enrijeceu os ombros e a afastou. Ele não ia se virar, não ia olhar para os olhos suplicantes dela que, sem dúvida, combinavam com a falha frenética em sua voz. Ele iria desabar. Acabaria indo com ela.

Se fosse assim Barba-Negra escaparia. Mais uma vez. Ele consertaria seu navio e iria atrás deles. Mais uma vez. Eles nunca estariam seguros enquanto ele vivesse, nem seu irmão estaria. Ele não tinha conseguido salvar a mãe. Mas não iria mais perder ninguém para aquele monstro.

— James! — Tink gritou de novo.

— Desculpe, amor. — Ele prendeu a respiração, então a empurrou... com força.

Ela caiu com um grito pela lateral do barco. A ação quase o destruiu, o fez sangrar pelo deque. Mas ela sabia voar. Ela voaria. Os meninos a acolheriam no barco. Ela estaria em segurança. Ele precisava acreditar nisso.

Precisava. Gancho trancou esses pensamentos, ajustando sua postura, e focou no homem diante de si.

Fragmentos de cordas em chamas caíam em volta deles, pequenos pontos de luz flutuando na noite escura.

— Ainda pode se juntar a mim, garoto. — Barba-Negra baixou bem discretamente seu cutelo.

Se juntar ao homem que tentou matar Tink e sua tripulação? Que arrancou sua mão? Que condenou sua mãe? Que fez da vida dele um inferno? Pai ou não, ele preferiria morrer milhares de vezes a servir àquele desgraçado.

Gancho cuspiu no deque.

O semblante de Barba-Negra escureceu ainda mais, o que parecia impossível. Como se requisitado, um pedaço queimando de vela pousou na barba dele e carbonizou uma parte, deixando-a ainda mais preta. A aba do chapéu dele baixou para esconder seu olhar de ferro conforme a fumaça se curvava na direção de suas narinas.

— Então que assim seja.

Os capitães se encontraram em um choque de lâminas. A dor do golpe percorreu o braço de Gancho. A única coisa pela qual ele poderia agradecer àquele desgraçado era não ter arrancado sua mão dominante.

— Acha que vai me vencer? — Barba-Negra provocou com outro golpe. — Olhe para você. Ferido. Sangrando.

Gancho cerrou os dentes e ajustou seu punho, fazendo seu máximo para abafar as palavras proferidas para distraí-lo e prejudicá-lo.

A madeira rangia e gemia, e suas lâminas se encontraram de novo.

— Sou maior do que você, garoto.

Gancho balançou a lâmina.

— Você é lento, velho Croc.

Ele era. Barba-Negra poderia vencê-lo em tamanho, mas não em velocidade. Gancho manteve suas costas perto do corrimão o máximo que podia, para que ninguém se esgueirasse por trás dele. Ele não iria lá para baixo, não a menos que pudesse levar Barba-Negra junto.

Um golpe e um bloqueio atrás do outro, eles circulavam em uma dança mortal.

O coração de Gancho martelava em seus ouvidos conforme antecipava o golpe seguinte de Barba-Negra. O peso do outro homem mudava. Gancho ajustava a mira. Com um golpe rápido, ele cortou Barba-Negra no braço.

O capitão recuou com um rugido de dor, dentes aparecendo no meio de sua barba.

— Não vai ter tanta sorte em outro golpe.

Gancho sorriu. Ele teria, e depois mais um pouco. O velho era lento.

Uma explosão soou pela água.

Porra.

Ele mal teve tempo de se preparar para a bola de canhão lançada no *Kraken*, fazendo tanto ele quanto Barba-Negra caírem no deque.

A tripulação dele.

Uma onda de pura adrenalina tomou conta de Gancho e ele se levantou. A explosão iluminou o ar ao longe quando outra bola de canhão foi lançada na direção deles, mas errando o alvo. No escuro enevoado, ele mal conseguia identificar seu navio. Mas aquela forma sombreada — *sim, eu reconheceria meu bebê em qualquer lugar*. Era verdade. O *Jolly Roger* vivia. Tink contara a ele, mas ele mal ousara acreditar.

Um gemido o fez se virar de volta para ver o capitão se levantando, com a lâmina na mão. Escorria sangue de seu rosto de um corte em algum lugar acima de suas sobrancelhas peludas. O chapéu amplo que ele usava tinha sumido há um tempo.

— Canhões! — ele berrou para seus homens. O fogo e a fúria brilhando em seus olhos queimavam mais do que as velas incendiadas.

Barba-Negra avançou nele com velocidade renovada. Gancho arregalou os olhos. Ele mal bloqueou o golpe a tempo, a respiração presa em sua garganta. Antes de Gancho recuperar seus sentidos, Barba-Negra avançou em outro golpe. Depois outro.

A lâmina cortou seu ombro. Gancho cambaleou para trás pela dor lancinante.

Mas Barba-Negra não o poupou. Ele atacou como um homem louco.

Um suor frio escorreu pela pele de Gancho. Aquele não era o capitão de instantes antes. A queda, o canhão, algo incendiou uma fúria pecaminosa que transformou o homem de meia-idade no pirata assustador de sua juventude.

As tranças pretas e o pelo carbonizado de sua barba zombavam de Gancho. Seu sorriso com dente de ouro prometia dor e morte. E seus olhos... eles juravam devorar sua alma.

A lâmina de Gancho cortou a perna de Barba-Negra, tirando sangue, mas ele nem diminuiu o ritmo.

Suas espadas se encontraram, travaram. Barba-Negra tinha a vantagem, sua lâmina curvada presa no cabo de gancho. Ele pressionava. Gancho curvou para trás, dando tudo que tinha conforme a ponta se aproximava de sua garganta.

Outra bola de canhão balançou o navio.

Gancho perdeu o equilíbrio.

Sua cabeça bateu no deque. A espada voou de sua mão.

Fodeu.

Estrelas se espalharam diante de seus olhos quando ele rolou para o lado. *Lâmina.* Ele precisava de...

A ponta da lâmina de Barba-Negra pairou diante dele. As botas pesadas do capitão faziam ruído no deque.

— Não queria fazer isto, garoto. Você não me deixa escolha.

41

Tink gritou enquanto caía, a água se aproximando cada vez mais. Suas asas batiam com toda sua força, esforçando-se, mas ela continuava caindo na direção do mar. Com uma vibração dolorida depois da outra, ela se estabilizou bem acima da superfície da água.

Um olhar por cima do ombro mostrou o *Kraken*, enorme, atrás dela.

James estava lá em cima.

James a tinha empurrado!

Para salvá-la, mas mesmo assim...

— Fada!

Ela girou na direção da voz.

Os garotos balançavam em seu barco a alguns metros dali. O maior se esticou para pegá-la, debruçando-se na beirada. *Oh, anciãos reverenciados, um barco. Segurança.*

Ela voou na direção deles até seus pés baixarem no mar agitado, e eles a puxarem para dentro. Ela quase chorou de alívio quando suas botas encostaram no fundo do barco. Fuligem e partes do barco em chamas saíam flutuando lá de cima, pousavam na água e depois sumiam. Tink inspirou, uma vez depois outra, enquanto os meninos pegavam os remos e voltavam a remar com força. O *Jolly Roger* estava próximo. Eles viriam o sinal e começariam o ataque. Eles precisavam sair dali.

Tink olhou por cima do ombro. Mas como ela poderia abandonar James?

Alguém saltou pelo corrimão. Tink arfou para a forma familiar e leve.

Lily alçou voo, voando diretamente até eles.

— Esperem. É a Tinker Bell! — gritou o garoto que tinha assumido o comando.

Espere, o quê? Seu olhar se lançou para os garotos.

— Eu sou a Tinker Bell.

— Ãh?

Pela flauta de Nessa. Antes de ela esclarecer isso, Lily pairou logo acima do pequeno bote deles.

— Como ousa? — ela gritou.

— Eu? Como ousa dizer tal coisa depois de tudo que você fez? — Tink retrucou.

— Está pegando fogo!

Não brinca. Os lábios de Tink se apertaram. Ele seria nada mais que ruínas em breve, se o plano deles desse certo. Ela olhou além de Lily. *James...*

Lily a atingiu. A respiração fugiu de seus pulmões. Suas panturrilhas bateram em algo duro. Gritos se ergueram dos meninos em volta delas. Então seus pés escorregaram, e elas foram tropeçando sem parar. Suas asas gritaram de dor. Lily berrou. O quadril de Tink bateu na lateral do barco, e elas afundaram na escuridão fria.

Tink sufocou na água do mar. *Escura. Gelada. Queimando.* Exatamente como antes.

Era isso. O mar a pegaria, afinal.

As sereias não viriam. Não desta vez. Elas tinham ido embora logo depois de direcioná-los para o *Kraken*.

Ela enrijeceu, cedendo ao abraço da morte.

Mas, assim que ela o fez, o rosto de James brilhou diante de seus olhos. Seu capitão. Seu amor. Ele estava lutando, se esforçando por vingar todos eles. Como poderia desistir agora?

Tink se debateu pela água, chutando as pernas, mexendo o corpo.

Seus pulmões gritavam de dor, prontos para explodir.

A água se abriu. Ela arfou por ar, sufocando na água dentro de seus pulmões. Mãos pequenas a seguraram, tentando puxá-la da água.

— Eu a peguei!

— Puxe!

Sal e pânico queimavam seus olhos. Ela sufocou e arfou, desesperada pelo ar da vida. Suas asas se comprimiram contra o barco conforme os garotos a puxavam — sem nenhuma gentileza — de volta para dentro.

— Você está bem?

— Srta. Fada...

Os meninos se reuniram ao seu redor. Tink engoliu água do mar, e ofegava por ar.

— Remem para a esquerda! — o que estava no comando exigiu.

Tink olhou para cima através do cabelo molhado grudado em seu rosto. Lily estava enganada. Tink não era melhor em tudo. Lily sabia nadar — uma habilidade que ela nunca aprendera.

Lily, na água, se aprumou e bateu as asas até começar a se erguer. Os meninos pularam para trás quando Tink colocou as próprias asas em movimento, chacoalhando água do mar por todo o barquinho.

— Volte, Lily!

— Lily? — os garotos ecoaram.

A água pingava de sua prima, que flutuava no ar acima do mar revolto. Suas mãos cerradas em punho.

— Ainda não!

Tink apertou os lábios. Ela não poderia deixar Lily prejudicar o barquinho. Os garotos remavam furiosamente, dando tudo deles. Peter, ainda inconsciente, estava apoiado na lateral. Se surgisse um vazamento — ou pior, se Lily o virasse —, aqueles meninos poderiam morrer. Ela não deixaria isso acontecer.

Tink subiu na beira do barco e se lançou no céu.

— Espere! — os garotos gritaram, mas ela os ignorou.

Desculpe, meninos.

— Você teve o que queria — Tink gritou. — Nos deixe em paz. Nos deixe ir!

— Não. — Lily tirou o cabelo molhado do rosto. — Não posso deixar você pegar a escama. Você não pode ir para casa!

As duas fadas pairaram a alguns metros de distância na noite escura. Tink cerrou os dentes. Era tarde demais para isso, de qualquer forma.

— Por quê? Preocupada demais que as pessoas saibam da verdade?

Lily recuou.

Ela tinha acertado no alvo.

— E você deu para usar meu nome agora, hein? — Os garotos a tinham dedurado. — Tem tanto medo assim de cometer seus crimes em seu próprio nome? Pode demorar, mas a verdade sempre aparece, sabia? Eles vão saber. Provavelmente já sabem! Eu sou a boazinha, afinal, lembra?

Lily gritou com fúria, como Tink previra, e se arremessou na direção dela. No último instante, Tink dobrou as asas e caiu, desviando das garras da prima. A outra fada mergulhou na água, incapaz de frear a tempo.

Logo depois de ela ter desaparecido na água, sua cabeça loira emergiu, tossindo e tentando recuperar os sentidos. O mar não a manteria de guarda baixa, não por muito tempo. Ali perto, homens corriam pelo deque do *Kraken*. Seu coração se revirava ao ver James e um combate acirrado com Barba-Negra.

Não.

Onde estava o *Jolly Roger*?

Um gemido agudo chamou sua atenção quando Lily escapou do mar e voou de volta no ar — direto para Tink.

— Lily, pare! Vamos conversar sobre...

Uma explosão soou pela noite. Algo assobiou através do ar.

A bola de canhão cortou as asas de Lily antes de ela conseguir desviar e atingiu a lateral do *Kraken*. A fada gritou de dor conforme caiu girando na direção do mar.

— Lily! — Tink gritou e mergulhou pelo ar na direção de sua prima, mas parou antes de tocar a água. Vendo que Lily não emergira imediatamente, seu estômago se afundou. Sua pele pinicou quando a bile subiu em sua garganta.

Sua prima tinha feito algo terrível, coisas horríveis, mas parte dela ainda se lembrava da jovem fada com quem ela tinha crescido — sua melhor amiga, sua prima preferida. Ela preenchia quase todas as suas lembranças de infância. Perdê-la para algo tão perverso quanto o mar...

A cabeça de Lily apareceu na superfície. O coração de Tink saltitou. Uma mão pálida se esticou na direção dela. Mas então ela desapareceu de novo, perdida nas profundezas.

— Merda. Garotos! — Tink gritou.

— Remem, remem, remem! — o que estava no comando berrava. Mas eles estavam lutando contra a correnteza. Não conseguiriam, não a tempo.

Tink engoliu em seco. *Agora ou nunca*. Sem pensar duas vezes, ela mergulhou na direção da água.

Lily apareceu de novo e, desta vez, Tink estava lá para segurá-la. Suas asas se esforçavam e gritavam de dor conforme Tink tentava puxar Lily de volta para o ar. Sua prima mal estava consciente, seus olhos se abrindo e fechando enquanto sua cabeça caía para o lado.

— Para cima! Não morra aqui!

O mar não queria renunciá-la. Tudo que ela conseguia fazer era manter a cabeça de Lily acima da água.

Canhões lançavam. Uma bola errou o *Kraken* e caiu no mar, provocando uma onda que os puxou para baixo até as pernas de Tink serem pegas na água mortal.

— Meninos!

Perto, tão perto, só mais um minuto...

Um menino pulou na água e nadou na direção de Lily. Juntos, eles a arrastaram para dentro do barco e a deitaram perto de Peter. Ela estava totalmente inconsciente. E suas pobres asas... A visão quase fez Tink virar para o lado e vomitar. Elas seriam curadas, mas levaria tempo.

— Leve-os. — Tink se equilibrou na beirada do barco, dando às suas asas um breve descanso. Tudo doía, mas ela não poderia parar. Agora não. — Saiam daqui!

— E você? — o menor perguntou.

Ela olhou para o *Kraken* logo atrás.

— Tenho que salvar mais uma pessoa. Agora remem! Vocês precisam levá-los para um lugar seguro. — Tink apontou para Lily e Peter.

Antes que pudessem protestar, Tink se lançou para o céu.

42

Gancho olhou além da lâmina a um centímetro de seu rosto para o capitão pairando acima dele. O barco balançou, mas não o suficiente para desequilibrar o homem de pés seguros.

— Diga olá para Marianna por mim.

Gancho cerrou os dentes.

— Como ousa falar o nome dela!

Barba-Negra inclinou a cabeça para o lado, seu braço com a espada nunca cedendo.

— Eu a amei primeiro.

— Você a matou! — Ele não tinha usado a espada, mas a culpa era de Barba-Negra. Cada parte de seu corpo vibrava com ira. Ele não poderia fracassar, não antes de vingá-la.

Barba-Negra se enrijeceu. A pouca emoção que ele tinha havia deixado seus traços.

— Adeus, filho.

— Pare! — veio uma voz feminina doce e familiar.

Tink. Calafrios percorreram a pele dele. *Mulher negligente e maravilhosa.* Um rubor de adrenalina varreu seu corpo.

Barba-Negra se virou na direção da voz.

— Quem pens...

Gancho empurrou a lâmina para o lado com seu gancho e rolou. Em um movimento rápido, ele chutou a canela do homem mais velho.

Barba-Negra cambaleou para a frente com um grunhido de dor. A ponta de sua lâmina cravou no deque.

Com força renovada, Gancho saltou de pé. A dor queimando em seus ombros, seus punhos, suas pernas — tudo isso desapareceu em uma onda de esperança. Não estava com sua espada, mas ele tinha outra arma sempre ao seu lado. Literalmente. O crocodilo tinha cuidado disso.

Mas, primeiro... Ele se virou para olhar por cima do ombro. Tink se equilibrava no corrimão, molhada, mas viva. O peito dele inchou.

— Fique aí, amor.

— Temos que sair daqui! — ela gritou, mas ele já tinha se voltado para seu oponente.

Não antes de ele terminar com aquilo. Para sempre.

Barba-Negra puxou o cabo de sua lâmina, mas o deque a segurou firme. Membros de sua tripulação se aproximaram correndo. Um deles jogou uma espada para ele, mas ele acenou para a tripulação.

— O navio, homens!

As chamas tinham incendiado e lambido algumas das tábuas de madeira. O navio inclinou quando uma explosão riscou o ar, e eles devolveram fogo no *Jolly Roger*. *Aguente firme.*

Assim que as explosões ecoaram, mais algumas se lançaram ao longe.

— Um segundo navio! — um dos membros gritou.

Gancho se enrijeceu vendo que Barba-Negra olhava para o mar. *Cressida?* Mas, contanto que fossem amigáveis, não importava.

— Sua luta é comigo, Croc.

Ele ajustou o punho na espada emprestada com um grunhido.

— Você deveria ter fugido, garoto.

Nunca.

— Vamos terminar logo com isso. — Seu gancho seria suficiente. Tinha que ser.

— Com prazer. — Barba-Negra sorriu.

Eles circularam um ao outro no navio em chamas naufragando, pisando em cordas e destroços. Tink tentou se juntar a ele — mas ele acenou para ela ficar longe. Barba-Negra fez igual para dois de seus integrantes que se recusavam a sair de perto. Aquela luta era deles e só deles.

Cada respiração centralizava seu fogo no outro homem — seu pai. A batalha desapareceu. Ele flagrou o momento em que o velho crocodilo mudou seu peso de perna e virou a espada bem discretamente na mão. Barba-Negra avançou em um ataque furioso.

Gancho desviou, sentindo a brisa da lâmina quando ela deslizou por ele, e golpeou com seu gancho. Pegou na jaqueta de Barba-Negra — fincou profundamente. Ele rugiu alto. Gancho o libertou, sacudindo o braço, mas valeu a pena a dor. A ponta estava pintada de sangue, que se espalhava pelo deque.

— Está vindo!

Uma bola de canhão passou bem perto deles e atingiu o mastro da vela principal. *Porra.* Seus braços voaram para cobrir o rosto quando a madeira se estraçalhou e se espalhou. Destroços o atingiram.

— James! — Tink gritou, mas não havia dor em sua voz... gritara por pânico. Junto com preocupação por ele.

Ele olhou e viu Barba-Negra avançando. Perto — perto demais. Ele pulou para trás, mas bem lentamente. A espada cortou a lateral de seu corpo. O fogo se intensificava, e ele rugiu de dor. Precisava de espaço, de tempo para pensar.

Um gemido profundo e estridente soou atrás dele.

— Vai cair!

Do canto do olho, ele flagrou a visão do mastro principal quebrando-se e desmoronando em sua direção.

Gancho se movimentou e a madeira enorme caiu bem onde ele estivera parado. O navio inteiro rangia e inclinava. Não havia mais tempo. *Não posso...*

Braços delicados deslizaram sob os dele, erguendo-o.

— Nós. Temos. — Tink gemeu. — Que ir!

Ele cerrou os dentes, ficando de pé com a ajuda dela. Estava machucado por todo lugar. E sua ferida na lateral do corpo, apesar de não ser profunda, queimava mais do que coral de fogo.

— Ainda não. Eu preciso...

— Viver! — Ela segurou o rosto dele entre as mãos, obrigando-o a olhar para ela. — Você precisa viver! — Lágrimas se formavam e escorriam. — Comigo. Não me abandone. De novo, não.

O coração dele quase se partiu em dois. *Maldição*. Ela era tudo, e ele a deixara ficar ali, naquele naufrágio entre chamas, prestes a afundar para as profundezas, por causa de seu ódio, sua raiva. Ele quase a tinha perdido para o mar uma vez. *De novo, não*.

— Certo. — Ele inspirou fundo. — Certo, amor.

Com um último olhar por cima do ombro, ele avistou Barba-Negra. Ele lutava no convés com sua perna presa debaixo do mastro. Gemidos e xingamentos berrados cortavam a noite. O velho pirata não poupou um olhar para Gancho, não enquanto tentava mover a madeira enorme sem sucesso. O fogo rastejava pelo deque para perto dele. Os piratas que tinham ficado para ajudá-lo tinham sumido — fugido ou sido atingidos.

Ele poderia acabar com aquilo. Agora mesmo.

A espada de Barba-Negra estava deitada no convés, tendo caído da madeira quando o mastro caiu. Seria muito fácil pegá-la, enfiar a lâmina perversa no coração sombrio de Barba-Negra de uma vez e definitivamente, e realizar anos de sonhos e desejo.

Os ombros dele relaxaram. Seria uma vitória vazia, uma misericórdia mais do que vingança. Ele segurou a mão de Tink. O carvão fervente de ódio alojado em seu coração diminuiu. O que ele precisava estava à frente, não atrás.

O deque se inclinou. Tink gritou e se segurou com mais força. Ele se enrijeceu. Estava entrando água no *Kraken*. Eles precisavam dar o fora antes que ele afundasse.

— Abandonar navio! — alguém gritou de trás do mastro destruído.

— Certo. Vamos, amor. — Ele correu pelo convés com Tink.

— Maldição! — ela gritou, debruçando-se no corrimão.

Ele não conseguiu impedir o sorriso que se abriu em seu rosto, mesmo no meio de todo o caos.

— Está soando como eu, amor.

Ela apertou os lábios e bateu no braço dele. Ele chiou de dor.

— Oh! — Ela pulou e se encolheu. — Desculpe, eu...

O navio gemeu e balançou.

— Não temos tempo. Precisamos ir. — Ele pisou no corrimão, puxando-a com ele.

— Mas... — Ela se agarrou a ele. — Não consigo. Minhas asas. Não nós doi...

Ele a puxou para ele.

— Não solte.

Com uma corda e uma oração, ele os lançou para o mar.

Tink gritou. A água se aproximava. O sal queimou as feridas dele e quase o fez parar de respirar. Tink deslizou em seu abraço. Ele não a perderia. Nunca mais.

Gancho já os puxava para longe do navio afundando quando apareceram na superfície. Tink tossia e cuspia mas não parecia tão mal, pelo pouco que ele conseguia enxergar acima da água na noite escura.

— Mexa as pernas. Temos que nos afastar. — Se o navio afundasse enquanto eles estivessem perto demais, ele os puxaria para baixo. Uma forma horrível de morrer.

Lenta e dolorosamente, Gancho nadou com a ajuda de Tink enquanto o navio se despedaçava e desmoronava.

— Os meninos… — Tink disse, virando-se para lá e para cá nos braços dele. O barquinho que ele tinha carregado com eles não estava em nenhum lugar.

— Tenho certeza de que estão seguros.

Ele tinha bem pouca certeza, mas não poderia arriscar a ter pensamentos negativos. Falar deles, mesmo que mentalmente, muitas vezes os tornavam verdadeiros. Ele os afastou conforme continuava a nadar para a escuridão com ela a reboque, assistindo ao *Kraken* afundar.

Pai. Ele sempre tinha se perguntado. Sempre quis conhecer o homem que o tinha gerado, mas agora… Ele diminuiu o ritmo, deixando-os balançar na água. Eles já estava longe do naufrágio, e sua força estava acabando.

— Peter é seu irmão? — Tink sussurrou para o silêncio.

— É. — Pelas estrelas acima, a dor na lateral do seu corpo o estava matando quase tanto quanto a dor em seu peito que ele fingia não existir.

O pânico de Tink havia sumido, o peito dela subindo e descendo em respirações regulares enquanto se mantinha pendurada às costas dele com os braços em volta de seu pescoço.

— Ele que te contou?

— Não. — Ele suspirou. — Foi Barba-Negra.

— Mas como ele saberia? — Ele quase podia ver a ruga entre suas sobrancelhas, a forma como sua cabeça, sem dúvida, estava inclinada discretamente para o lado.

Hora da parte divertida.

— Ele é nosso pai.

Tink ficou em silêncio por um instante antes de seu grito cortar o ar.

— O quê? — Ela se debateu, os braços escorregando.

— Tink! — Ele segurou seu braço para ajudá-la a recuperar a posição.

— Desculpe. Desculpe. — Os braços dela envolveram o pescoço dele, e ela se aninhou perto, quase o empurrando para baixo. — Eu só... uau. Eu nunca...

— Eu também não. — A exaustão o tomava, fazendo seus olhos se fecharem. A pele dele estava gelada. Ele mal conseguia sentir os pés.

Gancho ficara dias com pouca comida e água e perdera muito sangue. Ele não aguentaria muito mais tempo. Mas tinha que tentar. Tinha que ser forte.

Por ela.

— Capitão! Tink!

O coração dele inchou quando seus olhos se abriram. Ele reconheceria aquela voz em qualquer lugar.

— Estamos aqui!

— Por ali! — A voz de Smee percorreu a água.

As nuvens se abriram, e a luz da lua iluminou o *Jolly Roger*.

Maldição, será que já existiu uma visão mais gloriosa?

Um barco a remo navegou na direção deles, seu robusto primeiro imediato e melhor amigo no comando. Eles realmente iriam sobreviver.

Acima, a luz da lua flagrou outro navio. Ele semicerrou os olhos no escuro da noite. O *Siren*? Ele quase gemeu. Ele deveria uma fortuna a Cressida.

— Só mais um pouquinho, Capitão. Aguente firme!

— Estamos seguros. Conseguimos — Tink sussurrou, quase baixo demais para ouvir.

É, conseguimos. Contra todas as possibilidades, seu amor, sua tripulação, seu navio, eles estavam seguros. Ele daria uma fortuna por isso. Sua mão boa. Sua própria vida.

Conforme Smee e Barley o puxaram para dentro do barco, Gancho deu uma olhada na direção do navio que havia afundado. Talvez Barba-Negra sobrevivesse. Mas o carvão queimando que tinha se alojado em seu peito todos aqueles anos já não queimava tanto. Ele tinha tudo de que precisava, tudo que amava, e nenhum espectro de seu passado o faria perder isso de vista outra vez.

43

Céu limpo, mares calmos e nenhum sinal de piratas hostis eram exatamente o que o médico receitara. Ou Tink, neste caso.

— Sente-se e fique paradinho para eu colocar esta bandagem. — Ela bateu no braço de James quando ele tentava se afastar de seus cuidados.

— Sou um maldito capitão, não uma criança precisando ser ninada — ele choramingou, talvez, pela milionésima vez.

Tink revirou os olhos e soprou a mecha de cabelo que tentava cair em seu rosto.

— Só... me deixe... — Ela amarrou a ponta da bandagem, cobrindo o ferimento grave, que ele jurava ser um corte pequeno, na lateral de seu corpo. *Sem noção.* O corte profundo a tinha quase feito vomitar da primeira vez que ela dera uma boa olhada nele. — Pronto.

Ele balançou a cabeça, franzindo o cenho para o tecido em volta dele.

— Smee vai pegar meu cargo se eu não tiver cuidado.

Tink bufou ao levar as bandagens sujas para longe e ir limpar as mãos.

— Ele é a última pessoa que um dia organizaria um motim contra você. Além do mais, se não descansar e essa ferida infeccionar, aí pode ser que ele *de fato* tenha que assumir por você... permanentemente.

Ela pulou quando Gancho deslizou os braços em volta dela.

— Bem... — Ele deu um beijo no ombro dela, depois outro. — Não podemos deixar isso acontecer, podemos, amor?

— Pirata insuportável. — Ela o olhou desafiadoramente por cima de um ombro.

— Fada maldosa. — Ele deslizou a mão pela cintura dela, provocando calafrios. — Já estou meio despido. Quer terminar o trabalho?

Ela empurrou o peito dele, mas foi um movimento gentil — brincalhão. Ah, como ela queria atender os pedidos dele. Não havia nada que ela quisesse mais. Mas abrir sua ferida estava fora de questão.

— Não até você estar melhor. — Tink beijou seu maxilar conforme ele suspirou, conformado.

Fazia dias que eles tinham escapado do *Kraken*, e ele estava se recuperando, mas ela não o colocaria em risco, nem por todo o tesouro do Mar Cerúleo. Ela reuniu as últimas bandagens usadas em um monte de pano sujo e se voltou para o pirata parado atrás dela.

— Falando em Smee — ela disse —, é melhor irmos até o convés. Vamos nos aproximar de casa em breve. Pode até ser que dê para ver a enseada agora.

— Casa? — O olhar arregalado dele a fez espelhar a expressão dele.

A palavra tinha simplesmente saído.

— Casa — ela repetiu, emitindo a palavra por sua língua, saboreando-a. — Sim. — Algo floresceu em seu peito, e ela sorriu para ele. — Casa.

Ela havia se esforçado por meses para voltar para o Vale Sylvanna e, embora ele ainda estivesse fora de seu alcance, ela havia conseguido encontrar outra casa — totalmente diferente, mas, ainda assim, era uma casa.

Depois que Gancho se vestiu, eles subiram para o deque do *Jolly Roger*. Sorrisos amigáveis os receberam, ondas, uma piscadinha de Sage.

Todos os seus amigos — sua família — tinham sobrevivido à batalha do *Kraken*. Tink sorria para a tripulação, saboreando a visão de suas expressões felizes, das pessoas que gostavam dela, que até a amavam. Aquela visão sempre a fazia sorrir. Seu peito inchou enquanto ela observava todos.

Barley tocou um acorde no bandolim, muito parecido com o que Tink havia tocado nos bares para ganhar um pouco de dinheiro.

— Esta é uma nova que ouvi em Tortuga — ele disse aos integrantes da tripulação reunidos em volta. Todos eles comemoravam sua vitória e a volta para casa. O rum fluía tão livremente quanto os sorrisos. Conforme Tink e Gancho subiam até o leme, Barley começou a cantar.

— "Havia uma garota chamada Ella. Que chamou atenção de um rapaz para ela. Um príncipe, nada menos. Vi sua angústia, ao menos."

Alguém deu um suspiro dramático e cansado.

— "Pobrezinha. Intimidada e envergonhada. Suas meias-irmãs ela culpava. Ela se ergueu das cinzas e da aspereza. Da cabeça aos pés uma beleza."

Um coro de gritos e assobios soou atrás deles.

— "Rainha ela se tornou. Uma ascensão à fama ela tomou. Mas o príncipe não era sábio, o que soletrou sua morte, porque ele acreditava nas mentiras de toda sorte que vinham dela."

Um sorriso irônico se abriu nos lábios de Tink. Que histórias malucas humanos contavam. Depois dos acontecimentos dos últimos dias, talvez alguém escrevesse uma canção sobre eles.

Smee baixou sua luneta quando o casal, de mãos dadas, se juntou a ele no leme.

— A enseada? — James perguntou.

— Sim, Capitão. — Smee sorriu com um sorriso mais amplo do que o horizonte. — Quer admirá-la? — Ele deu um passo para trás do leme, oferecendo-o a James.

James deslizou sua mão da dela para se juntar ao seu primeiro imediato. Gancho sorriu, deslizando os dedos pelos fusos do leme. Mas então parou e deu um tapinha no ombro de Smee.

— Navegue, Capitão.

Tink arfou. Smee ficou extremamente rígido.

— É melhor finalizar esta viagem antes de retornar ao comando — James concluiu com uma piscadinha.

A risada grave de Smee retumbou pelo convés.

— Sim, sim... James.

Os dois homens sorriram um para o outro, algo não dito se passando entre eles. O coração de Tink inchou. Uma pontada de lágrimas aparecendo no canto de seus olhos antes de ela piscar para contê-las. Eles eram irmãos, não de sangue, mas por escolha. Uma conexão mais forte do que o ferro.

James voltou para Tink e a levou na direção do corrimão. A terra surgia no horizonte. A luz do sol brilhava na água, deixando um rastro de luz que os guiava.

— Casa — James ecoou de novo, como se ainda estivesse perplexo com as palavras dela.

A cor percorreu as bochechas dela.

— Se você me quiser lá, claro. — Ela lutou contra o desejo de cobrir o rosto com as mãos. Que pretensão ela teve. Ele tinha dito que a amava, e ela que o amava, mas ele não havia exatamente a convidado para ficar.

A risada grave só aumentou mais seu rubor.

— Se acabou de pensar em me abandonar talvez eu te amarre à cama de novo.

— Pirata imundo.

— É, mas você me ama mesmo assim.

— Tão presunçoso. — Ela revirou os olhos e deu uma batidinha no quadril dele. — Mas você tem razão, amo.

Os dedos dele acariciaram a bochecha dela, passeando por sua pele e erguendo o rosto dela.

— Que bom, porque eu amo você, Tink, e gostaria que ficasse comigo. — Ele engoliu em seco, seu olhar esvoaçando. — Sei que quer ir para casa, para sua casa, mas eu esperava que...

Ela cobriu a mão dele com as dela.

— Gostaria de visitá-los. De ver meus pais, os anciãos, o restante da minha família. — Sentir a grama macia entre os dedos do pé, a brisa perfumada em seu cabelo. Não havia lugar na Terra do Nunca parecido com o Vale Sylvanna e, apesar de um dia ela o ter considerado perfeito, não seria mais, não sem o homem diante dela. — Quero contar a eles que estou segura. E feliz.

— Está, amor? — Ele tirou uma mecha de cabelo do rosto dela.

Um brilho suave emanou de suas asas, visível apenas pelo canto do olho dela. Ela desejou mais brilho, deixou o calor em seu coração deslizar para suas asas tremeluzindo.

— Me diga você. — Ela sorriu.

Ele pressionou a testa na dela.

— Que bom. Vamos continuar procurando um jeito para você voltar para o vale, ao menos para visitar. Além disso... — James recuou, abrindo um sorriso malicioso. — Não há um tesouro na Terra do Nunca que o grande Capitão Gancho não consiga encontrar.

Ela riu.

— O grande Capitão Gancho, é?

O humor deslizou de seu olhar como uma onda recuando.

— Você quer encontrar?

Não havia tido sinal de Lily, Peter ou dos garotos. Eles tinham procurado por quase um dia inteiro. Era para ter sido fácil. Eles não poderiam ter ido longe. Mas, mesmo assim, o paradeiro deles permanecia um mistério. Mas eles tinham visto alguns homens de Barba-Negra fugindo em barquinhos e chegando à costa em uma faixa estreita de terra. Por ordem de Gancho e um acordo com Cressida e sua tripulação, eles os deixaram em paz, deixaram que escolhessem uma vida nova, uma melhor. Embora eles pudessem passar algumas informações para os Gamorreanos em Rochland. Pelo menos isso poderia acalmá-los por um tempo.

Quanto ao capitão do *Kraken*, eles não viram sinal. Com sorte, o mar o teria levado para si, finalmente.

Tink parou de pensar nisso um pouco.

— Eu… sim. Acho que sim. Peter e os meninos também. — Ela olhou para o mar e abraçou a si mesma. Com alguma sorte, eles tinham voltado para sua casa na árvore ou voltariam, em certo momento. Ele era irmão de James, afinal, mesmo que os laços que os unissem fossem sombrios.

— Eles estão bem — James disse, colocando um braço ao redor dos ombros dela e a puxando para perto. — Tenho certeza disso.

— Você está certo. — Ela suspirou pesadamente. De alguma forma, ela também tinha certeza disso. Eles se encontrariam de novo, todos eles. — Vamos encontrá-los.

— Sim, piratas sempre levam para casa o tesouro que procuram.

Ela arqueou uma sobrancelha cuidadosa.

— Levam? Temo que você esteja chegando ao porto de mão vazia desta vez.

— É mesmo? — Ele deslizou o braço para a lombar dela, puxando-a perto até estarem quase pressionados. — Temos um feitiço a menos. E posso ter acabado de encontrar o maior tesouro de toda a Terra do Nunca.

O maior tesouro… Ela inclinou a cabeça para o lado. *Por todos os anciãos reverenciados, quando ele encontrou algo assim?*

— Você, Tink.

Uma palpitação percorreu o peito dela. Lágrimas se juntaram em seus olhos.

— James.

Além das lágrimas dela, o olhar escuro dele tinha maravilha, alegria, mas, mais do que tudo, amor.

— O último tesouro que vou pegar para mim mesmo, e o único de que preciso.

Os lábios dele possuíram os dela em um beijo suave cheio de promessas. Muitas aventuras viriam no futuro, mas independente de para onde a maré os levasse, eles estariam juntos. Embora não fosse o destino que ela tinha em mente no começo, Tink encontrou o lar que buscava nos braços de um pirata imundo.

AGRADECIMENTOS

São muitas pessoas para agradecer por este livro se tornar realidade, mas tenho que começar bem do início de tudo com meus pais. Palavras não conseguem expressar adequadamente o quanto sou grata por todo o amor e apoio ao longo da minha vida. Vocês acolheram e encorajaram toda a minha esquisitice e me deram a coragem de ser eu mesma e compartilhar minhas histórias malucas com o mundo. Obrigada pelas muitas viagens à biblioteca, à loja de trocas e a Barnes & Noble, e por nunca dizer não quando eu queria um livro novo. Obrigada por me deixarem jogar videogames, assistir a filmes de ficção científica e todas as outras coisas que inspiraram minha imaginação a se desenvolver e aprimorar. Sei que nem sempre fui uma criança fácil, mas seu amor e apoio significam mais do que um dia vou conseguir expressar. Vocês acolheram minhas primeiras histórias, desde meus primeiros dias participando de programa para Jovens Autores na escola primária até os primeiros rascunhos bagunçados dos livros que escrevi quando adulta. Agradeço a cada encorajamento sutil, e não tão sutil, que vocês me deram para continuar escrevendo e perseguindo meus sonhos. Eu não poderia ter desejado melhores torcedores para isto ou na vida em geral.

Ao meu marido: muito obrigada por me dar o empurrão para seguir meus sonhos e me encorajar e apoiar a cada passo do caminho. Você me perguntou uma vez o que eu faria se o tempo, dinheiro, habilidade etc. não fossem barreiras. Falei que seria escritora. Você disse, “Então por que não faz isso?”. Uma ótima pergunta. Eu tinha muitas desculpas, a maioria envolvendo falta de tempo, mas sua pergunta permaneceu tão forte em mim que eu sabia que precisava começar a perseguir meus sonhos seriamente. Não parei desde então. Obrigada por aguentar as muitas noites e fins de semana em que tudo que eu queria fazer era escrever. Você me confortou quando meu trabalho foi rejeitado e quando senti que meus sonhos estavam morrendo. Você sustentou nossa família para que eu pudesse seguir meus sonhos de ser mãe e escritora. Obrigada por cada oração noturna, por cada palavra de encorajamento e, principalmente, por seu amor e simplesmente por ser você. Te amo.

Ao meu filho: Obrigada por tirar boas sonecas e deixar a mamãe escrever. Você é a estrela mais brilhante na minha vida, e eu amo você. Um dia, posso deixar você ler este livro, mas ainda vai demorar alguns anos.

A toda a minha família, principalmente aqueles que tiraram tempo para ler meu trabalho e me apoiar nesta jornada: Obrigada, obrigada, obrigada! Cada palavra de encorajamento significa muito, e vocês realmente são a melhor família pela qual qualquer um poderia pedir.

A ideia para este livro surgiu na minha cabeça só quando precisei dela. Foi no começo da pandemia, pouco depois de uma mudança para o outro lado do país, quando sentia que todos os meus sonhos de publicar livros estavam desmoronando, e estava fazendo meu máximo para tentar criar um bebê de um ano de idade. Compartilhei a ideia ridícula com minhas amigas escritoras. Elas adoraram e me encorajaram a escrevê-lo, mesmo que fosse só para mim mesma. Então, um agradecimento enorme a todas minhas *Oceans 11 ladies*: Abby Glenn, Christy Dirks, Jen Davenport, K. J. Harrowick, Lauren Hazan, Maha Khalid, Melody Carabalo, Sanyukta Thakare e Talynn Lynn. Este livro não existiria sem vocês, e duvido que eu estaria perseguindo meus sonhos se não fosse por todo seu amor, apoio e encorajamento. Vocês choraram comigo, torceram por mim, me ajudaram a aprender e crescer, e são a melhor bênção que eu nunca soube de que precisava. Do fundo do meu coração, obrigada!

Um agradecimento enorme para minha editora Heather McCorkle, e a equipe inteira da City Owl Press, por enxergar o potencial desta história e tornar meu sonho realidade. Realmente sinto que encontrei o lar perfeito para esta história com todos vocês, e agradeço sua dedicação para trazer ao mundo meus contos de fada divertidos, sensuais e reimaginados.

Muitas pessoas tiveram um papel em minha jornada até agora,

e eu nunca teria chegado a este ponto sem cada um de vocês. Obrigada a todo mundo envolvido com #WriterInMotion, #RewriteItClub, #RevPit, #TeamOptimism, minha sala de mentorados de 2019, minha sala #22Debuts, #QuokkaCrew, No Drama Writing Lemurs, #FridayKiss, minhas cabines #CampRevPit, meus colegas Owls e, principalmente, os seguintes indivíduos: Bonnie Swanson, Carly Bornstein-Hayward, Jeni Chappelle, Kat Turner, Maria Tureaud, Maxym Martineau, Megan Records, Paris Wynters, Paulette Kennedy, Rebecca Fryar, Rochele Smit, Sami Ellis, Sara Sellers e S. M. Roffey.

Vocês todos foram essenciais para me ajudar a aprender e crescer, um ombro no qual chorar e me encorajar a continuar. Obrigada por fazerem parte da minha história. Mal posso esperar para ver o que o futuro tem guardado para todos nós.

Enfim, obrigada a todos os meus leitores. Sem vocês, eu estaria compartilhando minhas histórias para o vazio. Espero que tenham gostado deste livro e que me deem o privilégio de compartilhar mais histórias com vocês no futuro.

SOBRE A AUTORA

MEGAN VAN DYKE é escritora de romance e fantasia com um amor por todas as coisas que tenham mágica e beijo, principalmente contos de fadas e qualquer coisa com um final feliz. Muitas de suas histórias têm como tema a família (biológica ou não) e a sensação de lar e pertencimento, que são importantes aspectos de sua vida também. Quando não está escrevendo, Megan ama cozinhar, jogar videogames, explorar coisas ao ar livre e passar tempo com sua família. Uma sulista de nascimento e de coração, Megan atualmente mora com sua família no Colorado. Certifique-se de se inscrever na newsletter dela para nunca perder um minuto!

www.authormeganvandyke.com

instagram.com/authormeganvandyke

facebook.com/AuthorMeganVanDyke

twitter.com/AuthorMeganVD

tiktok.com/@authormeganvandyke

bookbub.com/authors/megan-van-dyke